AUTORES

Felipe Cabral
Karine Ribeiro
Olívia Pilar
Ray Tavares
Vinícius Grossos
Maria Freitas
Lola Salgado
Pedro Rhuas
Stefano Volp
Juan Jullian
Clara Alves
Giu Domingues
Arthur Malvavisco
Glau Kemp
Elayne Baeta

FINALMENTE 15

1ª edição

Galera
RIO DE JANEIRO
2023

REVISÃO
Priscila Catalão

CAPA
Paula Cruz

DIAGRAMAÇÃO
Abreu's System

CIP-BRASIL. CATALOGAÇÃO NA PUBLICAÇÃO
SINDICATO NACIONAL DOS EDITORES DE LIVROS, RJ

F528

Finalmente 15 / Felipe Cabral ... [et al.]. – 1. ed. – Rio de Janeiro : Galera Record, 2023.

ISBN 978-65-5981-352-0

1. Contos brasileiros. I. Cabral, Felipe.

23-85302   CDD: 869.3
                                    CDU: 82-34(81)

Gabriela Faray Ferreira Lopes - Bibliotecária - CRB-7/6643

Copyright © 2023 by Arthur Malvavisco, Clara Alves, Elayne Baeta, Felipe Cabral, Giu Domingues, Glau Kemp, Juan Jullian, Karine Ribeiro, Lola Salgado, Maria Freitas, Olívia Pilar, Pedro Rhuas, Ray Tavares, Stefano Volp, Vinícius Grossos

Todos os direitos reservados.
Proibida a reprodução, no todo ou em parte, através de quaisquer meios.
Os direitos morais dos autores foram assegurados.

Texto revisado segundo o Acordo Ortográfico da Língua Portuguesa de 1990.

Direitos exclusivos de publicação em língua portuguesa somente para o Brasil:
EDITORA GALERA RECORD LTDA.
Rua Argentina, 120 – Rio de Janeiro, RJ - 20921-380 - Tel.: (21) 2585-2000, que se reserva a propriedade literária desta tradução.

Impresso no Brasil

ISBN 978-65-5981-352-0

Seja um leitor preferencial Record.
Cadastre-se no site www.record.com.br e receba informações sobre nossos lançamentos e nossas promoções.

Atendimento e venda direta ao leitor:
sac@record.com.br

Sumário

1. Um príncipe pra chamar de meu   7
Felipe Cabral

2. Meu amor, de novo e outra vez   37
Karine Ribeiro

3. Antes da ~~festa~~ peça   53
Olívia Pilar

4. O diário da princesa   79
Ray Tavares

5. A sorte dos bons encontros   107
Vinícius Grossos

6. Rebobine   137
Maria Freitas

7. Esqueceram de nós   161
Lola Salgado

8. O futuro que nunca foi nosso   187
Pedro Rhuas

9. Menina moça   215
Stefano Volp

10. Deixe a chuva cair · 241
Juan Jullian

11. Eu no seu lugar · 265
Clara Alves

12. Eu e o meu robô · 293
Giu Domingues

13. Onde vivem as serpentes · 317
Arthur Malvavisco

14. LIN – Uma história do C.O.N.E · 341
Glau Kemp

15. 15 · 365
Elayne Baeta

Um príncipe pra chamar de meu

Felipe Cabral

— **L** éo!!!

Nossa mãe gritou da sala, como se eu ou minha irmã soubéssemos com quem ela estava falando.

— Qual Léo?! — gritamos de volta de nossos respectivos quartos, no segundo andar da casa.

Sim, nossos pais não tiveram a menor consideração pela gente. Não bastasse sermos gêmeos, ainda precisávamos ter quase o mesmo nome: Leonardo e Leonora. A dupla de Léos.

Era inacreditável, pra não dizer escroto-pra-caralho-que--porra-de-escolha-foi-essa-fuderam-nossas-vidas.

A justificativa, quando começamos a chorar sem entender com quem todo mundo falava quando gritavam "Léo", foi de que "era bonitinho".

Não havia uma poesia por trás daquela decisão.

Nossa mãe não tinha nenhuma avó ou bisavó que se chamasse Leonora, ou um tataravô chamado Leonardo. Muito menos nosso pai.

Não era uma homenagem pra ninguém.

O que eles queriam era um par de vasos, afinal, nós éramos gêmeos!

A princípio, um susto para o jovem casal: duas crianças! De um lado, Túlio, nosso pai, animado; de outro, Clara, nossa mãe, pensando em como dar conta de duas crianças de uma hora pra outra, desesperada.

Num ponto específico, porém, nossos pais estavam em total sintonia: ambos amavam a ideia de uma dupla idêntica de irmãos ou irmãs andando pela casa. A mesma roupinha. O mesmo corte de cabelo. O mesmo pijaminha.

Um sonho que logo precisou ser adaptado: éramos gêmeos bivitelinos. Dizigóticos. Fraternos. Ou seja, cada um de nós concebido a partir de espermatozoides diferentes do papai Túlio, formando dois embriões na barriga da mamãe Clara. Cada um com sua placentinha e seu cordão umbilical.

Frustrados com o sumiço de suas crianças idênticas correndo pelo quintal e conquistando os vizinhos, nossos pais precisavam de algo que nos deixasse mais "gêmeos". Assim, surgiam os irmãos Léo.

Leonora e eu.

Leonardo e ela.

A Léo.

O Léo.

Podia ser um Leonardo e uma Cléo. Um Leandro e uma Leonora. Um Leonardo e uma Leandra. Ainda seriam nomes com uma certa semelhança. Ou uma Julia e Mateus, pra acabar logo com essa bobeira.

Mas não, eles tinham que poder falar, eufóricos, para seus amigos: "São gêmeos diferentes, mas têm quase o mesmo nome!".

A minha irmã sofria ainda mais que eu! Todo mundo deduzia que ela se chamava Leonarda, coitada.

De todo jeito, eu e a Léo fomos criados como grande parte dos gêmeos. Os mesmos conjuntos de roupa, a mesma vela no bolo de aniversário... Até que o resto do mundo também sentiu a necessidade de criar estratégias para nos diferenciar. Ela seguiu como a Léo e eu virei o Leozinho. Resolvido, certo?

Nem pensar!

Eu detestava ser confundido com a minha irmã, mas não queria trocar o meu apelido, de jeito nenhum.

Por que *eu* seria o Leozinho?! O apelido oficial de Leonardo era Léo! O mundo que encontrasse outro apelido para Leonora! Leonorinha, Leozinha, Leoparda, o que fosse.

Eu já estava mais do que acostumado a ser chamado de Léo.

Eu já havia construído minha identidade de criança como Léo.

Com sete anos de idade, eu reivindicava o meu apelido Léo.

Se a Léo podia se chamar Léo, eu também podia me chamar Léo.

Seria até esperado que, em certo momento, a gente passasse a se detestar, irritados com aquela confusão, mas não foi o que aconteceu. Nós dois tentamos ver as vantagens daquela palhaçada toda.

"Quem quebrou o meu vaso de porcelana?", nossa mãe nos encurralava. "Foi Léo!", respondíamos. "Qual Léo?!", ela se irritava. "Léo!", nós continuávamos aquele jogo ridículo até sermos colocados de castigo para aprender a não tirar onda com a cara da nossa mãe. Só que era muito melhor ficar de castigo com a Léo no nosso quarto do que sozinho.

Nós só ganhamos quartos separados aos doze anos, quando minha mãe começou a conversar com a Léo sobre ela ter virado uma "mocinha".

Nossos pais achavam que era hora de seus filhos adolescentes terem um pouco mais de privacidade. Era mamãe falando de menstruação num quarto e papai me dando revistas de mulher pelada da década de 90 no outro.

Até ali, eu e a Léo éramos praticamente irmãos siameses. Grudados pra cima e pra baixo. Eu era seu melhor amigo, ela era minha melhor amiga.

Se alguém zombasse da Léo, eu a protegeria com todas as minhas forças. Se alguém me desse uma rasteira no futebol, era capaz da Léo ser expulsa do jogo me defendendo.

Éramos irmãos, mas também éramos amigos.

Não tínhamos a mesma cara, mas nos conhecíamos de cabo a rabo.

Uma dupla inseparável. Imbatível.

Até ganharmos quartos individuais três anos atrás.

Não deveria ser um grande drama. Ela estava apenas a uma parede de distância. No mesmo andar da nossa casa. No mesmo corredor. Mas foi impossível não sentir a mudança. Nem tanto pelo quarto, mas pelo o que o momento simbolizava.

Uma nova idade.

O que nossa mãe conversava com a Léo não era mais assunto meu.

O que nosso pai conversava comigo não era mais assunto da Léo.

Nossa adolescência dava as caras e nos jogava para lados opostos. De um dia pro outro, começamos a ter vergonha de conversar sobre quase tudo.

Nossa mãe incentivava a Léo a receber suas amigas da escola em casa e ela obedecia, animada. Inúmeras festas do pijama. Só para meninas!

Ao lado, no *meu* quarto, eu me isolava cada vez mais. Da minha irmã, dos nossos pais e dos outros alunos do colégio.

Parecia que eu tinha que seguir o caminho "do garotão pegador" e minha irmã "da mocinha à espera do seu príncipe".

Mesmo sem querer, nossos pais nos forçavam a trilhar estradas diferentes, como se não pudéssemos mais ficar grudados como sempre.

O que eles não sabiam, porém, era que havia um detalhe que eu precisava, mais do que nunca, dividir com a Léo: assim como ela, eu também gostava de meninos.

E não, eu não me sentia à vontade pra falar sobre isso com mais ninguém.

Com nenhuma professora.

Com nenhum amigo da escola.

Com nenhum dos nossos pais.

Eu só queria me abrir com a Léo, mesmo ela parecendo distante, cheia de segredinhos com seu novo grupo de amigas.

Ela não me excluía de nada, mas também não se esforçava pra me incluir.

No colégio, deixado de lado pela minha ex-inseparável irmã, me fechei para os outros. Como se fosse melhor trancar as portas do armário e ficar ali dentro, do que escancará-las e me abrir.

Preocupado que alguém pudesse notar meu nervosismo — e tesão — perto de alguns alunos, eu fui, pouco a pouco, cortando qualquer interação com muitos deles.

Enquanto caminhava ou gesticulava, tentava ao máximo não dar pinta ou qualquer outro indício de que eu fosse gay.

Eu via como outros alunos, mais afeminados, eram alvos de piadas homofóbicas. Como, sem a proteção da maioria dos professores, eles precisavam se defender.

Com firmeza, eles rebatiam que eram "viadinhos" com orgulho. Que seus algozes deviam estar apaixonados, já que não tiravam seus nomes da boca.

Parte de mim queria me enturmar com aqueles garotos, afeminados e corajosos. Que andavam e gesticulavam sem se importar com mais ninguém.

Era libertador vê-los tão... eles.

Mas outra parte morria de medo de ser visto como parte daquele grupo. Uma reação horrorosa, já que eu era parecido e deveria, inclusive, me inspirar neles. Defendê-los contra aqueles idiotas preconceituosos.

Inseguro e envergonhado, fui perdendo meu brilho.

Me sentindo um covarde por não conseguir ser quem eu gostaria de ser e um merda por não conseguir me aproximar de quem eu mais gostaria.

A partir dos meus doze anos, fui deixando de ser quem eu era.

Em casa, cada vez mais isolado num quarto só meu.

Na escola, cada dia mais retraído no meu canto.

Mais calado. Mais contido. Mais sem graça.

Felizmente, a Léo nunca se aproximou dos babacas homofóbicos do colégio, o que tornaria a minha vida ainda mais angustiante.

O único aluno popular com quem ela e suas amigas superpoderosas interagiam era o Tomás. Por acaso, o garoto mais bonito e gostoso da escola. O mais desejado por todas as meninas e, claro, por mim.

Para minha sorte, o Tomás não era babaca. E, para minha surpresa, ele sempre me cumprimentava ou tentava puxar assunto comigo quando me via.

Eu não sabia se ele agia assim por pena ou apenas para agradar a minha irmã, então, por precaução, eu não dava muita corda quando ele se aproximava.

Eu não podia correr o risco de que o Tomás desconfiasse do meu interesse por ele. Que percebesse que por trás de cada olhar, eu me tremia todo por dentro, doido pra segurar suas mãos e beijar aquela boca gostosa até perder o fôlego.

O Tomás era muita areia pro meu caminhãozinho, mas eu amaria entrar com tudo naquele deserto até encontrar o nosso oásis perfeito — seja lá o que essa metáfora signifique.

— Os dois!!! — dona Clara gritou novamente, sua voz indicando que estava quase no segundo andar da casa.

Borrifando pela última vez meu perfume no pescoço, recoloquei o frasco sobre a mesinha de cabeceira e abri a porta do meu quarto.

Colocando a cabeça pra fora, vi minha irmã aparecer no corredor praticamente ao mesmo tempo.

Com seus cabelos castanhos presos num longo rabo de cavalo, a Léo parecia prestes a posar para fotógrafos num tapete vermelho de Hollywood. Maquiada, de salto alto, com seu vestido curto de paetês e lantejoulas lilases, minha irmã deixava qualquer Evelyn Hugo no chinelo.

Ao cruzar seu olhar com o meu, ela sorriu.

— Tá gato, hein, Léo!

— Até parece. — Sorri de volta, com minha calça jeans preta e camiseta branca sem estampas. O básico do básico.

— Aí estão meus dois debutantes! — Nossa mãe surgiu no topo da escada.

— Eu não sou debutante — resmunguei.

— Mas vai fingir que é! — Dona Clara suspirou, recuperando o fôlego. — Só se faz quinze anos uma vez na vida, meu filho! Pra sua irmã, é uma data única!

— Pra mim também — observei. — Hoje também é o meu aniversário.

— Deixa ele, mãe. O Léo tá de implicância.

— Eu não tô de...

— Então, vamos ao que interessa! — nossa mãe me interrompeu, dando mais um passo em nossa direção. — Os convidados estão lá embaixo e eu avisei que vocês já estão descendo. Mas antes de tudo começar, eu quero relembrar o nosso combinado.

— Sem bebidas alcóolicas — minha irmã se adiantou.

— E sem drogas — completei, no automático.

— Exatamente! E sem trazer convidados ou convidadas aqui pra cima e fechar as portas dos quartos e me transformar em avó antes do tempo!

— MÃE!!! — eu e Léo reagimos, constrangidos.

— Ótimo! É essa firmeza que eu espero de vocês dois! — ela se divertiu. — Eu falei com o pai de vocês e nós vamos ficar aqui em cima no nosso quarto, vendo TV e deixando a casa toda pra vocês curtirem.

— Sério? — Minha irmã não escondeu a surpresa.

— É nosso voto de confiança de que vocês, com quinze anos, já sabem seguir regras e não destruir tudo, certo?

— Certo! —Léo e eu respondemos, incrédulos com tanta liberdade.

— Mas se eu descobrir que alguém trouxe bebida alcóolica escondida ou se algum adolescente vomitar no meu chão, as festas estão proibidas nessa casa até vocês se formarem e morarem nos seus próprios apartamentos. Fui clara?

— Claríssima, dona Clara. — respondi.

— Maravilha! — Ela relaxou os ombros, desmontando a pose de mãe responsável. — Só me chamem pra hora dos parabéns e pra valsa da minha princesinha, por favor!

— Não tem princesinha aqui, mãe. — Léo achou graça. — E nem valsa. Vai ser uma música lenta pop e já tá ótimo!

— Tá bom, minha filha. Então me chama pra hora da música lenta pop, pode ser?

— Pode!

— Dito isso, festa liberada! Desçam e aproveitem! — nossa mãe anunciou como quem inaugura um parque de diversões, levantando os braços e avançando para o final do corredor, rumo ao seu quarto.

— Chegou a hora! — minha irmã exclamou, radiante e ansiosa.

— É — esbocei um sorriso —, eu só vou terminar de me arrumar e já desço.

— Mas você já tá lindo, Léo.

— É só que... Eu vou dar um...

— O que foi? — Ela se aproximou. — Você não tá animado pra festa?

— Eu? — Tentei disfarçar meu desconforto.

— É. Você.

A Léo me observava de perto, em frente à minha porta.

— Você vive enfiado aí dentro. Puxa, hoje é o nosso aniversário. A mamãe e o papai liberaram a casa pra gente. Vamos aproveitar!

Minha irmã estava tão empolgada que eu nem sabia por onde começar.

— Eu vou, prometo — disse, sincero —, é só que...

— O quê? — Ela parecia genuinamente interessada. — Eu não convidei ninguém que você não gosta.

— Ahn?

— Se for isso que tá te deixando preocupado, pode relaxar. Aqueles babacas do colégio nunca seriam convidados.

— Ah, não. Não é isso.

— Então, o que tá rolando? — a Léo insistiu. — Você não parece... feliz.

Eu não sabia que explicação dar para o meu total desânimo em festejar o que quer que fosse.

Enquanto a Léo se produzia para curtir sua música lenta pop e dançar com suas amigas até o amanhecer, minha cabeça latejava de dor só de pensar que aquele seria mais um aniversário em que eu não teria coragem para ser quem eu era.

Eu não me sentia nem um pouco feliz. Mas como compartilhar isso com a Léo? Fazia três anos que eu não dividia quase nada com ela. Seria justo jogar essa bomba no colo dela logo na sua festa de aniversário mais aguardada?

Eu queria que a minha irmã curtisse cada segundo daquela noite, que tivesse as melhores lembranças, as fotos mais divertidas. Sem falar que... Eu não teria estruturas pra lidar com a sua rejeição.

A Léo já tinha deixado claro que não suportava os babacas homofóbicos da escola, só que... Quantas vezes eu já tinha lido casos em que uma família se dizia sem preconceitos, mas quando aparecia algum LGBT dentro de casa, a reação era outra?

Eu não suportaria ser rejeitado pela minha irmã.

— Eu já vou descer — desconversei. — É que pra mim é só mais uma festa. Não tem esse lance de valsa com o príncipe.

— Nem pra mim, né, Léo? — ela riu. — Ou você acha que eu tô animada pra ser apresentada pra sociedade, agora que virei uma debutante?

— Não? — arrisquei.

— Para, Léo! — Minha irmã me deu um leve soquinho no braço. — Claro que não! Eu tô animada porque vai ser um festão! Porque as minhas amigas vêm! A Rafa, a Giu, a Karine, a Olívia!

— Ah, legal! — forcei uma empolgação.

— O Tomás! — ela completou.

— Quem?! — perguntei, abobalhado.

— O Tomás, aquele bonitão lá da escola! — ela me respondeu como se fosse óbvio. — Ele vai ser o príncipe da valsa. Quer dizer, da música pop lenta.

— Ah, ele vai ser o...?

— Príncipe!

Não... era... possível.

O meu crush era o príncipe da valsa da festa de quinze anos da minha irmã.

O meu crush era o príncipe da minha irmã.

O meu crush era o crush da minha irmã.

O meu crush era o meu futuro cunhado.

O meu crush beijaria a minha irmã no meio da pista.

O meu crush dormiria com a minha irmã no quarto ao lado.

O meu crush faria parte da minha família como namorado da Léo.

— Puta que pariu! — pensei, em voz alta.

— Ahn? — Minha irmã soltou um riso frouxo, sem entender minha reação.

— Desculpa — tentei me justificar, nervoso. — É só que... Legal. Super sei. O Tomás, claro. O seu príncipe. Pra dança. Irado. Eu só vou...

E como num passe de mágica, desapareci.

Entrei no meu quarto e fechei a porta atrás de mim.

— Eu já desço! — gritei para o corredor. — Eu só preciso...

— Eu disse alguma coisa errada? — a Léo perguntou, do outro lado.

— Não, não foi nada! — Tentei controlar minha respiração acelerada.

— Você não gosta dele? O Tomás não é que nem os outros babacas da...

— Não, eu sei! — a interrompi, afobado através da porta. — Eu gosto dele! Eu gosto *muito* dele. Quer dizer, eu nem conheço ele! Tipo, eu até conheço, mas...

— O que tá acontecendo, Léo?!

— Eu já vou descer, Léo! Vai na frente que eu já vou! — exclamei, quase implorando pra que ela simplesmente me deixasse um minuto sozinho. — Tá tudo certo!

E após um minuto de silêncio:

— Não, Léo, não tá — ela sussurrou antes de seguir pelo corredor e descer as escadas, como o barulho de seu salto alto indicava.

Talvez desapontada com a minha reação.

Talvez irritada com a porta fechada na sua cara.

Talvez cansada de ter um irmão tão esquisito.

Que merda.

Ela tinha razão.

Não estava tudo certo.

Não estava tudo bem.

Mesmo sem saber e sem querer, ela havia acabado de deixar meu coração ainda mais despedaçado dentro do armário sufocante que era a minha vida.

O único garoto que mexia um pouco mais comigo, ainda que fosse uma paixão totalmente platônica, era o príncipe da Léo. O príncipe da valsa do nosso aniversário de quinze anos. O cara que estaria ao seu lado nas principais fotos postadas durante a noite.

Não que eu tivesse alguma chance com o Tomás, claro.

Não que eu pretendesse me declarar pra ele algum dia.

Era só mais uma decepção.

Mais um sinal de que paixões e músicas pop lentas não eram para mim.

De qualquer jeito, eu precisava me acalmar e descer pra nossa festa.

Eu tinha me comportado de um jeito, no mínimo, estranho, e precisava consertar aquela situação.

Precisava descer, sorrir, cumprimentar os convidados e esperar que aquela noite acabasse o mais rápido possível.

Quem sabe depois dos parabéns, eu não conseguisse subir de volta para o meu quarto e dormir? Não seria surpreendente se ninguém notasse minha ausência.

Borrifando mais algumas vezes meu perfume — se eu estava na merda, que pelo menos fosse uma merda cheirosa —, ajeitei meu topete, abri a porta e segui até a escada.

Ao descer os primeiros degraus, foi possível escutar o som do batidão carioca da Ludmilla, ecoando um *"Hoje! É hoje! É hoje!"*, enquanto nossa sala era tomada por uma multidão adolescente. Se tivessem cinco amigos meus por ali, era muito.

Até um globo gigante, como naquelas discotecas antigas de filme, girava no centro do ambiente, iluminando quem dançava na pista. No canto da sala mais afastado da escada, o DJ comandava a trilha sonora, embalando os convidados que rebolavam até o chão ou corriam para a cozinha em busca de mais um coquetel sem álcool.

A minha melhor opção, com certeza, era atravessar aquele mar de gente — sempre sorrindo, sempre simpático — e sair para nosso quintal de fundos, meu segundo lugar preferido da casa depois do meu quarto.

Era só dar o primeiro passo e…

— Léo!! — Ele surgiu na minha frente, com seu sorriso de milhões.

— Tomás?! — Quase caí pra trás.

— Foi mal, eu te assustei? — Tomás riu, descontraído, gato, galã, perfeito.

— Não! Quer dizer, sim! Um pouco, mas tá tranquilo!

Quais eram as chances de o Tomás ser a primeira pessoa que eu encontraria naquela festa?!

— Parabéns! — ele abriu os braços, avançando pra cima de mim, no abraço mais gostoso e inesperado que eu podia receber.

"Hoje, eu sei que você gosta
Então vem cá encosta
Que assim você me deixa louca!"

— Ah, valeu! — Tentei me controlar pra não demonstrar o tamanho da minha alegria com aquele contato físico e a minha vontade de morar naquele abraço pra sempre.

— Pô, tá um festão! — ele saiu dos meus braços. — Vocês arrasaram!

"Não fala nada e vem
Que hoje eu tô afim"

— A vida é muito curta, né? — disse, me arrependendo logo em seguida.

— Que isso! — Tomás riu da minha filosofia barata. — A noite mal começou!

"Eu tô na intenção de ter você pra mim
Só pra mim!"

— Pois é! — Forcei um sorriso, lutando para ignorar aquela letra sugestiva que invadia meus ouvidos. — Mas curte a festa, a valsa! Quer dizer, a música pop lenta!

— Você também vai dançar? — Ele se colocou na minha frente, impedindo minha passagem.

— A valsa?!

— É. Você...

— Não, eu não tenho nenhuma princesa pra dançar comigo! — brinquei. — Mas aproveita seu momento! Vai ser lindo!

E assim, quase tropeçando nos meus próprios pés, acelerei rumo ao jardim, me esforçando pra não esbarrar em nenhum convidado no meio da sala.

Meu Deus, que tesão!!!

Com o ar fresco ali de fora, respirei fundo, tentando colocar minha cabeça — ou minhas cabeças — no lugar.

O Tomás tinha me dado parabéns.

E me abraçado.

Perguntado se eu iria dançar.

E me abraçado.

Até de olhos abertos, eu ainda sentia os seus braços fortes me envolvendo. Puta merda, como eu era carente! Quem se importava tanto assim com um simples abraço de parabéns?!

Mas tudo bem, eu não ia ficar me impedindo de sentir o que eu estava sentindo. O Tomás era um gato, era um gostoso, e tinha me abraçado!!!

O mais importante: ele era muito legal.

Muito gente boa.

Muito maneiro.

Um verdadeiro príncipe.

Só que... da Léo.

Ele era o príncipe da minha irmã, da sua dança de debutante, e eu precisava me recompor o mais rápido possível.

Se ela havia convidado o Tomás para ser o seu príncipe, o recado já estava dado.

Só me restava aceitar e torcer para que ele fizesse a minha irmã a garota mais feliz do mundo.

Através das portas de vidro que ligavam nosso jardim à sala, reparei como nossa pista de dança parecia o cenário de uma série musical da Netflix. Ou de um episódio especial de *Glee*. Ainda bem! Pelo menos as pessoas estavam se divertindo.

Se dependesse do meu humor, era capaz de eu surgir todo ensanguentado no meio da festa, como numa refilmagem gay de *Carrie, a estranha*.

Era engraçado ver alguns amigos da Léo já andando tortos e rindo descontroladamente, numa clara evidência do quanto os coquetéis sem álcool eram entupidos de álcool assim que saíam da cozinha.

Talvez eu também pudesse curtir alguns coquetéis clandestinos, nem que fosse pra dormir mais rápido depois. Ou pra me dar coragem pra ir até o Tomás e…

— Léo? — Minha irmã se materializou no jardim, com seu copo de papel nas mãos.

— Léo! — A encarei, surpreso. — Não vi você chegando.

— Eu sou boa nisso! — ela se gabou. — Como você acha que eu peguei as garrafas de vodka que a mamãe escondeu no escritório sem ela perceber?

Minha irmã e sua incrível capacidade de superar qualquer climão entre a gente.

— Acho que ela vai perceber quando a vodka sair pela boca dos seus amigos! — brinquei.

— Vira essa boca pra lá! Ou melhor, vira isso aqui! — Ela estendeu o copo pra mim. — Tem só um pouquinho de vodka, juro.

— Passa logo isso daí. — Sorri, pegando sua bebida e virando tudo de uma só vez.

— Que isso, campeão?!

— Você jogou toda vodka da mamãe nesse copo?! — Sacudi a cabeça, sentindo aquele coquetel de altíssimo teor alcoólico queimar minha garganta. — Cruzes, Léo!

— A vida é muito curta, né? — ela soltou, como quem não quer nada.

E antes que eu falasse qualquer coisa...

— O Tomás me disse — minha irmã se antecipou, percebendo minha confusão. — Que vocês conversaram ali na escada.

— É, foi.

Pra variar, eu não sabia o que dizer.

E pra piorar, eu não sabia como lidar com aquele assunto.

Falar do Tomás era falar sobre o que eu sentia por ele, sobre o que eu escondia. Sobre o que eu queria dividir com a Léo pelos últimos três anos.

— Eu concordo com você — ela prosseguiu. — E é por isso que eu não gosto de te ver escondido pelos cantos, quase invisível. Quando, pra mim, você é o cara mais foda dessa festa inteira!

— Porque você é minha irmã.

— Claro que não. Eu podia ser sua irmã e te achar um idiota. Mas você não é. Nunca foi. — Ela se aproximou mais um pouco. — Só que nos últimos anos, alguma coisa mudou. Você ficou mais quieto, foi se fechando, deixando de ser aquele irmão mais velho cheio de energia.

— Irmão mais velho por dois minutos!

— Não interessa! Saiu primeiro da mamãe é o mais velho! — Léo zombou. — Eu sou a caçula dos irmãos Léo!

— A princesinha! — impliquei.

— Cala a boca! — Ela caiu na gargalhada. — O que eu estou querendo dizer é que... Parece que a gente se afastou.

— *Você* se afastou.

— Não é verdade, Léo. Eu só quis... respeitar o seu espaço.

— Espaço?

— O espaço que você precisava pra...

Era nítida sua batalha interna pra decidir se seguia em frente ou não.

— ... pra se aceitar — minha irmã concluiu.

Hesitante, ela abria uma porta que nós dois tínhamos ignorado por tempo demais.

— Como assim? — Desviei o olhar, me fazendo de desentendido.

Eu me perguntava se continuava no jardim ou se corria para o meio do funk carioca que seguia a todo vapor na sala e sumia na multidão.

— Desculpa, Léo, eu não quero invadir sua privacidade — ela se adiantou, nervosa. — Não quero te forçar a nada, atropelar seu tempo, mas... Parece que eu tô te perdendo. Que você tá mal, triste, guardando um monte de coisa aí dentro do seu peito, isolado no seu quarto, como se você não pudesse mais conversar comigo. Como se você não pudesse mais contar comigo. E isso não é verdade... Leozinho.

— Leozinho é sacanagem. — Não consegui prender o riso.

Encarando meus pés, senti pequenas lágrimas escorrerem pelo meu rosto.

Como se a primeira a deixar meus olhos avisasse às outras que o caminho estava livre e que elas já podiam transbordar.

— Eu sou sua irmã, Léo — ela segurou minha mão —, nunca deixei ou vou deixar de te amar.

A minha irmã se esforçava para me deixar o mais confortável possível e, como sempre, era muito boa no que fazia.

Ela não precisava soletrar com todas as letras o que estava querendo me dizer.

Eu entendia perfeitamente.

E ela sabia disso.

Por isso, todo seu cuidado, sua cautela.

A Léo não queria me arrancar do armário, me deixar mais exposto, mais inseguro.

Era o contrário.

O que minha irmã mais queria era me ver brilhando novamente.

Livre, leve e solto, sem medo de ser quem eu sempre fui.

— É por isso que eu trouxe o seu melhor presente de aniversário — ela sussurrou, como quem compartilha um grande segredo.

— Como assim? — Levantei minha cabeça, ainda emocionado, para encará-la. — Você comprou o Nintendo Switch?!

— Não, idiota! — Minha irmã revirou os olhos, divertida. — É muito melhor! Eu te trouxe um... príncipe.

— Um... quê?!

Eu devia ser muito trouxa porque, definitivamente, não entendi nada.

— O Tomás, Léo. — Ela abriu o maior sorriso do universo.

— O que tem o Tomás? — perguntei, ainda perdido.

— Ele veio dançar... com você.

Não, peraí...

— Ele veio... o quê?!

— Só se você quiser, claro! — a Léo se apressou. — Ele me disse que até poderia dançar aqui no jardim, ou na garagem, ou no seu quarto, ou onde você quiser. Não precisa ter plateia, nem ninguém por per...

— Calma aí, Léo! — supliquei, confuso.

O Tomás veio dançar valsa — ou música pop lenta — COMIGO?!

— Você tá me dizendo que o Tomás...

— É o seu príncipe! Ou o seu brother do coração, se ele e eu estivermos muito enganados e surtando e...

— Não! — a interrompi. — Vocês não tão surtando. Quem tá surtando agora sou eu!

E, pela primeira vez, depois de muito tempo, eu me senti próximo à Léo como antigamente.

— O Tomás quer...

— Dançar contigo! — minha irmã reforçou. — Ele já me disse algumas vezes na escola que gostava de você, mas que você era muito fechado, não dava abertura... E eu falava que era só seu jeito, que eu não sabia de nada, mas suspeitava que... Enfim, o Tomás gosta de você. E eu via como você ficava bobo perto dele! Então, sabendo disso, eu sugeri que ele viesse aqui hoje pra, sei lá, tentar se aproximar um pouco mais?

PUTA QUE ME PARIU!!!!! (desculpa, mãe)

— Você... — Eu não sabia se eu me ajoelhava e começava a chorar ou se corria até o DJ, pedia pra ele tocar "Firework" da Kate Perry e rodopiava com o Tomás pelo salão, sem me preocupar com nada. — Você não fez isso, Léo!

— Claro que fiz, Léo! Isso e roubar as cervejas do papai! — Minha irmã piscou o olho, malandra, enquanto eu tentava colocar as ideias no lugar.

O Tomás gostava de mim como eu gostava dele.

O TOMÁS!!!

Eu era o crush do meu crush!!!

E a minha irmã...

Bem, a minha irmã era a minha irmã.

A pessoa que, mesmo depois dos anos de afastamento, ainda lutava por mim.

Que só se manteve distante pra me deixar à vontade.

Que mesmo suspeitando da minha sexualidade, não me atropelou.

A Léo que eu tanto sentia falta!

— E agora? — ela cochichou, animada. — Você quer que eu chame o Tomás aqui fora?

— O quê?! — Voltei ao planeta Terra.

— Ou não?! Você não quer dançar com ele? Eu não preciso chamar a mamãe pra ver dança nenhuma! O mais importante é...

— Calma, Léo! — Ri do seu nervosismo, aparentemente maior que o meu. — Eu ainda não sei o que fazer. Com certeza, vamos deixar a mamãe fora disso.

— Combinado!

— E, com certeza, eu quero... — Eu não acreditava que estava conversando sobre isso com a Léo. — Dançar com o Tomás.

— Ai, que fofos!!!!!! — minha irmã gritou, eufórica, chamando mais atenção do que eu gostaria.

— Léo!!! — A contive, segurando meu riso. — Não pira, senão daqui a pouco o...

Mas eu nem tive tempo de completar minha frase.

Bastou que eu me virasse em direção à sala para o meu olhar cruzar com o dele.

Como num conto de fadas moderno e muito boiola, meu príncipe me encarava, inseguro e tímido, do meio da pista. Mais precisamente, embaixo do globo espelhado que girava no teto.

O Tomás não era a Cinderela, mas me olhava como quem espera pra saber se o sapatinho de cristal vai encaixar no seu pé ou não. No caso, o sapatinho era eu. Ou ele. Eu já tinha me perdido na metáfora borralheira.

— Eu chamo ele aqui pra fora? — a Léo perguntou, reparando no clima romântico no ar. — Tá todo mundo lá dentro. Ninguém vai ver.

— Não — eu respondi, de imediato, sem saber de onde estava vindo tanta certeza.

Era surreal vê-lo parado no meio daquelas luzes coloridas, sorrindo pra mim.

Era surreal que a minha irmã tivesse feito tudo aquilo por mim.

Era surreal que ela não tivesse me forçado ou me pressionado a nada e, mesmo assim, tivesse conseguido me deixar bem comigo mesmo.

A Léo me aceitava.

A Léo me amava.

A Léo continuava a ser minha melhor amiga.

A minha irmã.

Sem saber, ela havia me dado os melhores presentes de aniversário da minha vida.

O Tomás... e ela.

— Não precisa chamar ele aqui pra fora — falei, ainda encarando o meu crush. — Só bota uma música pop lenta e... pensando bem, chama a mamãe.

— Deixa comigo! — minha irmã saiu em disparada.

De um jeito muito tortuoso, eu tinha saído do armário pra Léo mesmo sem ter saído do armário. O que era um alívio. Eu não queria me "assumir" pra ninguém, dar discursos emocionados, me "explicar". Eu só queria ser eu.

Assim, com as pernas tremendo e as mãos suando, caminhei lentamente até o meio da nossa sala. Até ficar embaixo do globo espelhado, frente a frente com o Tomás.

Ao lado do DJ, a Léo me fez um sinal de que estava tudo pronto para o momento mais esperado da noite.

Segundos depois, a música foi diminuindo de volume, até outra canção preencher a festa. Realmente, minha irmã não estava brincando em serviço.

"O que vão dizer de nós
Seus pais, Deus e coisas tais
Quando virem rumores do nosso amor?"

Era "Flutua", na versão do Johnny Hooker, com a Majur e a Pabllo Vittar. Um hino perfeito, romântico e clássico pra minha "valsa".

— Eu soube que você veio dançar comigo. — Sorri, sem graça, para o Tomás.

Embarcando no clima, Tomás estendeu uma das mãos na minha direção, enquanto colocava seu outro braço para trás, numa reverência ridiculamente fofa.

— Você dançaria comigo, senhor Leonardo?

"Baby, eu já cansei de me esconder
Entre olhares, sussurros com você
Somos humanos e nada mais"

Sem hesitar, segurei sua mão e juntei o meu corpo ao seu.

Sim, eu já estava explodindo por dentro.

Sim, eu iria agarrá-lo depois daquela dança e beijá-lo até o amanhecer.

Sim, eu não estava mais preocupado com o que iam achar de mim.

Encostando minha cabeça no ombro dele, eu era o garoto mais feliz do mundo.

— Parabéns de novo, Léo — Tomás sussurrou, a boca colada na minha orelha. — Feliz aniversário.

Quando todos abriram espaço para que a gente dançasse no meio da sala, eu pude ver a minha irmã, orgulhosa e emocionada, sorrindo pra mim lá da mesa do DJ.

No lado oposto, também sorrindo, estava a segunda mulher mais importante da minha vida: Clara, nossa mãe. Apoiada no corrimão da escada, ela acenava, feliz, enquanto tirava fotos com seu celular.

Era lindo e mágico.

Ter um príncipe pra chamar de meu.

"Antes dessa noite acabar
Dance comigo a nossa canção"

Nunca foi tão bom ser eu.

Meu amor, de novo e outra vez

Karine Ribeiro

No dia do fim do mundo, segurei a mão de Érica com força e disse, pela primeira vez, que a amava. No cantinho mais afastado do salão de festas, enquanto as luzes estroboscópicas lançavam um arco-íris na pele retinta dela, fazendo reluzir cada um dos mil cristais de seu vestido de debutante, ela entreabriu a boca e sorriu.

— Quê?

— N-nada — gaguejei.

O funk alto que retumbava na pista de dança cheia devia ter engolido minhas palavras, mas Érica ainda ficou de testa franzida e olhos semicerrados por um instante a mais antes de sorrir e, bem quando a próxima faixa começou, dizer:

— Vem! É a nossa música!

Ainda de mãos dadas, corremos até lá, desajeitadas em nossos saltos altos demais, e dançamos nossos passinhos ensaiados, rindo alto.

Um dia, enquanto eu ajudava Érica a escolher a playlist da festa, ela disse que não queria nenhuma música animada — logo ela, a rainha do fone de ouvido, sempre retumbando com batidas dançantes. Quando perguntei o porquê, ela disse:

— E se ninguém quiser dançar na festa? Vou ficar na pista sozinha?

— Eu fico com você — falei sem me conter. Eu, a pessoa mais desengonçada que já existiu. — S-se você me ensinar... quero dizer, você sabe que sou péssima nisso.

O sorriso de Érica era enorme e luminoso. Acho que minhas bochechas ficaram ainda mais vermelhas enquanto eu sorria também. Era inevitável.

— Jura? — exclamou ela, me puxando para um abraço. — Óbvio que te ensino! A gente vai arrasar.

Passamos um mês ensaiando todos os dias depois da escola, assistindo as coreografias de novo e de novo, até que nossos passos não apenas pareciam sincronizados, mas tão naturais quanto o fluir das ondas, como se fôssemos uma só.

Eu queria que fôssemos uma só.

O medo bobo dela não se concretizou. Assim que nos viram tomando a iniciativa, outros convidados se juntaram a nós na pista, dançando e rindo, batendo palmas e assoviando para celebrar nossa sincronia perfeita. No final das contas, eu não era tão ruim assim. Mas, desde que pudesse ficar pertinho dela, não me importava de errar um passo ou dois.

As luzes deixaram de ser um arco-íris atordoante para se transformar em um tom de azul-celeste que parecia saído de um conto de fadas. Aproveitando a deixa, o DJ emendou o fim do funk com uma balada lenta. Eu já ia me afastando quando senti uma mão suave no meu braço.

— Ei, dança comigo — pediu Érica.

Olhei ao redor, para a hesitação no rosto dos meninos que só queriam uma chance de se aproximar da estrela da festa, e então de volta para ela.

— Essa é romântica — falei.

— Por isso mesmo, ué!

Sem palavras, deixei que a mão de Érica deslizasse pelo meu braço até segurar a minha. No primeiro passo, tropecei nos meus próprios pés.

— Aqui, devagar. Deixa que eu te conduzo.

Um arrepio elétrico subiu pela minha coluna quando ela pousou a mão livre na minha cintura marcada pelo vestido. Por um segundo, fiquei concentrada demais na sensação para conseguir fazer qualquer coisa. Érica balançou o corpo suavemente, no ritmo intimista da música, e seu toque me ajudou a destravar e fazer o mesmo.

— Tá vendo? — Ela sorriu. — É fácil, né?

Era.

Tudo era fácil com Érica.

Na primeira semana de ensaio, eu já havia entendido e memorizado os passinhos do funk, mas continuei errando de propósito só para termos aquele momento sozinhas, quando todos os olhares e sorriso dela eram para mim e só para mim. Mesmo agora, enquanto dançávamos juntinhas num salão lotado, era como se apenas nós duas existíssemos, como se nada no mundo pudesse estragar aquele momento perfeito.

Às vezes, quando os pensamentos intrusivos sobre o dia do fim do mundo me atormentam, é para esse momento que direciono minha mente. Para o instante em que fomos perfeitas nos braços uma da outra, para o momento em que nossos olhares se conectaram e eu soube que não precisava ter dito nada naquele cantinho escuro.

Estar com Érica me bastava.

Até que o primeiro estrondo fez os convidados gritarem e correrem, se jogando no chão, protegendo a cabeça como podiam. A mão pousada na minha cintura se afastou, mas a que estava entrelaçada nos meus dedos firmou ainda mais o toque. Tivemos tempo de trocar um olhar que tudo sabia, mas que eu só reconheceria na terceira vez que o visse. Érica me puxou para o centro do salão e nos escondemos debaixo da mesa, lutando contra as saias volumosas de nossos vestidos.

Enquanto o segundo estrondo, tão forte que abriu fendas nas paredes de concreto, fazia meu coração saltar pela boca, a rachadura dividia o teto do salão de festas em dois e nos dávamos conta de que íamos morrer, Érica segurou meu rosto com as duas mãos, seus dedos quentes formando uma barreira no rio das minhas lágrimas.

— Eu ouvi, bobinha — foi a última coisa que ela sussurrou para mim.

Senti o terceiro estrondo reverberar nos meus ossos, mas não tive tempo de ver nada. Protegi minha cabeça com os braços, o toque de Érica se perdendo do meu, enquanto meu grito assustado se juntava ao último som que aquelas pessoas emitiriam.

No silêncio ensurdecedor que se seguiu, eu pensei que estava morta. Que, de alguma forma, ao desencarnar, havia mantido minha consciência presa aos meus últimos momentos. Ainda sentia o vestígio do calor da mão de Érica na minha quando abaixei meus braços... e quando me dei conta de que conseguia me mexer, os sons, os cheiros e cores da realidade voltaram a ser como antes. Ou quase.

Pisquei e o salão de festas tinha encolhido. A decoração, que antes tinha em cada mesa flores frescas em vasos ornamentados, fora substituída por balões cor-de-rosa, confete colorido e uma cortina de cristais baratos. Sem DJ, a música pop era cuspida por alto-falantes empoeirados e pendurados em cada um dos quatro cantos.

Eu ainda estava debaixo da mesa, o piso frio e liso fazendo meus joelhos nus deslizarem. Onde estava a saia de tule do vestido roxo que eu comprara especialmente para a ocasião? Tateei ao meu redor como se o tecido pudesse, de alguma forma, estar invisível e ouvi a risada dela, tão estrondosa quanto, dez minutos antes, quando ela me arrastara para a pista de dança em sua festa de quinze anos. Ergui a cabeça, espiando além da borda da mesa de plástico, e lá estava Érica. Reluzente como a estrela que sempre fora, usando o vestido azul curto e tomara que caia que eu a ajudara a escolher no centro da cidade.

Um ano antes.

Para sua festa de catorze anos.

— Vem, Lu! — Uma Érica que parecia ligeiramente mais nova estendeu a mão para mim. Podia ser a maquiagem... na verdade, a falta dela. Na festa de quinze anos, Érica fizera questão de ter a produção completa, mas na de catorze, a mãe dela a repreendera, dizendo que ela era nova demais para usar maquiagem. Ou saltos. Ou um vestido que marcasse demais. — O que você tá fazendo aí?

Tive um instante de lucidez que me arrancou uma risadinha sem graça e incrédula. Deslizei as mãos pelos meus braços, como se não pudesse acreditar que eram reais. Que estavam no lugar... que meu corpo ainda existia. E, então, ficou óbvio, eu só podia ter imaginado tudo. Uma bobagem, um delírio passageiro. Talvez efeito dos dois drinks coloridos que eram para os adultos e bebemos escondidas?

— Lu, para de ser bicho do mato! — gritou Paulinho, inclinado e com as mãos nos joelhos para espiar debaixo da mesa. — Você tá envergonhando a Érica.

Era o irritante do Paulinho que eu conhecia tão bem e que pegava no meu pé desde que eu chegara na escola deles. Em fevereiro passado. Érica havia me defendido das provocações dele desde o primeiro dia, quando minha falta de equilíbrio me fez levar um tombo na educação física e passar a maior vergonha. Naquele dia, ela limpou minhas lágrimas e disse que tudo ia ficar bem.

Eu acreditei.

— Para, Paulinho, deixa ela — Érica repreendia agora, a mão ainda aguardando a minha. — Vem, Lu, guardei seu pedaço de bolo.

Segurei aquela mão quentinha entre as minhas, a lembrança fresquíssima da outra festa inundando todos os meus sentidos enquanto eu me dividia entre olhar para ela e para as pessoas ao redor.

— Você se machucou? — perguntou ela, instintivamente levando a mão livre para massagear meu joelho exposto e vermelho.

— Não — respondi, minha voz soou tão baixa, como se não tivesse sido usada por muito tempo. Pior do que quando a gente acorda de manhã com a boca seca. Pior do que quando a voz volta depois de sumir por um dia ou dois de um resfriado forte. Pigarreei e tentei de novo. — Não foi nada.

— É porque você é sensível, né? — Érica fez os mesmos três círculos de massagem no meu outro joelho antes de ficar de pé, a mão sem nunca deixar as minhas. — Qualquer coisa te marca. Vamos, o bolo ficou uma delícia.

O aniversário dela era em maio. As velas eram 1 e 4, azuis com glitter prateado, improvisadas porque não havia 14 na lojinha de festa quando fomos até lá depois de comprar o vestido. Então fazia dois meses que eu a conhecia. Dois meses que ela havia me abraçado na educação física e que eu me senti boba por chorar na frente da menina bonita da minha escola nova.

Ela me entregou o pedaço de bolo — de coco com chocolate; eu sabia antes mesmo de ver o recheio entre as camadas — em um pratinho de plástico molenga, e enquanto comia me lembrei de que não era a primeira vez.

Pisquei e meus olhos arderam com as lágrimas que chorei quando achei que o mundo estava acabando. Pisquei e meu coração continuava martelando nas costelas, incapaz de entender o que havia acontecido. E, entre a lembrança de Érica segurando meu rosto enquanto morríamos, as memórias do ano que passamos juntas, do ano em que me apaixonei, mas que não deveria existir.

Porque só fazia dois meses, mas meu amor vivera incubado em mim por mais de doze, desde o momento em que me sentei ali e comi o bolo de chocolate com coco do aniversário de catorze anos dela.

Não tive coragem de falar nada. Nem para ela, nem para ninguém. Eu só ia conseguir compreender depois que o baile de debutante de Érica acontecesse novamente. Depois que eu me declarasse pela segunda vez e, pela segunda vez, o teto do salão de festas rachasse e a luz invadisse o mundo.

Mas não pela última vez.

Agora, faz cinco anos que eu me sento e como o bolo, meus joelhos nus ardendo, meus olhos inchados de tanto chorar, sabendo que me apaixonarei de novo, por um ano inteiro, até a próxima chuva de meteoros. Até Érica comemorar seu aniversário de quinze anos com toda a pompa que merece, e eu tentar impedir que o apocalipse a tire de mim.

Da próxima vez, eu prometo enquanto reviro a garfada de bolo na boca, não a deixarei morrer.

* * *

No dia do fim do mundo, segurei a mão dela com força e disse pela terceira vez que a amava. No mesmo canto mais afastado, sabendo que havia falhado de novo. A mesma confusão momentânea no olhar dela, o mesmo entreabrir momentâneo de seus lábios cheios e cobertos de gloss. Sorrindo.

O mesmo funk animado, meus mesmos passos, agora desajeitados por mais que tenhamos passado aquele mês ensaiando tudo de novo, e com lágrimas novas que eu começava a derramar assim que passava pelas portas duplas do salão, antes mesmo de vê-la com seu vestido volumoso e cor-de-rosa. Os mesmos quinze anos reluzindo em seus olhos castanhos, enquanto minhas costas pesavam com meus dezenove, imperceptíveis aos olhos de quem não sabia a verdade.

Embora fosse o quarto ano desde a primeira vez, era a terceira em que eu ia para a festa. No ano anterior, no ano que fora agora apagado da memória de Érica — e ainda bem —, me recusei a falar com ela. Saí debaixo daquela maldita mesa, de joelhos avermelhados e tudo, e não ousei olhar para trás. Eu a ignorei na escola, por mais que ela me olhasse como se não conseguisse juntar as peças que explicavam meu afastamento. Vivi dias sombrios sem reviver as situações que, originalmente, construíram nossa amizade e amor. Um dia, ela parou de ir às aulas. Fiquei sabendo que tinha mudado de escola. Pensei que tinha sido melhor assim; pensei que tinha quebrado o ciclo...

Até minha mãe me entregar um envelope cor-de-rosa e com cheirinho de chiclete tutti-frutti. Um convite de aniversário de quinze anos.

— Por que você não vai, Luísa? — perguntou ela, me dando aquele olhar que as mães dão quando não entendem o que deu em sua filha adolescente. — A Érica sempre foi tão boazinha... ela com certeza quer ser sua amiga de novo.

Não fui.

Fiquei em casa, deitada na cama, olhando pela janela, minha pele formigando com a falta dela. Vi a chuva de meteoros cruzar o céu. Pedi que tivessem piedade. Que me levassem em vez de levar a todos... em vez de levar Érica. Mas, com um puxão que poderia ter estraçalhado meu corpo, senti a realidade mudar ao meu redor e, quando abri os olhos, estava debaixo da mesa e Paulinho ria de mim outra vez.

Agora, exatamente um ano depois, eu encarava os convidados correndo de novo, as luzes azuis do nosso conto de fadas arruinado girando e o som morrendo enquanto o DJ abandonava a mesa. No meio do caos, tentei me concentrar, encontrar o detalhe que quebraria esse círculo infernal.

Érica segurou meu rosto, puxando-o levemente para baixo, obrigando nossos olhares a se encontrarem.

— Eu ouvi, bobinha — sussurrou ela.

— Então sabe que eu não posso desistir — falei sem me conter. O segundo estrondo fez explodir uma nova onda de gritos entre os convidados, mas eu pousei minhas mãos sobre as dela, querendo segurá-la ali só por mais um segundo. — Não posso deixar você aqui.

— Está tudo bem. Eu ouvi. — Érica sorriu. — Eu ouvi, Luísa.

Foi então que, enquanto meu coração parecia explodir, enfim entendi.

Mas quando a chuva de meteoros veio, eu a vi morrer mais uma vez antes que o mundo engolisse suas cores.

* * *

Hoje, no fim do mundo, seguro a mão dela com força e não digo que a amo.

Tenho vinte anos. Meu corpo não sabe. Érica também não.

Mas me esforcei para que os últimos doze meses fossem os melhores possíveis. Saí debaixo da mesa antes que o chato do Paulinho pudesse implicar comigo. Não perdi o parabéns. Recebi meu pedaço de bolo das mãos de Érica assim que foi cortado. Não a ignorei, não a fiz mudar de escola. Em vez disso, estava lá, aplaudindo, quando ela tirou dez por seu projeto inovador na aula de ciências. Estava lá quando ela visitou a faculdade que escolhera, embora ainda faltassem três anos para a graduação que provavelmente não aconteceria. Em vez de esconder o que meu coração cheio e dolorido sentia, permiti que ela me beijasse debaixo da nossa árvore favorita, na esquina entre o quarteirão da casa dela e da minha. Minha mãe ficou feliz de ver minha *amiga* tão boazinha frequentando nossa casa cada vez mais. Érica e eu, para cima e para baixo, inseparáveis. Cheias de planos para um futuro que eu rezava para não acabar em chamas. E enquanto a ajudava com os preparativos de sua tão sonhada festa de debutante, engoli o nó na minha garganta e me forcei a focar no presente.

Então agora, no último dia do fim do mundo, seguro a mão dela com força e não digo que a amo.

Desta vez, meu amor, que meu olhar seja suficiente, penso quando a confusão começa. *Que o tempo que passamos juntas seja suficiente.*

As mãos dela seguram meu rosto, quentinhas. Eu as cubro com as minhas, frias como gelo. Hoje, não nos escondemos debaixo da mesa. Sinto que não precisamos. Nem da fúria dos meteoros nem dos olhares alheios. Estão todos preocupados com a própria vida mesmo.

Érica está sorrindo.

— Eu ouvi, bobinha — sussurra ela, e meu coração falha dolorosamente.

— M-m-mas eu não disse nada — consigo dizer apesar da boca seca, meu corpo cansado se encolhendo por reflexo, já se preparando para o rugido ensurdecedor que virá quando o teto se partir. — Eu não disse nada!

— Eu sei.

— Não vá — imploro, apertando os dedos dela entre os meus. — Não vá, não me deixa aqui sozinha.

Érica continua sorrindo, esses lindos olhos, o castanho mais belo que já vi, sem nunca deixarem os meus.

— Não vou. — Ela segura meus dedos de volta. — Não vou mais.

As luzes piscam, mas não engolem o mundo. Como antes, a mão direita dela desliza até a minha cintura, suave como uma pluma, mas com pressão suficiente para eu sentir que está ali, que não vai me soltar enquanto valsamos ao som do fim do mundo.

— Tem certeza? — sussurro.

Encosto minha testa na dela, nossas emoções trocando de lugar. Absorvo seu sorriso doce e ela as minhas lágrimas. Vagarosas, elas se acumulam até transbordar sem que ela pisque. Eu as beijo antes que caiam.

— Tenho — responde Érica com uma risada nervosa.
— Sempre tive.

Nossos pés se movem devagar, cambaleantes, enquanto o chão estremece, enviando uma onda que vibra nos meus ossos e confunde as batidas do meu coração descompassado.

Está vindo.

Não há música nem ritmo.

Está vindo.

Eu sei que sim.

Érica também.

Então, antes que a luz e o estrondo engulam o mundo pela última vez, junto meus lábios aos dela.

Antes da festa peça

Olívia Pilar

1.

Tenho a impressão de que vou vomitar.

Mas sei, no fundo, que é só o nervosismo tomando conta do meu corpo quando desço os degraus do ônibus e praticamente corro em direção à Escola Santa Bárbara, onde acontecerão as audições.

Não queria brigar com papai, mas queria que ele não fosse tão inflexível sobre nossos combinados. Mas também não tenho outro parâmetro em casa, já que mamãe nos abandonou há muitos anos.

Somos só eu e ele, não sei se posso culpá-lo por querer manter esse nosso círculo tão pequeno.

Mas achei que ele, mais do que ninguém, entenderia minha vontade de fazer testes. Sei que é estranho uma pessoa tímida gostar de teatro, mas esse foi o principal motivo que me fez entrar para um grupo há pouco mais de dois anos. Queria falar mais, me soltar, conseguir conversar com estranhos sem querer que o mundo abrisse sob os meus pés. E papai sabia o quanto estava me fazendo bem.

— Vim para os testes.

Falo rápido para uma senhora parada em frente ao portão, ela me olha de cima a baixo e balança a cabeça em afirmativo, sem dizer nada. Passo por ela e respiro fundo. Sei que devo ser uma das últimas a chegar, mas papai não queria mudar de ideia sobre reformar um móvel hoje de jeito nenhum.

É o nosso momento aos sábados de manhã. Uma rotina pouco dita, mas sempre cumprida. Recebemos móveis usados de pessoas que querem algo novo ou papai pega móveis em ferros-velhos, quando quer praticar. Depois disso, colocamos à venda ou devolvemos aos seus donos.

Não é exatamente um hobby, porque complementamos a renda da casa com isso, mas diria que faz bem para nós dois.

Então, todo sábado nos reunimos na pequena oficina que papai construiu atrás da casa e começamos a trabalhar em algo. Exceto hoje, que eu já tinha avisado que não poderia, tinha um compromisso, algo muito importante. Papai simplesmente esqueceu.

E então nós brigamos. Não foi aos gritos, ele nunca faria algo assim. E eu também não. Mas foi uma briga com olhares, ele com certa decepção, eu com o queixo empinado. Acho que brigas silenciosas são as piores.

Não mudei de ideia e ele só balançou a cabeça e emendou com um "faço o rack sozinho então".

— Seu nome?

— Gabriela Azevedo da Silva — falo rápido, ainda um pouco cansada da correria.

O rapaz na minha frente procura em uma lista em meio a pilha de papéis. Suas sobrancelhas são grossas e tão grandes que se juntam no centro do seu rosto.

— Escola?

Ao seu lado, outras cinco pessoas parecem fazer o mesmo, cada uma com uma pilha de papel em suas respectivas mesas. Eu nem olhei direito em qual mesa estava parada, só vi que a dele estava vazia e fui em frente.

— Machado de Assis.

— Certo, a mesa certa é a da ponta, aquela ali... — ele inclina a cabeça para o seu lado esquerdo.

— Desculpe — sei que um sorriso sem graça está no meu rosto.

O rapaz sorri gentilmente e me viro para ir até a outra mesa. Meu movimento é tão rápido que não percebo uma garota parada atrás de mim, bem mais baixa.

— Opa! — ela fala de um jeito simpático.

— Desculpe, eu não...

— Tá tudo bem, fica tranquila — seu sorriso é lindo, sério.

Brilha, ilumina seu rosto e, sinceramente, acho que está iluminando todo o pátio de entrada da escola. Ela dá um passinho para o lado contrário ao que eu tentava ir e eu sorrio. Vou rápido em direção à mesa que deveria ter ido desde o começo e percebo que duas pessoas do meu grupo de teatro já estavam por ali.

Que burrice não ter reparado melhor nisso antes.

— Oi! — ambos, Carol e Pedro, falam rápido e passam por mim segurando uma plaquinha rente ao corpo.

Não são exatamente meus amigos, mas a gente se dá bem o suficiente para que eu responda com a mesma emoção.

— Nome?

Agora é uma mulher, deve ter uns 20 anos a mais que o primeiro rapaz que me atendeu. Nunca a vi antes, então não tenho certeza se é alguém da secretaria da minha escola, provável que não.

Repito meu nome rápido e de forma bastante ansiosa, pra ser sincera.

Não demora muito para que ela encontre meu nome em uma lista. Percebo quando ela o risca e me entrega um papel, com o número 9, que todos os outros papéis que vi em cima das mesas são números de inscrições.

— Boa sorte!

Agradeço e caminho em direção ao refeitório que está aberto. Nunca estive ali, mas sigo o fluxo de pessoas. Devem ter mais de 50 de nós no local, o que não é exatamente surpreendente.

Desde que os professores de teatro de seis escolas particulares da minha cidade se reuniram e decidiram fazer uma peça em conjunto, para ser apresentada no Teatro Municipal, ficou estabelecido que apenas alunos dessas escolas poderiam se inscrever para as audições.

É uma peça original, de um dos professores, não tenho certeza de qual porque resolveram não divulgar, com oito personagens. Não sei exatamente como vai ficar a divisão entre cada escola e prefiro não saber, já estou nervosa o suficiente. O que importa é que a notícia deixou não só nós, atores, animados, como toda a cidade.

Resolvi participar assim que Roberto, nosso professor, contou há dois meses sobre todo o processo. A peça focaria na protagonista que aceita, a contragosto, fazer uma festa de 15 anos a pedido da mãe. Ao mesmo tempo, está envolvida em uma trama escolar, em que tenta desvendar, ao lado de um garoto misterioso, a verdade sobre uma fofoca escandalosa que envolve sua melhor amiga.

Lembro que quando Roberto disse que qualquer uma de nós poderia fazer a protagonista, desde que tivéssemos 15 anos, eu soube que tentaria. Nunca tinha conseguido o papel principal antes, mas era a minha chance de tentar em um lugar novo. Ninguém me conhece ali, teoricamente me julgariam apenas pela minha forma de atuar.

— Cuidado por onde anda!

Uma garota branca, de longos cabelos lisos e castanho escuro passa apressada e esbarra os ombros nos meus, indo na direção contrária. Não respondo e vejo ela torcendo o nariz quando olha melhor para mim.

Me pergunto se tenho alguma coisa nos meus cabelos crespos, se deixei algum resquício de pasta de dente na minha pele preta ou se minha roupa está rasgada. Mas sinto que não é exatamente sobre roupas e cabelos.

— Perdeu a voz?

— Não... desculpa — me afasto da garota que agora tem um sorriso curto nos lábios.

Já ouvi falar da forma como algumas pessoas se comportam em audições abertas, mas nunca imaginei que me veria em um filme adolescente dos anos 90.

Volto meus olhos para o refeitório a procura de uma cadeira vazia. Os outros alunos estão espalhados em pequenos grupos, dá pra contar nos dedos as pessoas que estão sozinhas, como eu. Ao fundo, vejo que a cantina está aberta com apenas um funcionário. Imagino que seja porque vamos ficar a manhã toda ali e talvez o começo da tarde.

Em meio a gargalhadas altas e alguns gritinhos de animação, vejo uma dupla deixando uma mesa vazia para trás. Dou alguns passos rápidos e consigo me sentar. Estou exausta e sequer aqueci o corpo ou a voz.

As audições começam em quarenta minutos e a lista com a ordem será liberada em dez minutos, mas já vejo algumas pessoas caminharem devagar em direção ao pátio principal, onde as inscrições estavam sendo feitas.

Consigo finalmente olhar ao redor e guardar os detalhes da escola, muito parecida com a minha, mas pelo menos duas vezes maior. Me deparo com um grupo mais afastado, perto da saída do refeitório, eles estão soltando gargalhadas altas e parecem atentos a história contada por alguém.

Um dos garotos dá um passo para o lado e consigo ver a mesma garota com a qual trombei na fila de inscrição. Ela sorri e gesticula rápido, chamando a atenção das pessoas para ela, mas sem fazer muito esforço. Sua pele também é preta, mas em um tom mais claro que a minha, e seu cabelo tem os cachos abertos, compridos e um pouco abaixo do sutiã.

Não sou rápida o suficiente e agora ela está olhando diretamente para mim. Seus olhos me observam, mas o sorriso ainda está ali. Não consigo sustentar por muito tempo e desvio meus olhos para um ponto na minha mesa, mas sem antes reparar que a garota ainda me encarava.

2.

— **P**essoal, a ordem das audições está aqui. Começaremos em cerca de vinte minutos, fiquem atentos — uma voz fala alto perto do refeitório e várias mesas começam a ficar vazias, com os alunos indo rápido até o local indicado. — Ah, a sala onde será as audições está no começo da folha.

Vejo que a movimentação está em uma parede próxima e espero uma brecha para me aproximar. Consigo achar a lista para a protagonista da peça, com nome provisório de Cecília, e a definição da Sala 03 no canto direito superior.

Desço meu dedo pela ordem de nomes no papel pregado bem no meio da parede. Descubro que foram dez garotas inscritas e que eu serei a penúltima a me apresentar. Respiro fundo, entendendo que meu número de inscrição basicamente já dava um *spoiler* da ordem. Mesmo assim, perco um pouco da minha, já baixíssima, confiança.

Já tinha escutado duas coisas sobre as audições de teatro na minha cidade, todas dos meus colegas mais experientes, porque mesmo sendo apaixonada por peças, essa cidade tem seu próprio jeitinho de gerir cada coisa.

O que eu escutei foi que ser a primeira é ruim, você não sabe o ânimo dos professores que irão julgar, podem dar uma nota baixa para as primeiras pessoas só por achar que verão coisa melhor. Ser uma das últimas é pior ainda, porque você consegue ver cada uma das pessoas que irão antes e suas reações após a audição. E o pior é saber que a culpa é toda minha, eu tinha que ter acordado mais cedo, tomado café com calma e conversado com papai de um jeito mais tranquilo.

Mas tinha que ficar lendo um livro até tarde e perdido completamente a hora. Tenho certeza que meu despertador tocou mais de uma vez e mesmo assim meu corpo falhou comigo. Papai também não ajudou cobrando minha presença, mas não posso culpá-lo tanto assim. É nossa tradição, a única que se mantém desde a minha infância, desde que minha mãe nos deixou.

Balanço a cabeça devagar, tentando afastar esses pensamentos. Não deve ser saudável e nem atrair boa coisa. Tento ficar forte e trazer aquela confiança que me fez chegar ali e dar meu nome para a inscrição da protagonista. A ordem não significa nada e não preciso me abalar com quem vem antes de mim ou depois.

Quando Roberto falou sobre cada personagem, me apaixonei por Cecília de cara. Ela parece destemida, curiosa e muito leal. Além de ter a minha idade e de poder viver algo que eu não poderia: uma festa de 15 anos. Senti que o papel era pra mim.

É o que repito duas ou três vezes — *a ordem não significa nada* — até escutar uma risada confiante ao meu lado. *Muito* confiante.

— Vai ser fácil.

Não preciso olhar em sua direção para saber de quem é a voz, é bem inconfundível e estridente. É a mesma garota que esbarrou em mim e foi bastante ríspida. Mas, mesmo assim, a encaro. Ela retribui o olhar e seus dentes brancos estão à mostra.

Seus olhos seguem para meu peito, onde o número 9 está pregado em minha camisa amarela. Eu faço o mesmo com ela e vejo o número 10. Pela forma como ela me olha, acho que não se sentiu tão intimidada assim pela ordem das audições.

— Você? A Cecília? *Assim?*

Há dois anos a fala dessa garota ao meu lado faria com que eu quisesse correr, a timidez me consumiria por completo. Reparo em como seus olhos atravessam meu rosto e aquele sorriso… aquele sorriso faz minhas mãos gelarem, não de um jeito bom. Mas eu não sou a mesma Gabi de dois anos atrás. Eu acho.

— Sim, por quê?

Minha voz sai fraca, com muito menos potência do que eu imaginava que aconteceria. Ok, talvez eu ainda não seja tão extrovertida como eu queria.

— Acho que a Cecília é de outro jeito… mais assim. Como eu.

Suas mãos descem do cabelo liso ao quadril fino, bem diferente do meu largo. Mesmo sendo muito mais baixa que eu, diria uns bons 10cm, aquela garota me dá calafrios. A forma como ela fala de si mesma e como fala de mim… eu não gosto. Não gosto nem um pouco.

— Andressa, deixa a garota em paz e vai ser *preconcei-tuosa* em outro lugar, vai.

Ao contrário da tal Andressa, essa voz não me dá medo. Aliás, sinto algo bom. Como se estivesse sendo abraçada. Sinto a presença da garota atrás de mim e giro o meu corpo devagar, me deparando com a menina que vi rodeada de pessoas e falando animada. Entendo agora que ela é, de fato, muito simpática.

— Tudo agora é isso? Só estou apontando o óbvio, todo mundo sabe quem são as protagonistas. Você, mais do que ninguém, deve se lembrar.

Andressa sorri de novo, não de um jeito bonito, levanta o nariz e vira o corpo, jogando seu cabelo na nossa direção e caminhando rápido para o outro lado.

— Não liga pra ela. Sempre foi assim, acho que não vai mudar nunca e não adianta ir na diretoria, os pais são ricos demais pra alguma coisa acontecer com essa daí — ela fala rápido e dá dois passos para trás, deixando que outras pessoas se aproximem da parede. Faço o mesmo — Eu sou a Zuri...

— Gabi — sorrio constrangida. Não sei porque eu quero pedir desculpas para ela, talvez por parecer ser uma pessoa com zero atitude.

— Você é do Machado?

Zuri é um pouquinho mais alta que Andressa, mas sua postura, apesar de ser confiante não é nem um pouco arrogante como a da outra garota. Ela inclina a cabeça em direção as mesinhas do refeitório e começa a caminhar. Eu a sigo.

— Sou! Como você sabe?

Ela se senta e faço o mesmo. Zuri sorri e vejo um brilho diferente em seus olhos.

— Nunca esqueço uma garota bonita.

Ela está flertando *comigo*? Eu devo estar imaginando coisas.

Aquilo me atinge em cheio, sinto uma pontada na barriga, mas dessa vez não é ansiedade. É algo diferente, não consigo entender ainda. Mas eu quero entender.

— Eu...

— Eu estou *meio* que brincando — Zuri me interrompe e agradeço por isso. Ela lança uma piscadinha em minha direção. — Ouvi você falando na fila da inscrição. E, confesso, depois perguntei de você para a Carol, do seu grupo. Nós éramos do mesmo cursinho de inglês.

Tenho medo de perguntar o que exatamente ela tinha perguntado e o que a Carol tinha respondido, então ignoro essa segunda parte. Mas guardo no meu coração o fato de que temos pessoas em comum no nosso círculo.

Então, solto uma risada e ela me segue. Zuri não é só linda, sua voz preenche todo o espaço que minha ansiedade deixa vago. É esquisito, mas parece até que nos conhecemos há anos.

— É verdade! Tinha me esquecido da fila... — tento soar casual, quero esconder o quanto aquela confissão me deixou... animada.

— Poxa — ela faz um biquinho com os lábios e finge estar muito chateada.

— Não foi isso que eu quis dizer. Eu... — não faço ideia do que estou dizendo, mas não falo isso em voz alta. — É que aconteceu muita coisa desde que cheguei aqui.

— Por algum motivo acho que minha colega de sala é responsável por isso.

— É, um pouco — dou de ombros.

— Sinto muito... — Um sorriso simpático toma conta do seu rosto. — Mas agora você está comigo, eu sou muito mais divertida, prometo.

Zuri não precisava falar isso para eu ter certeza de que ela é muito mais legal que Andressa, está bem estampado. Sua postura é gentil e convidativa, ela parece querer me deixar à vontade. E a forma como ela me olha... ela não me julga, como Andressa fez.

— Eu sei disso. — E é a primeira vez hoje que eu consigo falar algo com tanta segurança.

Sinto como se meu coração estivesse cheio, pleno. É esquisito quando a gente se depara com alguém que faz o mundo ficar mais leve.

Nenhum dos meus poucos amigos gosta de teatro, eles só vão nas peças para me ver e não é como se eu fosse a protagonista ou tivesse tido muitas falas. Então, a possibilidade de conhecer alguém que também gosta desse meio e me aproximar dessa pessoa me deixa feliz. Mal a conheço e já a considero muito!

3.

Zuri é encantadora. Penso que não existe outro termo para o que ela causa em mim. Seu sorriso que enche os olhos, a covinha só do lado esquerdo, o perfume que sinto quando seu cabelo se move para os lados. Tudo nela me traz uma boa sensação.

Acho que estou gostando dela de um jeito diferente. Completamente novo para mim.

— Gabi?

— Oi... — balanço a cabeça devagar, voltando minha atenção para sua voz. — Me perdi aqui, foi mal.

— Eu percebi — ela solta uma risada baixa.

Ela repete a pergunta e digo que não estou com fome, quando ela pergunta se quero algo da cantina. A verdade é que não seria capaz de comer qualquer coisa antes do teste.

— Então, você está no seu grupo de teatro há muito tempo?

— Eu entrei tem uns dois anos.

— E você gosta?

— Você não? — levanto uma das minhas sobrancelhas, o tom de Zuri é despojado, mas tem algo em sua voz.

— Não sei se o suficiente... — ela dá de ombros. — Mas eu perguntei primeiro.

Sorrio quando Zuri coloca o cotovelo na mesa e apoia o queixo na mão, seus olhos viajam pelo meu rosto. Me sinto investigada, mas não me importo muito. É bom ser observada por ela. E nunca imaginei que diria isso sobre qualquer pessoa.

— Eu adoro, sério, acho que está me ajudando. Mas queria ter mais oportunidades. Quando entrei eles já estavam no meio de uma peça, mas já fizemos mais duas e eu nunca tive muitas falas, ou muita presença. Sei lá, queria mais.

— Eu entendo, sempre sou a vilã nas peças daqui. Até apareço muito, mas saio com poucos fãs quando deixo o palco, as personagens são odiosas.

Fico surpresa com sua fala, ela deve ser uma ótima atriz, porque ser a vilã não é exatamente o que imaginei para o rosto que está a minha frente. Zuri é leve, sorridente, alegre e, sinceramente, não parece fazer mal nem a um mosquito.

— E a Andressa? — pergunto o óbvio.

— Ela sempre é a protagonista, nisso ela não errou. A gente sempre acaba em lados opostos, o que eu acho realista considerando que na vida real ela é uma péssima pessoa. Eu nunca seria amiga dela mesmo.

— Eu não vi seu nome na lista agora...

— Ah! Eu até pensei em me inscrever, mas cheguei à conclusão de que não quero ser a protagonista dessa peça. — Zuri solta uma risada, é leve e me leva a fazer o mesmo. — Eu me inscrevi para a melhor amiga da Cecília, quero ser a vítima pela primeira vez. Pra ser diferente uma vez na vida!

Eu poderia ficar horas conversando com ela. Antes de começarmos, eu olhava para o relógio a cada cinco segundos, mas agora só quero que os minutos demorem a passar. Quero ficar mais tempo com a Zuri, ouvir mais sua voz e entender toda a sua trajetória até ali.

— Faz muito sentido.

— E agora que sei que você vai fazer a Cecília, vamos passar muito tempo juntas — ela lança mais uma piscadinha em minha direção.

Se isso não é flertar, eu não sei o que é.

Na verdade, eu realmente não sei o que é, nunca flertei com ninguém, sempre fui tímida demais para isso, mas ver a forma como seus lábios se contraem, seus olhos passeiam pelo meu rosto e como sua cabeça da uma leve entortada... acho que ela sabe muito bem o que está fazendo.

— Se eu pegar o papel... — falo depois de um leve roçar na garganta. — A Andressa parece muito experiente, acho que não tenho chance.

Lembro da história de Cecília, a festa de 15 anos, o primeiro amor, a melhor amiga incrível... eu também amo a possibilidade de quase viver outras vidas no teatro.

— Ela é boa atriz, sim. Já fez muitas protagonistas, está no teatro desde que eu a conheço. Mas eu não acho que ela é tudo isso. Sinceramente, você tem que se preocupar com a sua atuação, esquece ela. A Andressa é tão arrogante e autoconfiante que isso pode ser um tiro no próprio pé, vai por mim.

Apesar do sorriso, Zuri não está com seu tom engraçado dessa vez. Ela está com a expressão séria e parece querer deixar muito evidente para mim o quanto acredita no que está dizendo. Fico grata por isso, estou nervosa e o que a Andressa falou não me fez bem.

Não acho que possa fazer bem a qualquer pessoa ver que sua concorrente direta é tão segura de si.

— Você tentou fazer alguma protagonista na sua escola?

— Tentei — sou sincera. — O Roberto, nosso professor... — Zuri concorda com a cabeça. — Sempre diz que eu não combino muito com o papel, mesmo que toda peça a protagonista seja completamente diferente.

Ela sorri, sua expressão parece compreender minha fala, mas não do jeito que eu entendo.

— Deixa eu adivinhar, o papel sempre fica para o mesmo tipo de pessoa?

Repasso em minha cabeça as últimas peças apresentadas pelo meu grupo, nunca tivemos uma protagonista parecida comigo. E não é como se o grupo de teatro fosse tão antigo, ele deve ter uns quatro anos, somos basicamente todas novatas ali. Zuri pode ter razão, mas pode não ter.

— Eu não sei se é bem isso, acho que ele não confia muito em mim.

— Por que diz isso?

— É o que parece, o jeito dele comigo.

— Ele te trata mal?

— Ele me trata de um jeito... estranho.

— Só com você?

— É... — penso melhor. — Talvez.

Os lábios de Zuri se juntam e formam um pequeno bico, ela fica em silêncio por alguns segundos.

— Você já pensou em se juntar ao grupo de teatro da cidade?

Me surpreendo com sua fala, nunca tinha pensado nisso, mas é uma possibilidade. A cidade em que moramos fica no interior de Minas Gerais, na direção sul do estado, e tem por volta de 300 mil habitantes. Uma cidade não muito grande, mas completamente obcecada por teatro. Além de todas as escolas particulares terem seu próprio grupo, todas as regionais oferecem um curso gratuito para diferentes faixas etárias.

— Mas não é meio difícil? Eu já fui em várias peças deles e é tão... profissional, nunca me imaginei atuando ao lado deles.

— Difícil é, eles abrem uma seletiva por ano, muito concorrida. Mas não custa tentar, você tem tanta chance como qualquer outra pessoa, eles são bastante diversos, inclusive.

— Você conhece alguém que já foi desse grupo?

— Por acaso sim, um dos meus quatro irmãos. Ele participou há uns cinco anos e adorava.

— Quatro?

— É — ela solta uma risada. — É estressante na maior parte do tempo, mas no final não trocaria por nada.

— Eu entendo.

Lembro do meu pai, da nossa última conversa e de como ele parecia decepcionado por me perder naquele sábado. Sei que fiquei com raiva na hora, achei que ele estava sendo bem egoísta, mas conversando com Zuri percebo que posso ter entendido tudo errado. Às vezes meu pai só não queria mudar nada da nossa rotina.

A semana dele, trabalhando com o carreto, já é tão corrida que só aos sábados conseguimos conversar. Conversar de verdade. Decido mandar uma mensagem para ele assim que sair da audição.

— Ei Zuri... — escuto uma voz estridente, já conhecida nos meus ouvidos. — Arranjou uma namoradinha nova, é?

Andressa solta uma gargalhada e aponta na nossa direção. Vejo outras pessoas seguindo o direcionamento e encarando nós duas, sem tanto julgamento quanto a garota. Zuri me encara por alguns segundos, como se esperasse qualquer reação, mas logo se vira e deposita sua atenção em Andressa.

— Que engraçado, Andressa — ela finge estar rindo de um jeito bem teatral. — Estamos no século 21, literalmente ninguém aqui se importa se sou lésbica ou não, só você tem um problema com isso.

As pessoas que estavam nos encarando soltam alguns murmurinhos e voltam suas atenções para outra coisa. Vejo de longe que Andressa fecha a cara e sai em disparada para o outro lado. Solto uma risada baixinha com a reação da garota, mas me calo quando vejo Zuri me olhar atenta.

— Você se importa? — Não sei bem o que ela quer dizer e deixo transparecer isso em meu rosto. — Que eu seja lésbica.

Penso bem nas palavras que vou dizer, porque preciso que ela saiba como ela está me fazendo bem.

4.

— Eu não me importo. — Sou sincera, mas tenho uma coisa a mais para falar, que faz com que Zuri estreite os olhos, sem tirar o sorriso do rosto. — Na verdade, eu me interesso pelo assunto.

O que é esse tom de voz que está saindo da minha boca? É um... *flerte*?

Eu não sei o que estou fazendo porque, confesso, nunca tive vontade de flertar com alguém. Achar uma garota bonita, ok. Sentir atração, talvez. Querer conhecer, intimamente, qualquer pessoa? Nunca. Eu sou tímida demais pra isso e o teatro não faz milagre em tão pouco tempo.

Mas talvez eu só precisasse conhecer uma pessoa que me desse abertura para ser quem eu sou. Simplesmente alguém que conseguisse falar sobre seus sentimentos, sem ponderar tanto. Pela primeira vez na vida, acho que começo a ser eu mesma.

— Eu sou bissexual e...

— Você é?

— Não parece? — e é a minha vez de fingir uma tristeza.

— Mais ou menos, eu senti algo, mas… não tinha certeza — ela inclina a cabeça, esperando que eu continue.

— Eu nunca falei isso para ninguém — meu tom é risonho, mas minha postura fica rígida.

Zuri coloca as mãos na minha direção em cima da mesa e segura as minhas, que estavam gesticulando no ar sem nenhum propósito. Ela dá uma apertadinha de leve e meus olhos se voltam para nossos tons de pele preta se misturando naquele toque.

O gesto não me assusta, mesmo que a gente se conheça há pouco tempo. Eu já sinto confiança nela.

— Não precisa falar nada que você não queira falar, eu só queria saber porque não vou ser amiga de ninguém que não me aceite de verdade.

— Amiga? — não estou decepcionada, acho que nada de ruim pode sair de uma amizade sincera.

— É… — ela sorri acanhada, pela primeira vez desde que a conheci, e eu faço o mesmo, sinto suas mãos começarem um carinho de leve nas minhas. Acho que ela também sabe que, no fundo, é mais do que amizade o que está surgindo ali. — Então, ninguém mais sabe?

— Ninguém.

— Uau…

— E você?

— Eu? Eu sou um livro aberto, como você viu. Minha família sabe desde sempre, nunca precisei falar sobre isso.

— Queria que fosse assim pra todo mundo.

— Você não conversa dessas coisas na sua casa?

— Somos só eu e meu pai. Minha mãe foi embora quando eles se separaram, há muito tempo. Eu e ele... nós temos uma boa relação, sabe? Mas não sei.

— Quando for a hora, se um dia ela chegar, você vai saber. — Zuri sorri e balança a cabeça em afirmativo.

Eu concordo meio incerta. Acho que ela tem razão, mas essa é uma questão para a Gabi do futuro.

— Acho que está chegando nossa hora...

Zuri fala e pela primeira vez reparo no número em seu peito. É um 12, significa que teve mais candidatas para a vaga da melhor amiga do que para a protagonista. Ao mesmo tempo ela procura meu olhar e balança a cabeça na direção da saída do refeitório, que agora está bem mais vazio do que quando nos sentamos.

— É. Eu tô nervosa, confesso.

— Por quê? — A pergunta me pega de surpresa, achei que fosse natural estar nervosa antes de uma apresentação. Mas quando penso nas palavras para respondê-la, não consigo achar um motivo. Nada.

Zuri está atenta aos meus movimentos.

— Eu não sei... — respondo com uma risada. — Eu realmente não sei.

Ela se junta a mim e nós ficamos alguns segundos rindo, sem entender de verdade o motivo.

— Olha, eu sei que a gente mal se conhece, mas... — a garota inclina o corpo na minha direção e fala quase em um sussurro. — É só uma peça de teatro, sua vida não vai se resumir a ela.

E quando ela termina de falar, sinto que meu mundo estremece. Não é só o fato de que Zuri estava a pouquíssimos centímetros de mim, de um jeito que consegui sentir seu perfume suave e seu hálito quente. É também porque ela tem razão.

Estar ou não naquela peça não vai ditar quem eu sou nem o que eu posso ser. Conseguir o papel da Cecília não vai fazer com que Roberto me dê outras protagonistas, se o que ele sente por mim for muito mais do que falta de confiança. Isso não vai mudar.

Mas eu posso mudar um pouquinho a forma como eu encaro o teatro.

— Você tem razão, de novo. Como pode uma menina de quinze anos ser tão madura?

— E quem foi que disse que idade é sinônimo de maturidade, hein? — ela responde e eu concordo com a cabeça. — Mas, de toda forma, eu divido uma casa com mais seis adultos e um deles é psicólogo. Pensando bem, acho que preciso passar menos tempo com esse meu irmão.

— Eu gosto de você assim.

— Gosta?

Ela morde o lábio inferior e sinto meu corpo dar um pequeno salto, mas percebo que é só meu coração. A verdade é que ele parece estar agindo por conta própria, enviando comandos para minha cabeça que nunca antes foram realizados. Como flertar.

Eu sorrio e deixo a resposta no ar, mas também sei que não sou capaz de ir além dessas falas. Estar com Zuri despertou algo diferente, mas ainda sou parecida com a Gabi que saiu apressada de casa.

— Vamos? — pergunto desviando meus olhos da garota a minha frente.

Ela sorri e concorda com a cabeça. Zuri se levanta e para ao meu lado, flexiona o braço na minha direção, esperando que eu coloque o meu no espaço vago.

Eu respiro fundo, sei que ela não está me pressionando nem nada, mas também sei que é um grande ato para mim. Dizer em voz alta que sou bissexual e flertar com Zuri já foram grandes passos, não sei se estou pronta para mais um.

Mas lembro de tudo o que aconteceu hoje, de todas as palavras ditas e não ditas. Da forma como ela foi gentil o tempo todo e de como me tranquilizou. Lembro que um dos motivos de ter entrado no teatro foi conseguir ser menos racional, mais passional. Andar de braços dados com Zuri não precisa significar mais do que isso. Não custa tentar.

Eu me levanto e passo meu braço esquerdo no triângulo formado pelo braço da garota. Vejo os dentes de Zuri formarem um lindo sorriso.

— Sabe, acho que gosto do meu grupo de teatro sim — ela diz enquanto caminhamos devagar em direção às salas onde estão ocorrendo as audições. Os corredores da escola de Zuri estão muito mais vazios e silenciosos agora. É provável que os testes para personagens secundários já tenham até mesmo acabado.

— É mesmo?

— É.

Eu já amava o teatro, já amava como a gente pode se surpreender mil vezes com um mesmo texto sendo contracenado. Já gostava dos bastidores. Mas agora acho que tem um outro significado. O teatro não precisa ser meu tudo, ele pode ser só um meio.

— Eu acho que eu também.

E sou mais sincera do que nunca.

Nós trocamos nossos números de celular quando Zuri me deixa em frente à sala 03. Ela me dá um abraço apertado e diz que me manda uma mensagem assim que sair da sua audição. Andressa está sentada ao lado da porta, mas sequer levanta o olhar para nos encarar, vejo suas pernas cruzadas e os joelhos tremendo para baixo e para cima. Mas aquilo não causa nada em mim.

Sei que uma pessoa não pode mudar tudo em nossa vida, mas fico feliz de ter decidido ir até ali hoje. Ainda posso me chamar Gabriela, ter os mesmos quinze anos da protagonista da peça, ainda ser muito tímida, mas dentro de mim algo parece estar diferente. Talvez eu só precisasse enxergar as coisas de uma outra forma.

O diário da princesa

(versão brasileira, Herbert Richers)

Ray Tavares

Terça, 23 de setembro

"Às vezes parece que tudo que faço é mentir."

Começa assim o livro que ganhei da minha mãe como presente dos meus quinze anos.

E eu nem posso me questionar se foi uma indireta, ou apenas uma coincidência inocente, porque foi direta. Diretamente na minha cara. O livro se chama *O Diário da Princesa*, não tem como ficar mais claro que isso.

Ah, bom, pra mim. Mas é que eu já cansei de explicar essa história; era uma vez uma mulher jovem que teve um caso com Dom Bernard, o "príncipe" e "herdeiro ao trono" da "monarquia brasileira", e, quinze anos depois, aqui estou eu, a "princesa do Brasil".

É. Pois é.

E o pior de tudo é que quando eu era criança eu acreditava nisso. Tinha certeza de que um dia usaria um vestido glamouroso, rosa-choque de preferência, imenso como um bolo de andares, e seria recebida em um lindo baile pelo meu pai, Dom Bernard, e coroada princesa. E, ainda por cima, beijaria um lindo duque! De preferência inglês, com a cara do Harry Styles.

Mas aí eu descobri que isso nunca aconteceria, porque o Brasil não é mais uma monarquia desde 1889, e todo mundo que fica por aí se dizendo "príncipe" nada mais é do que... Delirante.

Essa foi uma aula de história difícil.

Mas eu estou perdendo o fio da meada. A questão é que a minha mãe acha *mesmo* que eu sou uma princesa (vide meu presente de quinze anos), e cansou de ser esnobada pelo meu pai. E eu vou fazer quinze anos no sábado e, de acordo com ela, agora tenho idade suficiente para ser apresentada oficialmente à sociedade como uma moça, e ela vai fazer isso da pior forma possível: me levando escondida até um evento privado da "monarquia", onde algum bolsonarista maçom illuminati de 184 anos receberia a Imperial Ordem da Rosa (seja lá o que isso signifique), e faria meu pai me assumir ali, na frente de todo mundo, por bem ou por mal.

Tentei persuadi-la. Eu não queria um pai que me assumisse por pena, dó ou pressão pública. E, mais do que isso, eu não queria que as pessoas ficassem sabendo daquela maluquice de ser filha de príncipe. No entanto, ela não me deu ouvidos. Ela nunca dava.

Então, sim. Talvez tudo o que eu faço mesmo seja mentir. "Ih, gente, não vai dar pra comemorar meu aniversário, minha mãe vai me levar pra jantar no Terraço Itália" ou "meu pai é biólogo e foi morar em Madagascar para estudar tartarugas", pois o que mais eu posso fazer? Falar a verdade? Que eu sou uma esquisita que fica pelos cantos escrevendo em um diário, filha de um suposto príncipe que nunca a reconheceu? Prefiro mentir.

Se ainda o título de princesa pudesse me ajudar a ser um pouquinho mais popular, ou pelo menos me desse a coragem necessária que eu preciso para falar "oi" para o Matheus, o carinha de quem eu gosto em segredo desde o sexto ano, mas não... A única coisa que pode acontecer se as pessoas descobrirem que meu pai é Dom Bernard é que vão adicionar "princesa" ao meu título oficial.

A "princesa" esquisita que fica pelos cantos escrevendo em um diário.

Sábado, 27 de setembro

Então aqui estou eu. Em Petrópolis, para ser mais exata.

Nunca estive no Rio. Queria ter visto o Cristo, o Pão de Açúcar, a praia, essas coisas de turista. Em vez disso, fui arrastada para a cidade Imperial.

Para piorar, tá um calor do caramba e eu quero prender o cabelo, mas minha mãe me proibiu de forma veemente. "Que tipo de princesa prende o cabelo?"

Hm. O tipo que não existe?

Enfim... Eu tinha combinado de fazer uma maratona da segunda temporada de *De volta aos 15* com os meus amigos para comemorar o meu aniversário de quinze anos, mas os meus planos foram por água abaixo. Em vez disso, estou dentro da cabine apertada do banheiro do pequeno castelo que invadimos enquanto a minha mãe troca o avental por um vestido longo.

Preciso admitir que foi bem legal entrar escondida aqui, vestida de garçonete. Me senti uma espiã. Uma princesa espiã.

Eu já coloquei o meu vestido, e agora observo enquanto a barra dele se esfrega no chão molhado de, na melhor das hipóteses, xixi. Ele é imenso, quente e cheira a coxinhas, pois pegamos emprestado da filha do padeiro que fez uma festa grande e brega de quinze anos recentemente.

Pra ser sincera, e acho que aqui é o lugar certo para ser honesta, eu queria ter feito uma festa grande e brega de quinze anos. Queria descer a escada com um vestido que não cheirasse a coxinhas e encontrar meu pai e minha mãe lá embaixo, sorrindo, orgulhosos. Um pai normal, que fosse presente, que existisse, e uma mãe sem síndrome de rainha consorte. "Essa é a minha filha" estaria estampado com orgulho na testa deles. E então eu dançaria a primeira música ("Lover", Taylor Swift) com Matheus, e ele me beijaria na frente de todo mundo.

Mas se nem uma maratona de *De volta aos 15* eu consigo organizar, esse sonho vai ter que ficar pra outra vida…

— Pronto, Malu — minha mãe avisou do outro lado do box. — Vamos antes que a segurança pegue a gente aqui.

Feliz aniversário pra mim, eu acho.

Sábado, 27 de setembro, Uber de volta para o hotel

Conheci o meu pai, o príncipe do Brasil.

E ele é um babaca.

Bom, tá bom, não ajuda muito o fato de que, no meio da entrega da Ordem Imperial da Rosa, minha mãe tenha me empurrado para cima do palco, roubado o microfone do Duque de Vassouras (sério) que prendia um pingente no peito de algum dos filhos do Bolsonaro (sério) e revelado para a alta sociedade presente:

— Esta aqui é a filha legítima do Dom Bernard! Dom Bernard, por favor, quinze anos já se passaram, assuma sua filha!

Eu juro que se eu não estivesse lá para assistir, não acreditaria que isso tivesse acontecido.

Mas aconteceu. E, no mesmo instante, o caos se instaurou. Flashes estourando na minha cara, o segurança do evento nos arrastando para fora do palco, e o meu pai, Dom Bernard, com seus sessenta e cinco anos e muito botox na cara, observava a tudo, embasbacado.

Eu pensei que seríamos expulsas, mas nos colocaram em uma salinha escura e sem janelas e, instantes depois, o príncipe estava entre nós, em pele e osso, e muito ódio.

Meu pai era um senhor baixo, atarracado e com uma negação imensa ao fato de que estava ficando calvo. Mas, mesmo assim, quando ele entrou na sala, o meu coração acelerou, e eu só conseguia pensar "é ele! É meu pai!"

Eu queria odiá-lo. "Aí está o babaca que nunca me assumiu, nem pagou pensão, muito menos quis me conhecer." Só que aquele homem ruim e malvado era apenas uma foto no meu navegador, e era muito fácil odiar aquela foto; quando o vi pessoalmente, porém, foi difícil empurrar goela abaixo todos os sentimentos conflitantes que disputavam espaço na minha alma. Xingá-lo, chorar copiosamente ou exclamar "papai!"?

Eu sei, eu sou patética. Uma garota patética com *daddy issues.*

— Luiza. — A voz dele era aveludada, como se ele tivesse treinado para te fazer sentir medo e acolhimento, tudo ao mesmo tempo. Em seguida, ele olhou para mim. — E você é...?

— Maria Luiza da Silva que também deveria ser Orléans e Bragança, Bernard, você sabe disso, eu te mandei fotos, vídeos, um tufo de cabelo — minha mãe revirou os olhos, respondendo por mim.

— Mãe!

— O quê? Todo pai quer guardar um tufo do cabelo do filho!

— É Malu, todo mundo me chama de Malu. — Mudei de assunto, porque não queria falar sobre tufos do meu cabelo com um desconhecido e odiava que usassem o meu nome inteiro, eu não era a protagonista de uma novela das sete.

— Então, *Malu,* como posso ajudar?

— Você sabe muito bem como pode ajudar, Bernard. Ela é sua filha! — Minha mãe se levantou e eu pensei que ela fosse dar um soco nele, o que seria incrível! Mas, em vez disso, ela veio até mim e me levantou também, apontando para o meu rosto de forma agressiva. — Vai me dizer que ela não é sua filha!?

E, bom, por debaixo de todo o botox e procedimentos caros que meu pai fizera quando bateu a crise de meia-idade, éramos mesmo muito parecidos. As mesmas sobrancelhas falhadas, o mesmo maxilar proeminente, os mesmos olhos afiados e o mesmo nariz com um ossinho sobressalente.

— Luiza, por favor... — ele murmurou, perdendo pela primeira vez a altivez imperial. — Quando esse assédio vai acabar? São quinze anos de cartas e e-mails e telefonemas, e agora isso? Como vou evitar que isso se espalhe pela mídia? Eu já te disse, ela não é minha filha!

E não sei se foi o fato de que eu estava sendo negada presencialmente, ao vivo, usando um vestido-bolo e chapinha no cabelo, e não através da minha mãe em formato de metáfora (*"ele ainda se sente em um casulo, e, para ser pai, precisa se transformar em uma linda e segura borboleta"*), ou se era a fome, aumentada pelo cheiro de camarão que vinha da cozinha, mas, ao ouvir "ela não é minha filha" sair da boca da cópia parada à minha frente, eu perdi a cabeça.

— Não é como se eu quisesse ser sua filha, também! — Eu sentia o meu queixo bater de ódio. — Hoje é meu aniversário de quinze anos e eu queria estar com os meus amigos assistindo a uma série sobre voltar no tempo, e não em um museu de cera onde as obras de arte são as pessoas presentes! Você sabia disso? Sabia que é o meu aniversário? Não, né? Você nunca se interessou. Você está mais preocupado com a monarquia de um país QUE NÃO É MAIS UMA MONARQUIA HÁ 134 ANOS!

Eu não sei se príncipes são treinados para não esboçar expressões, porque se forem, meu pai faltou a essa aula, porque o rosto dele demonstrava surpresa e irritação.

Eu fui até a porta da salinha escura e apertada e virei a maçaneta.

— Se algum dia eu quis te conhecer, essa vontade morreu hoje — ainda adicionei como uma bela frase de efeito.

E aí eu fui recebida por um milhão de flashes.

No evento havia apenas meia dúzia de repórteres e jornalistas que provavelmente escreveriam uma matéria irônica sobre a monarquia, mas saber que o príncipe do Brasil tinha uma filha bastarda deve ter atraído o restante do enxame. A monarquia não existia, óbvio, mas homens de bem clamando pela família tradicional tendo filhos com mulheres mais novas e não os assumindo era bem comum, e um prato cheio para matérias sensacionalistas.

— Você é filha do príncipe Bernard? — um perguntou.

— Você acredita na monarquia? — outro berrou.

— Dom Bernard nunca te assumiu?

— Qual seu nome?

Mas, antes que eu pudesse responder a qualquer coisa, minha mãe apareceu como um falcão, me colocou embaixo do seu braço e bradou:

— Entrevistas apenas com hora marcada!

COLUNA DE DOMINGO por Deivid Santos

Filha não reconhecida por Dom Bernard, que se autointitula príncipe do Brasil, causa alvoroço em evento real

O evento de condecoração com a Ordem da Rosa da "realeza brasileira" terminou em barraco neste sábado. Tudo isso porque Luiza da Silva, 48, invadiu o palco e apresentou ao mundo sua filha, Maria Luiza da Silva, 15, revelando se tratar da filha de Dom Bernard.

As duas foram retiradas do palco, e Dom Bernard não quis dar declarações. Porém, conforme as pessoas se acalmaram e o evento prosseguiu, o "príncipe do Brasil" não pôde mais ser visto pelos convidados.

Será que estamos prestes a vivenciar uma guerra dos tronos por um trono que não existe?

Segunda, 29 de setembro, banheiro da escola

É, parece que eu não sou mais uma perfeita anônima. Agora sou "a princesa bastarda", de acordo com todos os portais de notícias e jornalistas que estavam na porta da minha escola quando cheguei pela manhã.

Acho que eu preferiria continuar sendo anônima... Tem imagens minhas rodando o Twitter, onde estou com a cara fechada sendo levada pela minha mãe para longe dos flashes, e a iegenda é "a princesa vai ficar sabendo disso". Tem até um filtro com o meu nome no TikTok, e quem usa fica com uma coroa na cabeça.

Eu nunca usei uma coroa na vida! Nem tiara eu uso, porque me dá dor de cabeça.

Mas sabe o pior de tudo?

Matheus agora sabe quem eu sou. E, por mais que eu sonhasse com o dia em que ele me notaria, eu não queria que fosse desse jeito. Não comigo chegando no pátio para o intervalo e os amigos dele se cutucando, rindo e apontando para mim.

Mas, pelo menos, ele não riu.

A que ponto eu cheguei? Estou feliz porque o garoto que eu gosto não riu de mim.

Acho que uma feminista de Twitter acabou de fazer uma thread acabando comigo.

Terça, 30 de setembro, carro

Updates: o príncipe do Brasil mandou um motorista me buscar na escola para que a gente pudesse "conversar". Sei disso porque um segurança imenso me abordou enquanto eu entrava correndo no carro da minha mãe (para que ninguém pudesse tirar fotos minhas usando o uniforme pavoroso do meu colégio) e nos entregou uma carta timbrada com essas informações.

Conforme minha mãe lia, seus olhos se iluminavam.

— Seu pai quer falar com você!

E agora aqui estou eu, no banco de trás com o segurança do meu pai, com a leve impressão de que estou sendo sequestrada.

Terça, 30 de setembro, meu quarto

Não fui sequestrada, era realmente o meu pai.

"Pai". É tão estranho usar essa palavra, porque ele não me criou. Na verdade, ele só não quis usar camisinha e, quinze anos depois, lá estávamos nós dois, frente a frente em um restaurante para o qual eu não tinha roupas para frequentar.

Mas isso não me impediu de pedir o prato mais caro do menu. Eu não sabia o que ia comer, estava em francês, mas o meu "pai" iria pagar.

— Então, Maria Luiza — ele começou, depois que fizemos nossos pedidos e passamos alguns segundos em um silêncio constrangedor —, tudo bom?

— Tirando o fato de que fiquei conhecida nacionalmente como "princesa bastarda", tudo certo.

Dom Bernard tomou um gole da sua água, sem encostar o dedinho no copo.

— Escuta, eu não sou esse monstro que você pensa que eu sou...

— Eu não penso nada sobre você, Dom Bernard. Mesmo. Por mim eu seguiria a vida sem nenhum tipo de contato, sei como você é... Ocupado. Não quero ser um peso.

Don Bernard suspirou. E, então, fez algo impensável: colocou a mão por cima da minha.

— Olha, Maria Lui... — fiz uma cara feia e ele se corrigiu —, Malu! Eu dediquei a minha vida toda por um propósito maior, e agora vejo do que abdiquei por isso. Amores, amigos, família... Filhas...

Os olhos dele se encheram de lágrimas e eu fiquei genuinamente surpresa. Imaginei que ele tentaria me subornar com um pônei para que eu desaparecesse, não que fosse abrir o coração.

Aquilo me desconcertou.

— Tá tudo bem — me ouvi consolando-o, mesmo que não estivesse tudo bem e mesmo que ele não merecesse a minha piedade — deu tudo certo no final. Eu sou uma ótima aluna e não vendi pack do pezinho no OnlyFans.

Isso fez ele rir um pouquinho, o que me deixou curiosa: como ele conhecia o OnlyFans?

— Não é só isso... É saber que eu fiz tudo isso a troco do quê? A monarquia é uma piada. Eu sei que é uma piada.

Eu fiquei quieta, porque era mesmo.

— Mas você — ele apertou a minha mão, um lapso de esperança tomando conta do seu rosto —, você fez parecer legal de novo.

Dom Bernard então retirou uma pilha de jornais impressos de uma pasta de couro e colocou em cima da mesa. Eu fiquei chocada, porque não sabia que ainda imprimiam jornais.

Ele, então, começou a ler manchetes.

— "Princesa Bastarda: quem é a garota de quinze anos que tem conquistado fãs pelo país?"

— Fãs? — Achei graça, mas ele não parou.

— "Será que Maria Luiza da Silva é uma estratégia para popularizar a monarquia? Se sim, tem dado certo".

— Quê?

— Ou ainda "monarquistas de todo o país se organizam para um grande evento no dia 30 de outubro para que a Princesa Malu seja apresentada" — ele abaixou o jornal e olhou para mim —, isso tem dedo meu. E eu queria que você falasse nesse evento.

Eu estava um pouco atordoada, então deixei que ele continuasse a falar.

— Primeiro, eu fiquei muito bravo com o que aconteceu, não vou mentir, a minha imagem foi para a lama: eu era o homem ruim que abandonou mulher e filha. Mas, agora, penso que o nosso encontro aconteceu por um motivo maior. Eu não abdiquei de tudo em prol de nada, e ter deixado a paternidade de lado até esse momento não foi em vão! — Ele chacoalhava a cabeça, como se quisesse fazer com que eu concordasse com ele. — Eu acho que nós nos reencontramos para que você me ajude a mostrar para o povo brasileiro que a monarquia pode, sim, se reerguer mais uma vez, com uma liderança jovem, carismática e diferenciada! Eu e você, Malu.

Eu pisquei uma. Duas. Três vezes.

E aí eu comecei a rir.

— Cala a boca! — exclamei, entre risadas de porquinho, que era o tipo de risada que eu dava quando estava rindo de desespero.

— Cala a boca? — ele repetiu, incrédulo.

— Ai, desculpa, é só um jeito de falar! — Mas também queria que ele calasse a boca um pouquinho. — Mas isso não faz o menor sentido! O que eu posso falar que vai mudar a imagem da monarquia?

— Você já fez! Não vê? — Ele chacoalhou os jornais. — As pessoas estão interessadas. Pela primeira vez, as pessoas querem saber mais sobre a monarquia!

— Você disse que não é meu pai — constatei o óbvio.

— Eu sei, eu errei, estava com raiva. Me desculpa, Malu. Me desculpa... *Filha*.

Ali ele jogou baixo.

E eu caí que nem um patinho.

Porque era verdade, eu queria sim ter um pai. E se esse pai estava disposto a finalmente tentar, por que não deixar?

Só que eu tinha as minhas condições, claro.

— Tá bom, eu falo no seu evento.

— Malu, que notícia maravilhosa! Nós só precisamos...

— ... *se* você provar que está disposto a ser meu pai. De verdade, durante um mês. Sem monarquia, sem nada.

Só... me conhecer? E eu te conhecer? Se você fizer isso, eu falo no seu evento.

Dom Bernard sorriu e chamou o garçom.

— Uma garrafa de Dom Pérignon, vamos comemorar!

— Eu tenho quinze anos.

— Ah, é verdade... — então ele abaixou o tom de voz —, mas você não bebe ainda?

E aí nós tomamos champanhe juntos.

Quarta, 1 de outubro, carro

FINALMENTE FALEI COM O MATHEUS!!!

Tá, eu deveria começar esse relato contando que Dom Bernard começou sua saga rumo à paternidade tardia enviando novamente Leo, o segurança do dia anterior, para vir me buscar na escola e me levar ao Shopping Cidade Jardim para "renovar meu guarda-roupa" (não sei se isso foi uma crítica ou um presente) e etc., mas quem se importa quando eu FINALMENTE FALEI COM O MATHEUS?

Foi assim: na saída da escola Leo veio me informar que tínhamos um cronograma a seguir. Então caminhei com ele até o carro, distraída, querendo saber se ele era de algum tipo de serviço secreto de segurança da monarquia, e nem reparei que Matheus estava esperando sua própria carona ali perto.

Quando percebi, estávamos lado a lado, enquanto Leo guardava a minha mochila no porta-malas e tranquilizava minha mãe de que cuidaria de mim.

Olhei para Matheus com o canto dos olhos, reparando no seu cabelo bagunçado na altura dos ombros, a covinha na bochecha, o brinco em uma das orelhas e os olhos verdes. E aí eu pensei: eu sou princesa de um país que não é mais monarquia. Eu sou um meme ambulante. Eu estou conhecida no país inteiro como "bastarda" e "rejeitada". O que de tão pior poderia acontecer se eu falasse "oi" pro Matheus?

E aí eu me virei pra ele e falei:

— Oi.

Ele ficou um pouco surpreso, mas sorriu.

— Oi, Malu.

E UAU, acho que eu nunca me senti tão prestes a desmaiar como eu senti naquele momento. Ele sabia meu nome. ELE SABIA MEU NOME! (Óbvio que sabia, éramos da mesma sala e ele ouvia na chamada todos os dias, e agora eu estava dia sim, dia não, nos portais de notícia, mas estou optando por ignorar isso).

— Legal seu carro. — Ele apontou para o blindado.

— É do meu pai.

— O príncipe?

— O príncipe.

Matheus sorriu, tipo "que engraçado, né?", e eu sorri de volta, "é, pois é, que loucura".

E então a mãe dele chegou.

— Até amanhã — ele acenou com a mão e, antes de entrar no carro, adicionou: — princesa.

AAAAAAAAAAA!!

Acho que eu finalmente estou vendo vantagem nisso tudo de ser princesa.

Domingo, 5 de outubro, Fórmula 1

Acho que Dom Bernard não sabe muito bem o que pais e filhas fazem, porque ele me trouxe para assistir à Fórmula 1.

Mas sabe que até que é divertido ficar vendo os borrões de carro passando e ouvir aquele barulho esquisito e alto? E eu também estou um nojo, porque estou na área VIP tomando Sprite numa taça de champanhe.

Nos últimos dias, Dom Bernard tem sido muito legal. Ele não sabe ser pai, então sempre sugere que a gente faça algo que adolescentes não podem fazer, tipo ir a um bar à noite, ou perder dias de aula, mas tudo bem, eu relevo, porque estou me divertindo muito. Ainda por cima ganhei um Nintendo Switch, o box do Trono de Vidro e uma mochila nova. Ele insistiu para que eu escolhesse uma joia, mas aonde eu vou com um anel de brilhantes? Para escola é que não vai ser. Uma mochila é muito mais útil.

Confesso que as coisas estão muito malucas, e ver o meu rosto em todos os lugares é superesquisito. Ontem mesmo, depois que tiraram algumas fotos minhas com Dom Bernard tomando sorvete no shopping, a palavra "monarquia" virou trending topics no Twitter, o que fez com que Dom Bernard me ligasse imediatamente para comemorar, começando sua fala com "eu estava navegando na internet", o que só comprovava a sua idade.

Para ser bem sincera, eu não me importo nem um pouco com a imagem da monarquia. Só me importo com o fato de que está sendo legal ter um pai pela primeira vez na vida.

Enquanto estou aqui escrevendo, ele se aproxima de mim.

— O que tanto você escreve aí?

— Meus pensamentos — levanto o caderninho para ele.

— Acho que pode ser um objeto valioso quando historiadores no futuro quiserem escrever sobre a "jovem princesa Malu, que ajudou o Brasil a ser uma monarquia novamente".

Foi uma piada, mas o jeito que ele sorri dá a entender que ele acredita nisso, e eu é que não vou quebrar seu coraçãozinho monarquista.

COLUNA DE DOMINGO por Deivid Santos

Princesa do Brasil angaria fãs e monarquia volta ser "cool"

Tive um chefe que me dizia que não existe marketing ruim, e acho que Dom Bernard deve ter tido algumas aulas com ele.

O que era para ser um escândalo passível de destruir reputações tornou-se um grande ponto de virada para o movimento monarquista no país, e a princesa Malu tem todos os ingredientes para se tornar o novo rosto do movimento: é jovem, está vivendo um conto de fadas moderno e abraçou essa loucura com doçura e bom humor.

Malu só não pode esquecer de quem está por trás de tudo isso: movimentos de extrema direita e interesses econômicos duvidosos. Mas será que ela é jovem e manipulável demais para entender tudo o que está em jogo com essa brincadeira de ser princesa?

Segunda, 13 de outubro, quarto

Querido diário: me desculpa não estar escrevendo tanto quanto eu costumava, mas é aquela coisa: a gente esquece da vida quando tá vivendo ela um pouquinho, né?

Hoje, depois da escola, fui com o meu pai comprar a roupa que devo usar no dia 30, para o grande discurso. Depois disso, também fui conversar com uma especialista em oratória, para que ela pudesse me auxiliar com o dito discurso. Ela me ajudou a respirar fundo, falar com calma e não deixar as palavras se atropelarem na minha língua, o que foi bem legal, porque eu geralmente falo como se estivesse com uma batata na boca.

E agora eu estou aqui, no meu quarto, falando com o Matheus pelo WhatsApp.

Sim, depois que conversamos na porta da escola, ele adicionou meu número e a gente está trocando memes todos os dias.

Já posso dizer que estamos namorando ou é muito cedo?

Segunda, 13 de outubro, quarto — mais tarde

Querido diário: eu e Matheus estávamos conversando sobre filmes que curtimos, e eu devo ter batido a cabeça mais cedo, porque o convidei para ir ao cinema comigo no sábado.

E ele topou!!

E agora eu sinto como se nunca mais fosse dormir na vida.

Sábado, 18 de outubro, carro

Ludmilla uma vez disse: é hoje. E é hoje mesmo. O discurso para 500 monarquistas? Não, meu primeiro encontro, o que me parece bem mais assustador.

E eu saí do meu quarto, pronta e maquiada, e dei de cara com Leo no corredor, conversando com a minha mãe. Ele sorriu ao me ver, o que foi bem esquisito, já que ele nunca sorria.

— Você tá linda, filha! — minha mãe exclamou, emocionada, mas eu a ignorei, voltando-me para Leo.

— Deixa eu adivinhar: meu pai quer que você vá junto?

— Ele me pediu para ficar de olho. De acordo com ele, pesquisou a vida desse garoto e descobriu que ele é comunista.

— A mãe dele só é professora! — exclamei.

— E eu sou treinado para desmaiar alguém em menos de quinze segundos se esse alguém tentar qualquer gracinha.

E agora aqui estou eu, rumo ao encontro, olhando para Leo enquanto ele dirige e me perguntando: como será que ele apaga alguém em menos de quinze segundos?

Sábado, 18 de outubro, quarto

Foi... Perfeito!

A sessão estava vazia. Leo ficou do lado de fora (graças ao meu poder de persuasão). E bem no comecinho do filme, Matheus segurou minha mão, e nós ficamos de mãos dadas o tempo todo (espero que ele não tenha sentido o suor), e aí, no final, nos créditos, ele olhou pra mim.

— Fiquei feliz quando você veio falar comigo.

— Por que você não veio falar comigo antes, então? — perguntei, porque meu tipo de flerte era agressivo agora que eu não tinha mais uma imagem a ser queimada.

Matheus riu.

— Não achei que você fosse achar nada de interessante em mim. Ainda mais depois que virou princesa.

— Até parece, né? Olha só pra você. Um gato.

Sutil como um touro.

Matheus então se aproximou um pouquinho.

— Deixa eu fazer uma coisa antes que apareça algum jornalista aqui. Ou pior: aquele tal de Leo.

E aí ele me beijou.

Segunda, 20 de outubro, aula de física

Hoje eu andei de mãos dadas com o Matheus pela escola. E, mais tarde, meu pai virá me buscar para que a gente almoce junto. De noite, minha mãe disse que vai pedir uma pizza para que ela, meu pai e Leo possam conhecer "esse mocinho que tem o cabelo comprido demais".

Faltam dez dias para o grande discurso.

Se tudo isso for um sonho, por favor, não me acordem.

Quinta, 30 de outubro, evento real

Cá estou eu novamente, em Petrópolis. Diferente da última vez, entramos pela porta da frente, e, agora, estamos na antessala esperando para que eu possa fazer o meu discurso.

Já li e reli quinhentas vezes. Vou falar sobre como a monarquia foi importante para o país, e como não devemos deixá-la morrer. Explicar que os impostos recolhidos em forma de laudêmio são importantes para que ela persista, e que ainda entenderemos, como sociedade, como é importante que a monarquia ressurja, forte e independente, para que o Brasil possa prosperar de uma vez por todas.

Vou falar tudo isso pelo meu pai, que cumpriu sua parte do acordo. Nesse um mês, ele provou que quer mesmo que sejamos pai e filha. E me deu coisas que eu nunca imaginei que teria, como carinho, atenção, roupas, um Nintendo Switch e, de tabela, um namorado.

Alguns jornalistas dizem que estou sendo manipulada. Tiram sarro de mim.

Mas eu acho que não.

Acho que sou corajosa.

— Quinze minutos — Dom Bernard veio em minha direção e segurou minha mão. — Pronta para mostrar ao mundo que é minha filha, a princesa do Brasil?

Eu concordei com a cabeça.

Vou deixar você um pouco de lado, diário.

Estou prestes a fazer história.

COLUNA DE DOMINGO por Deivid Santos

Princesa do Brasil herda posses de Dom Bernard — e detona a monarquia

Se algum dia cheguei a falar que Maria Luiza da Silva era manipulada, retiro tudo o que disse. Nós é que fomos manipulados. E eu adorei cada segundo!

Na quinta-feira ela participou de um grande evento de apoiadores da monarquia: seu primeiro como princesa do Brasil.

Antes, porém, Dom Bernard finalmente assinou seu registro de paternidade perante o público, e os dois se abraçaram, emocionados.

E então ela subiu no palco e começou a falar, e não há nada que eu possa escrever aqui que seja melhor que seu discurso, então deixo na íntegra:

"Boa tarde a todos.

Meu nome é Maria Luiza da Silva, tenho quinze anos e passei os últimos catorze sem um pai. Até o meu último aniversário, quando eu e Dom Bernard finalmente nos conhecemos.

Meu discurso original dizia coisas muito bacanas sobre ele, e sobre a monarquia também, mas eu estou um pouco cansada de mentir, então, em vez disso, vou falar algumas verdades: sabiam que a minha mãe me criou sozinha, com apenas um salário de secretária, e passou anos pedindo para que Dom Bernard pagasse pelo menos a pensão, sendo negada sistematicamente? Sabiam que Dom Bernard gastou dinheiro do contribuinte tentando me comprar e tentando comprar uma fala minha em prol dessa instituição falida que vocês vieram apoiar?

("Me solta, deixa eu terminar!", neste momento tentaram tirar ela do palco, mas o segurança pessoal do príncipe não permitiu.)

Por um instante, confesso, pensei em falar bem da monarquia para manter um pai, porque foi legal mesmo ter um pela *primeira vez na vida, mas aí eu estaria ferindo a pessoa que nunca me abandonou: minha mãe. Porque ela me ensinou sobre justiça, e sobre ser uma boa pessoa, coisa que o meu pai, com todo o seu dinheiro, status, pompa e nome, nunca se interessou em fazer.*

A única coisa que ele ama é a monarquia. Monarquia essa que não existe, mas que ainda tem apoiadores e recebe impostos em seu nome. Então eu decidi que, além de reivindicar o amparo financeiro que me foi negado por quinze anos, também faria algo em relação a isso. Agora sou oficialmente Maria Luiza da Silva de Orléans e Bragança, e finalmente tenho meus direitos reconhecidos, e, diferente do meu pai, vou usá-los para o bem. A começar por esse laudêmio ridículo pago aos "membros da realeza" que vocês usam para encher os bolsos, e a essas posses e imóveis que estão no nome da "monarquia" — isso tudo deve ser devolvido ao povo. Isso não é e nunca foi de vocês.

Valeu, pai, pelo reconhecimento da paternidade. Agora é só reconhecer que a monarquia acabou em 1889.

Antes tarde do que nunca."

Quinta, 30 de outubro, avião de volta para casa

Olá, Diário de Verdade.

Senti sua falta. Sei que você deve ter se sentido traído ao meu ver escrevendo naquele outro caderninho, mas eu precisava deixar ele disponível para ser lido toda vez que visse o meu pai, e eu lá queria que ele pegasse você pra ler? Eu falo coisas muito íntimas aqui, tipo aquele sonho que eu tive onde eu e Matheus éramos duas minhocas.

Mas deixa eu te contar o que aconteceu nesse último mês: lembra que a minha mãe me deu de presente *O Diário da Princesa* como piada de aniversário? Então, eu resolvi ler o livro. E eu amei. E, lendo, cheguei à conclusão de que o meu pai só me assumiria se eu o constrangesse a fazer isso, e como eu poderia constranger o meu pai? Deixando-o envergonhado na frente dos seus amiguinhos da "monarquia", como a princesa Mia Thermopolis fazia constantemente com a Rainha da Genovia.

Sugeri para a minha mãe esse plano, que a gente fosse a algum evento oficial dele e fizesse o Brasil todo saber quem ele era de verdade. No começo, ela não quis, não queria me expor, nem que eu me magoasse com tudo aquilo; ela havia tentado de tudo para que ele pelo menos me conhecesse, mas Dom Bernard nunca quis. Só que dei a cartada final: queria fazer aquilo, constrangê-lo, como presente de aniversário.

Tudo isso porque eu li um livro escrito no começo dos anos 2000 sobre a princesa de um país fictício. E ainda tem gente que diz que a literatura não muda vidas!

Só que eu não imaginava que, depois daquele bafafá todo no evento da Ordem Imperial, Dom Bernard fosse querer me assumir como estratégia para alavancar a monarquia. E aquilo que começou como uma piada me deixou muito muito **muito** brava. Eu preferiria que ele só tivesse ficado constrangido e me expulsasse do evento; queria fazer aquele homem, que fez minha mãe sofrer tanto, sofrer um pouquinho também. Mas então eu conheci a verdade sobre o meu "pai": ele não era capaz de sentir nada, empatia, amor, remorso, nada, e faria absolutamente tudo em prol de um status imaginário.

E tudo o que veio depois disso – o acordo, o diário falso que ele lia escondido sempre que nos encontrávamos, os relatos falsos da empolgação da minha mãe em ter uma filha princesa e de como a minha vida estava melhor desde que ele resolveu ser um bom pai – foi uma estratégia para ver até onde ele iria. E ele foi longe demais, pagando o preço por isso. Um preço muito alto, já que agora eu herdaria tudo o que era dele e faria tudo o que estivesse ao meu alcance para que o dinheiro recebido pela "realeza" fosse revertido em algo útil.

Confesso que o discurso no evento foi improvisado; eu não ia fazer nada daquilo, o plano era ir embora depois que ele reconhecesse a paternidade e deixá-lo lá, com cara de interrogação. Mas, depois que ele pediu que eu provasse ao mundo que eu era filha dele, decidi provar mesmo: sendo uma babaca sem coração.

Mas nem tudo que eu escrevi no diário improvisado foi mentira! Decidi adicionar pitadas de realidade para que, quando meu pai estivesse lendo escondido, ele não desconfiasse de nada. Matheus? Tudo verdade. A amizade com Leo? Aconteceu mesmo, o que foi ótimo, já que foi ele que me protegeu durante o discurso no evento.

E me deixar levar por um pai amoroso que comprou coisas que eu queria e me deu atenção pela primeira vez na vida? Verdade também, infelizmente... O quê? Eu sou humana, óbvio que um Nintendo Switch faria meu coração balançar um pouco!

Mas ele balançou, balançou e não caiu. Eu fui forte, e o piti homérico que Dom Bernard deu depois do meu discurso, me acusando de interesseira, comunista e maligna, só provou que foi melhor assim.

E agora eu estou no avião de volta para casa, trocando mensagens com Matheus e ouvindo minha mãe e Leo, aos sussurros e risadinhas, no banco da frente.

Então, sim, às vezes parece que tudo o que eu faço é mentir.

Mas é melhor isso do que acreditar na monarquia em pleno 2023, né?

A sorte dos bons encontros

Vinícius Grossos

1
Quem sou eu

Hoje é *quase* igual a mais um daqueles dias tranquilos, em que eu e o meu humano de estimação vamos para o parque perto de casa e ficamos apenas sentados na grama, pegando sol e vendo a vida acontecer. Digo quase porque Arthur tem um encontro, e suspeito que eu esteja mais ansiosa do que ele para que tudo dê certo. Eu não tenho tempo a perder, se é que você me entende...

Dizem que para cada ano na vida de uma pessoa, devemos contar sete para a vida de um cachorro. Isso nunca foi comprovado cientificamente, mas como os humanos têm uma obsessão pela finidade da vida, talvez dê a você uma noção de quanto tempo ainda me resta.

A propósito, me chamo Lady, tenho quinze anos e sou uma cachorra. O que significa que se você fizer uma conta rápida, vai saber que sim, sou idosa e já estou bem mais pra lá do que pra cá.

Não que isso me deixe triste a ponto de fazer chantagem emocional para ganhar mais petiscos ou coisas do tipo. Sempre fui durona, sabe? Caso contrário, não teria sobrevivido aos anos que passei na rua antes de encontrar o meu humano de estimação.

Fora que nós, animais, somos mais evoluídos nessa coisa de morte do que vocês... A gente sabe que se a conexão com nossos tutores for verdadeira e recíproca, pautada no amor, logo a gente volta pra esse plano e se reencontra. Não tem muito mistério, né? Para ser bem sincera, vocês que acabam tornando tudo mais doloroso. Choram e sofrem como se nunca mais fôssemos nos ver ou abraçar... Se vocês só respirassem fundo e tentassem relaxar, o tempo entre nossa última lambida em vida e a primeira em outro corpinho passaria muito mais rápido. Sério mesmo!

Porém, sei que antes de partir deste ciclo, eu devo um último favor ao Arthur. Isso é inegociável. Não sei quanto tempo vai demorar até a gente se reencontrar, e eu me preocupo demais com esse tempo entre o agora e o depois...

Arthur é um cara diferenciado, sabe?

Amoroso, inteligente, generoso... Mas tem um probleminha que infelizmente atrapalha sua própria sobrevivência nos dias de hoje... Arthur não consegue enxergar a maldade nos outros.

E antes que eu vá, preciso que ele encontre o amor. Ele merece demais, gente! Fora que eu faria minha passagem de uma forma muito mais tranquila sabendo que ele teria alguém aqui para lamber o seu rosto nos momentos de tristeza e abanar o rabo de alegria quando ele chegasse em casa.

Opa! Quero dizer, não é exatamente isso. Eu quis dizer para abraçá-lo e beijá-lo. Não que humanos não possam abanar os seus rabos... Eu já vi cada coisa nessa vida que até Deus duvida. Mas enfim... Vocês entenderam, né?

Queria muito que todo mundo tivesse a oportunidade de conhecer o Arthur como eu conheço. Mas acho que contar como nos conhecemos faça um pouco mais de sentido. Só que pra isso, vou precisar voltar um pouco no tempo... Para quando eu nasci.

2
Uma história um pouco triste, mas que fica feliz

Quinze anos atrás, quando vim ao mundo, encontrei de pronto o sol e o asfalto. E encontrei a mamãe também, é claro.

Mesmo pequena, na fome de mamar, eu sempre senti algo estranho nela. Mamãe tinha um semblante muito triste. Só depois de mais velha percebi que era como se os olhos castanhos dela quisessem virar tempestade para inundar todo o mundo com suas lágrimas.

E não era por menos… Sua tristeza era muito justificável.

Antes de mim e dos meus dois irmãos, mamãe contou que tinha uma casa. Lá, também tinha uma caminha para poder dormir mais confortável, tinha coberta para os dias frios, e todo dia recebia comida e água. Eu, muito pequena, ficava deslumbrada com essa história. Para um cachorro, ter uma casa é como um conto de fadas, sabe? É tudo o que a gente mais quer!

Porém, quando ela ficou prenhe, foi abandonada na rua, justamente na hora em que mais precisava.

Mamãe mal conseguia contar a história sem cair no choro… Sua humana a colocou no carro, com a promessa de levar mamãe para passear, e simplesmente a jogou na avenida, com quase nenhuma chance de sobrevivência.

Mesmo tendo encontrado alguns poucos humanos que pareciam ser bonzinhos e que nos davam um pouco de água e comida, mamãe nos ensinou, da forma que podia, a não confiar plenamente nas pessoas. O que era muito difícil, devo confessar. Nós não nascemos para sentir medo ou para desconfiar. Mas é lógico que, logo depois, eu entendi o que minha mãe queria dizer...

Eu vivi na rua por mais ou menos cinco anos. Vi de tudo. Vi coisas que provavelmente nunca esquecerei. E, no fim das contas fui a única sobrevivente da minha família... Só eu restei...

Mas de alguma forma, eu sentia que a minha hora estava chegando também, sabe?

Mamãe sempre dizia que nós não tínhamos nascido para viver na rua. Que tínhamos nascido para vivermos em casas, com humanos de bom coração. Mamãe amava dizer que éramos feitos de amor. E que quanto mais dávamos e recebíamos amor, mais forte nós ficávamos. Era a nossa missão. Mas como eu poderia acreditar nisso se quando ela mais precisou de amor, lhe deram as costas? Como acreditar se a chance de viver esse amor nunca tinha sido dada a mim?

Eu sentia a fome rugindo no meu estômago todos os dias. Sentia a sede mastigando a minha boca todos os dias. Dormir e acordar eram um lembrete de que faltava um dia a menos para que eu encontrasse minha família no céu dos cachorros. E foi quase isso o que aconteceu...

Um dia, enquanto eu revirava sacolas de lixo em busca de algo para comer, um homem não gostou da bagunça que eu estava fazendo. Ele me segurou pela pelagem, o que doeu bastante, e me levou para o outro lado da avenida; onde não tinha calçada nem gente. Não adiantou nada gritar ou latir. Ninguém parecia se importar comigo. O homem amarrou meu pescoço numa corda e atou a outra ponta em uma grade. Depois, ele foi embora e me deixou lá.

Eu nem sei por quantas horas fiquei presa... Mas a fome parecia pior. O sol me castigava com muita força. A fraqueza era mais potente.

Quando eu fechei os olhos, pensei em mamãe e nos meus irmãos e senti que de alguma forma logo a gente iria se encontrar...

Mas quando abri os olhos de novo, eu não vi minha família no paraíso dos cachorros... Quem eu vi foi o Arthur.

Ele estava ajoelhado na minha frente, com a mão estendida, como que com medo de se aproximar. Eu até lati, tentei rosnar para afastá-lo. Eu não sabia das intenções dele, né? Mas ele não se intimidou e apenas acariciou o topo da minha cabeça.

Apesar de ter sido bom demais, eu ainda não estava completamente rendida, é claro... Mas Arthur soltou a corda da grade e me pegou no colo. Ele não se importou se eu estava suja, fedendo, precisando de ajuda médica ou qualquer coisa do tipo... Ele me pegou no colo e disse "vai ficar tudo bem". Salvar minha vida revelava mais sobre o Arthur do que sobre mim.

Naquele mesmo dia, enquanto estava comigo no veterinário, Arthur me disse baixinho que tinha sorte de ter me encontrado. Que ele estava em um dia muito ruim... com coisas ruins passando por sua cabeça. Mas que quando me viu naquela situação, sabia que precisava fazer algo. E, que, se tudo desse certo, assim que eu fosse liberada do veterinário eu iria para casa.

Imagina... Uma casa?! Meu Deus! Era tudo o que eu mais queria! Até abanei o rabo nessa hora, porque fiquei feliz demais para conseguir me controlar.

Houve um momento, quando não tinha ninguém por perto, que Arthur se aproximou ainda mais da minha orelha e sussurrou:

— Ah, inclusive... eu gosto de meninos. Espero que isso não seja um problema para você.

Eu não sabia bem o que fazer com essa informação, mas eu lambi o rosto dele e deixei ele me acariciar depois. Arthur era tão bobo! Como poderia achar que isso iria interferir na gratidão ou no carinho que eu estava sentindo por ele?

Mas depois eu percebi que isso importava demais para ele, então apenas o acolhi. E esse foi o dia que Arthur me contou um primeiro segredo e quando começou nossa amizade.

3
Eu sinto o cheiro de idiotas de longe

Deu pra entender um pouquinho da minha admiração pelo Arthur? É mais do que simplesmente gratidão. O cara é gente boa, sabe? Ele merece tudo de melhor que o mundo tem a oferecer. Mas parece que o focinho dele veio com defeito de fábrica...

Eu nunca vi na vida uma criatura com tanto faro para homens que não prestam. Nunca! É absurdo. É constrangedor.

Teve um menino estranho que só marcava encontros nos horários das refeições. Sempre na casa do Arthur. Sempre com o Arthur cozinhando e lavando a louça. Sempre com as comidas da despensa do Arthur. E ele sempre estava com pressa, então, após as refeições, simplesmente sumia. Demorou uns dois meses pro Arthur perceber que provavelmente seu nome na lista de contatos do menino era "Marmita", mas pelos motivos errados.

Teve o menino que só podia se encontrar nos horários mais exóticos possíveis. Uma terça-feira, às 15h53. Ou segunda-feira, 23h27. Sempre correndo. Sempre atrasado. Sempre indo e vindo como um carteiro. Sempre assustado como se tivesse visto uma assombração. E, nesse caso, não demorou tanto para Arthur descobrir que o cara tinha outra família humana.

Eu poderia continuar contando inúmeros casos de relacionamentos fracassados vividos por Arthur, mas eu estou com um pressentimento forte, quase como uma premonição, de que ele está prestes a viver mais um encontro tremendamente ruim que pode entrar para a história.

Olho para o Arthur, impaciente. Ele apenas estende a mão e faz carinho na minha cabeça. Nós dois estamos sentados lado a lado em uma canga que ele forrou no gramado do parque. Já almoçamos e estamos simplesmente de boa, vendo filhotes de humanos e de cachorros correndo.

O clima está gostoso. É fim da primavera. O sol bate na minha pelugem, mas não está quente, por conta da brisa gelada que passa de lá pra cá. Tudo estaria perfeito se não fosse o atraso do tal do Guilherme... Eu odeio atrasos, muito, muito... Minha sorte é que Arthur sempre foi extremamente pontual, caso contrário eu teria mijado acidentalmente na sua coleção de pôsteres do *One Direction* (o favorito dele é o Harry Styles).

Apesar da minha intuição aguçada, quero que esse Guilherme chegue logo porque ele faz parte da minha missão. Quem sabe ele é o cara certo, entende? Às vezes o atraso não é um mau sinal... Às vezes só aconteceu um imprevisto, tipo ele foi ajudar uma humana idosa a atravessar uma avenida movimentada ou se ofereceu para auxiliar um deficiente visual até a porta do metrô mais próximo? Sei lá! Ainda existem pessoas assim no mundo. Poucas, quase inexistentes? Sim. Mas ainda existem.

A minha ansiedade vem desse lugar de saber que não tenho tempo a perder, sabe? Minha vitalidade não é a mesma, não há como negar. Minhas articulações às vezes doem tanto que eu simplesmente preferia não dar um dos meus passeios para ficar só deitada — e juro que passear está no top três de coisas que mais gosto de fazer.

Mas vejo algo na expressão de Arthur... Há ali a ansiedade e uma agitação jovial. Quando viro o rosto, vejo o tal Guilherme se aproximando com precisamente trinta e cinco minutos de atraso. É isso, amigos, lá vamos nós para mais um encontro e quem sabe veremos a história acontecendo diante dos nossos olhos.

— Oi! — O cara se aproxima, acenando com a mão e jogando seu corpo ao lado de Arthur.

— E aí! — Arthur chega perto dele se sentindo o rei da matilha e dá um beijo na bochecha. — Você tá bem?

Lambidas são bem melhores, só pra constar.

De onde eu estava, podia sentir facilmente o cheiro de álcool impregnado no cara. Se Arthur não tivesse um focinho entupido por problemas respiratórios, aposto que sentiria também.

— Eu estou ótimo. Não sei se deu para perceber, mas eu vim direto da balada pra cá, só pra te ver — Guilherme fala e eu não sei se ele está sendo um sem-noção ou apenas irônico, porque não tem nem como cogitar que ele estava em outro lugar por conta do cabelo desgrenhado, das roupas amarrotadas com cheiro de cigarro e a cara de quem foi atropelado por um caminhão pipa dirigido por um homem gay. — Essa é a sua cachorra que você falou tanto no *Tinder*? — Ele pousa os olhos em mim finalmente.

Eu posso não gostar dos pretendentes do Arthur por serem completamente otários com ele, mas posso sim me permitir o gozo de apreciar os poucos minutos em que eles se dedicam a me acariciar e coçar a minha barriguinha. Isso não é hipocrisia, é?

— Ela mesma — Arthur diz com orgulho, fazendo um carinho na minha cabeça, o que me faz sorrir.

Deitada na canga, permaneço na mesma posição, apenas o encarando sem expressão e esperando a onda de afeto.

Guilherme estende a mão na minha direção. E é meio que inevitável não dar uma espirrada. Guilherme tem o odor de cerveja barata misturada com queijo cheddar — uma combinação definitivamente não muito agradável.

Só que aí ele para com a mão no meio do caminho, o que é um alívio para mim. Eu fui ao petshop tipo, ontem, e ainda estou com o perfume de cereja nos meus pelos e o lacinho cor de lavanda colado na minha testa. Não que eu seja fã de perfume ou dessas coisas gays que o Arthur adora, mas quanto mais tempo o cheiro dura no meu corpo, mais demora para eu voltar no petshop.

— O que aconteceu com os dentes dela? — Guilherme pergunta com uma careta, recolhendo a mão.

Estava demorando... Por que os humanos são tão fixados nas aparências dos outros? Vocês são uns pés no saco, sem zoeira!

— Ah... É que ela já é uma idosinha, né? — Arthur responde, meio sem graça.

Eu sempre percebi que ele não gosta quando as pessoas fazem comentários meio maldosos sobre a minha aparência. Sim, eu sou idosa. E antes mesmo de ser idosa, eu fui uma cachorra que viveu na rua. Há mais cicatrizes internas do que externas, te garanto. Mas as externas sempre saltam aos olhos, como alguns dentinhos quebrados.

— Entendi — Guilherme fala, com um tom de total desinteresse. — Você tinha que ter ido pra balada essa madrugada — suspira ele, como se estivesse remontando os momentos na própria cabeça. — A música estava boa demais... Eu fiquei tão louco... E tinha tanta gente bonita...

— É? — Arthur solta, e eu posso sentir o nó em sua garganta. — E você ficou com alguém?

Olho de um para o outro. É como assistir a uma novela chegando ao clímax perto do intervalo.

— Mas é claro que fiquei! — Guilherme diz, e ri alto. — Eu até peguei os contatos de uns dois carinhas, mas só por educação. — Então se inclina na direção do Arthur com uma expressão de que ele não precisava se preocupar. — Mas agora eu quero saber é de você, meu nerd bonitinho. — Estica a mão, mexendo na haste dos óculos de Arthur e o deixando torto.

Arthur está vermelho. Não sei se é por causa do mau cheiro da mão do Guilherme ou se Arthur está sentindo aquela tão conhecida mistura de vergonha, autocompaixão e humilhação. Eu conheço bem essa expressão... já vi várias vezes ao longo da nossa jornada.

É isso. O momento de eu agir.

A verdade é que não é só Arthur que se ilude, mas eu também, achando que ele estava pronto para o mundo... pronto para reconhecer as ciladas disfarçadas em corpos sensuais de homens gays. Arthur parece ser míope de coração também, o que sempre me obriga a intervir. E eu sei exatamente o que fazer para salvar o meu amigo.

Fico de pé, com muito esforço, e caminho para perto do Guilherme.

— O que ela vai fazer? — Guilherme fala, apontando para mim como se eu fosse um cocô mole.

Arthur abre a boca para falar, conhecendo a amiga que tem, mas eu sou mais rápida e começo a urinar mirando os pés de Guilherme.

Ele puxa os pés rapidamente, mas eu sempre conto com essa possibilidade, e sei que de alguma forma, ao menos de alguns respingos ele não vai escapar.

— Que merda! — Guilherme estica as pernas enquanto encara os tênis e avalia o estrago.

— Lady! — Arthur grita, me repreendendo.

Olho para ele com uma cara que diz: você me deve um agradecimento, humano esquisito.

P.S.: E aceito este agradecimento em forma de sachês.

— Me desculpa, Guilherme! Sério — Arthur fala desconcertado, apoiando a mão no ombro do Guilherme.

— Ela tem problema, ou o quê? — Guilherme me olha com raiva. — Essa velha já não tá batendo bem da cabeça, né?

Arthur engole em seco mais uma vez. Ele odeia que falem assim de mim.

— Eu vou pegar água para você limpar os respingos do tênis. — Arthur fica de pé, como se quisesse fugir do assunto. — Já volto — diz olhando para mim.

Sinceramente? Eu estou bem de boa. Eu posso aguentar o tal do Guilherme por mais alguns minutinhos... Estou acostumada com isso. Arthur conhece um babaca, eu ajo com minha urina poderosa e o cara some nos próximos cinco minutos. Porém, quando percebo o Guilherme virando o pescoço para ver onde Arthur está e depois voltando o rosto na minha direção, sinto que ele é diferente e quer fazer algo ruim comigo.

— Você é muito feia, hein! Quando o Arthur falava de você, da cachorrinha fofa dele, eu sei lá, pensei que fosse um *labrador*? Um *golden*? Mas não uma vira-lata velha e com os dentes todos quebrados... Quem você pensa que é pra mijar no meu pé? — Guilherme então estica a perna e me dá um empurrão com força.

Por conta da idade, minhas pernas não têm a mesma firmeza de antes, e eu acabo caindo no gramado sem conseguir sustentar o impacto.

— E agora que o Arthur não está aqui pra passar pano pra você, sua fedorenta, o que você vai fazer? — Guilherme rosna para mim de um jeito selvagem.

E então, pela primeira vez nesta manhã, eu sinto medo.

4
Seja corajosa

Acho que ninguém no mundo nasce corajoso. A gente tende a ter medo de várias coisas. Medo do desconhecido, medo do que pode nos machucar, do que não sabemos se temos forças para enfrentar.

Essa foi provavelmente a primeira lição que minha mãe me ensinou. Quando se nasce na rua, você não tem opção. Ou você é corajosa o suficiente para se machucar, e sobreviver de alguma forma, ou a rua te engole e cospe seus ossos fora.

Eu tive que ser corajosa quando lutava por um pedaço de carne com outros cachorros que tinham fome.

Tive que ser corajosa para fugir de humanos quando via a maldade refletida na íris do seu olhar.

Tive que ser corajosa para enfrentar o calor.

Tive que ser corajosa para sobreviver ao frio.

Tive que ser corajosa para encontrar abrigo na chuva.

Tive que ser corajosa para me permitir confiar em um humano e me deixar ser amada. E amar de volta.

Tudo na vida envolve coragem.

Eu sou corajosa. Eu sou corajosa. Eu sou corajosa. Eu sou corajosa. Eu sou corajosa. Eu sou corajosa. Eu sou corajosa. Eu sou.

5
Babado, confusão e gritaria
(ou latidos)

Assim que as mãos de Guilherme se inclinam na minha direção, eu começo a rosnar do jeito mais amedrontador que eu sei, expondo os meus dentes como uma fera.

— Ei. — Ouço uma voz que não conheço falar às minhas costas, mas não me viro para ver quem é.

Guilherme é do pior tipo de humano que existe. Para ele me agredir de novo sem eu estar preparada não custaria.

— Essa cachorra é sua? — Ouço a voz de novo, dessa vez mais próxima.

— Nunca que eu teria uma cachorra feia assim! — Guilherme responde, desviando o olhar de mim e então abrindo um sorriso. — Mas eu posso ser seu, se você quiser.

— Eu vi o que você fez com ela — diz a voz, séria, sem simpatia.

— Mas… — Guilherme joga as mãos para o alto —, eu só me defendi.

— Você chutou ela, cara —repreende a voz, com a verdade na ponta da língua. — Qual o seu problema?

Só aí eu desarmo minha posição de ataque e olho para trás. Há um cara ali. Ele tem uma expressão séria no rosto, encarando Guilherme como se quisesse mordê-lo até com mais vontade do que eu.

— Olha só. — Guilherme fica de pé e puxa a minha coleira, me desequilibrando. — Eu não chutei a cachorra, propriamente dito. Eu só a empurrei!

— Não vem com essa de "só empurrei"! Você está errado!

— Cara, cala a boca! Eu nem te conheço. Fora que esta cachorra está sob a minha responsabilidade. Seria melhor pra nós dois se você não se metesse!

— Opa. — Arthur chega bem na hora, segurando duas garrafas de água. — O que está acontecendo aqui?

Eu disse que ele era tão bonzinho que chegava a ser bobo. Onde já se viu comprar uma garrafa de água para aquele paspalho limpar os leves respingos do meu xixi quando com toda certeza do mundo, ele tinha passado a boca em coisa bem mais suja?

— Eu não sei, Arthur! — Guilherme fala com uma voz mansa, que não me enganaria nem se eu fosse um filhote inocente, enquanto solta a minha coleira. — Esse cara que chegou aqui do nada...

Rapidamente eu caminho alguns passos e paro ao lado do cara desconhecido. Cheiro o pé dele e sento ali. Quero que fique bastante claro de que lado eu estou.

— Essa cachorra é sua? — o cara pergunta para Arthur, ignorando Guilherme, enquanto se abaixa para pousar a mão na minha cabeça.

Ele tem um cheiro bom. Parece pão com manteiga e edredom recém-lavado — duas coisas que o Arthur ama.

É. Acho que temos um ponto aqui. Minha cabeça começa a trabalhar... Será que este moço gosta de outros moços também?

— É sim. — Arthur olha de mim para o Guilherme e depois para o desconhecido, completamente confuso. — É a Lady. Ela é minha cachorra.

— Eu não sei qual é a sua relação com este cara, mas ele chutou a Lady — o desconhecido finalmente fala.

— Mentira! — Guilherme grita. — Eu nunca faria isso com uma coisinha linda dessa...

Guilherme tenta se aproximar de mim, mas eu apenas exponho os meus dentes da forma mais ameaçadora que posso. Sinto meu coração acelerado e é como se o ar não entrasse mais no meu corpo. Mas se for preciso, juro, eu vou mordê-lo com toda a força que eu tenho.

Guilherme dá um pulo para trás, assustado, recolhendo sua mão. Ele olha para Arthur, com uma expressão sedutora, esperando uma resposta.

— Arthur... — Guilherme diz baixinho. — Você acredita em mim, né?

Além de ser mentiroso, o gay ainda é manipulador. Era só o que me faltava mesmo!

Fico encarando toda a cena quase sem respirar, torcendo para que Arthur tenha aprendido algo. *Vamos lá, meu garoto! Meu humano! Mostra que você sabe se defender!*

Arthur prende o ar por um segundo. Parece que um turbilhão de pensamentos se passa em sua cabeça. E então, surpreendendo a mim mesma, ele coloca as duas garrafas de água no chão e dá um soco bem na cara do Guilherme.

6
O que é amizade?

Há poucas coisas no mundo que são mais fortes do que a amizade entre um bichinho e seu humano.

Acho que a explicação para a palavra amizade no dicionário deveria ser: qualquer pessoa que tenha se tornado humano de estimação do seu pet.

Vocês fazem tudo pela gente? Saibam que nós também fazemos tudo por vocês. Vocês nos ensinam muitas coisas? Saibam que a gente ensina muitas coisas para vocês também. E creio que alguma das nossas lições são essenciais para que encontrem a felicidade...

Um teto, comida boa, afeto e uma relação pautada na verdade são a chave do sucesso. Isso é tudo o que vocês procuram e às vezes não conseguem enxergar mesmo estando na frente dos seus rostos. Por isso a gente não vive tanto como vocês... A gente aprende essa lição desde cedo.

Quando Arthur me salvou das ruas, eu estava salvando-o da depressão. Quando Arthur chorava, eu lambia o rosto dele e o fazia rir. Quando Arthur contava só para mim os seus medos de se assumir gay, eu o fazia entender que estaria ao seu lado independentemente de qualquer coisa.

Quando ele saiu da casa dos pais e alugou um apartamento para fazer faculdade, ele sabia que eu o esperaria de coração aberto e rabo abanando depois de um dia difícil.

Assim como eu sabia que meus potinhos sempre estariam abastecidos de água fresca e comida. Assim como eu sabia que nos dias frios, ele colocaria um cobertor ao redor do meu corpinho. Assim como eu sabia que todos os dias, fazendo chuva ou sol, ele pegaria a minha guia e iríamos dar uma voltinha na rua. Assim como eu sabia que quando eu virasse a barriguinha pra ele, Arthur esticaria suas mãos e faria carinho em mim.

Isso é amizade.

7
A sorte dos bons encontros

Enquanto Guilherme se afasta, xingando a mim e Arthur de nomes que nunca nem ouvi na vida, olho finalmente para o meu amigo.

Não há como negar que estou repleta de felicidade — meu rabinho não me deixa mentir. Ver Arthur crescendo e tomando uma atitude é o maior presente que eu poderia receber. Estou cansada de ver as pessoas se aproveitando do seu coração bondoso.

Mas, ao mesmo tempo, observando seus olhos arregalados e a forma como suas mãos tremem, sinto uma pontada no meu coração. Deito, cansada, exausta, com a língua para fora, enquanto penso que o mundo realmente é um lugar cruel para as pessoas de coração puro e mesmo quando você apenas se defende, o sentimento de culpa se alastra por todos os lados, não tem jeito. É isso o que está rolando com Arthur. Ele está se sentindo mal por causa do soco.

Penso em usar mais uma tática infalível que tenho na manga, chamada carinhosamente de cura-tristeza-e-cara-amarrada, que consiste em uma técnica natural e milenar de lambidas sucessivas no rosto do paciente, retirando dele pontos de melancolia e fazendo aparecer sorrisos sinceros. Mas então, antes que eu me aproxime, vejo uma cena que me mantém no chão.

O outro rapaz, o que viu tudo e contou para o Arthur o que o ogro fedorento tinha feito comigo, ainda não foi embora. Na verdade, ele está do lado do Arthur, usando uma das suas mãos para apoiar as suas costas.

— Você tá bem? — ele pergunta, enquanto ajuda Arthur a se sentar.

— Eu não sei — Arthur diz, as mãos ainda chacoalhando. — Eu nunca bati em ninguém.

— Mas aquele cara mereceu, sério mesmo. — O estranho aperta de leve o ombro dele. — Se você não tivesse dado um soco nele, eu teria me encarregado disso.

— É que eu nem pensei direito, sei lá, quando você me disse que ele agrediu a Lady, eu... — Então Arthur começa a chorar, ao mesmo tempo em que me puxa para perto e começa a me abraçar e beijar. — Desculpa, Lady. Eu devia estar aqui para te proteger...

Mano, às vezes o Arthur é tão dramático...

— Não fica assim — o cara fala, ainda consolando Arthur e ainda com a mão apoiada nas costas dele. — A Lady se defendeu superbem, sério mesmo. Ela rosnou pro otário e tudo. Você é um ótimo pai.

Ele estende a outra mão e faz carinho na minha orelha e meu Deus... que delícia... é quase como se ele tivesse magia nas pontas dos dedos porque meus olhos não conseguiam ficar abertos... esse cara sabe o que está fazendo. Eu quero que ele faça mais isso na minha cabeça... é quase como se meus olhos pudessem se fechar para sempre...

— Você acha mesmo? — Arthur levanta a cabeça e finalmente olha para o estranho.

E então eu sei que está acontecendo... o coração de Arthur bate tão forte que parece que vai sair pela boca e cair diretamente nas mãos do desconhecido. O sorriso alinhado, sua barba por fazer, os olhos verdes, e a regata cinza e calça de moletom esportivo que deixa seu corpo sexy é tudo o que ele precisa para captar a atenção do meu humano. Gays são tão previsíveis. Nem todos os gays, mas sempre um gay.

— Acho sim! — Ele se senta e estende a mão. — Inclusive, me chamo Yuri.

— Prazer, Yuri. — Arthur se embanana com a mão, mas consegue realizar a desafiadora tarefa de apertar a mão de um homem atraente. — Eu sou o Arthur, pai da Lady.

— "Arthur, pai da Lady" é uma ótima apresentação — ele ri e faz carinho na minha cabeça. — Desculpa perguntar... Mas "Lady" é por causa da Lady Gaga?

Olho para as bochechas de Arthur ficando vermelhas enquanto ele movimenta a cabeça em confirmação de forma singela. Só agora percebo o motivo de ter tantos pôsteres com a imagem dessa mulher nas paredes do seu quarto!

Yuri solta uma gargalhada alta.

— Não se preocupe, sério! — De forma natural ele pousa a mão no braço de Arthur. Vejo os pelos de Arthur se arrepiarem. É, galera, acho que está acontecendo. — Os nomes das minhas são Bey e Riri. E sim, por causa da Beyoncé e da Rihanna.

Arthur finalmente ri também.

— Acho que temos uma tendência de pets com nomes que homenageiam divas pop, né?

— Total.

— E onde elas estão agora? — Arthur emenda o assunto, o que me faz quase pular de alegria.

— No petshop tomando banho.

Meu Deus! Coitadas das minhas futuras irmãs.

— Ah, a Lady foi esses dias. — Arthur está tão hipnotizado pelo Yuri que nem consegue olhar para mim. — Ela odeia, mas enfrenta o banho como uma boa guerreira.

— As minhas também não são muito fãs. Inclusive está na hora de eu ir buscar as duas. — Yuri se levanta e bate na parte detrás da calça, para se limpar.

Eu olho de um para o outro como se assistisse a uma cena de novela.

Arthur se coloca de pé e abre a boca, mas não fala nada. Parece que as palavras estão presas dentro dele. Yuri também parece a ponto de dizer algo, mas fica em silêncio.

É isso. É hora de agir. É como se eu tivesse esperado a vida toda por esse momento.

Levanto-me com dificuldade, sentindo minhas pernas tremerem, e corro ao redor de Yuri. Como Arthur está segurando a minha guia, consigo fazer um círculo completo entre os dois, os deixando frente a frente.

— Lady! — Arthur gagueja. — O que você está... — Então emudece quando percebe Yuri a centímetros do seu rosto.

Yuri também está vermelho. Os corações dos dois batem tão forte que eu consigo escutar sem nenhum esforço.

— Acho que ela quer que a gente se veja de novo... — Yuri desvia o olhar para encontrar o meu.

Eu faço minha cara de inocente, olhando para o lado, como se não tivesse a mínima ideia do que ele quer dizer.

— Desculpa. — Arthur solta a coleira, desfazendo o laço que criei, mas ainda se mantendo perto. — Ela nunca fez isso antes...

— Tá tudo bem. — Yuri coça a cabeça, rindo, envergonhado também. — Mas por que a gente não marca um encontro pras nossas cachorras se conhecerem? Você acha uma boa ideia?

— Amanhã? — O rosto de Arthur parece se iluminar. Ele nem disfarça. — A gente pode vir aqui no parque mesmo.

— Pra mim tá perfeito — Yuri sorri de novo, enquanto pega seu celular e mostra seu contato. — Me manda mensagem pra gente combinar o horário, pode ser?

— Claro, claro! — Arthur assente, todo sorridente, enquanto acena para Yuri que vai embora.

É, galera. Acho que temos algo promissor por aqui.

Arthur me acaricia, sorrindo, feliz, e isso me faz lembrar de uma coisa que mamãe dizia para mim e para meus irmãos ainda filhotes. Ela falava que nessa vida, não basta a gente encontrar outras pessoas. Isso é pouco. O segredo mesmo é ter sorte para bons encontros.

Eu nunca entendi bem o que ela queria dizer, até que hoje, mais madura, penso na dor que sentiu ao ser abandonada pela sua humana só porque estava prenhe. Era sobre isso que mamãe falava. Sobre a sorte de encontrar alguém que te olhe nos olhos e te ame pelo que você é. Que não vai te abandonar quando você mais precisar.

Nós, cachorros, temos essa capacidade. A gente consegue ver a alma e o coração. E o que mais precisa ser visto no fim das contas?

O ar escapa do meu corpo e eu caio amolecida no chão. Quero levantar, mas as minhas pernas não me obedecem. O rosto de Arthur aparece colado ao meu focinho, e só quero que ele entenda que estou em paz... que estou feliz. Plenamente feliz. Eu cumpri a minha missão, afinal de contas. Vivi quinze anos e foi o suficiente para eu ver o lado perverso das pessoas, mas o lado mais bonito também. Me dói ver Arthur chorar... Minha vida foi bem mais feliz do que triste, e tudo por causa do amor que ele me deu.

Quando eu encontrar com a minha mãe, preciso dizer para ela que, apesar de concordar com o seu ponto, acho que bons encontros não acontecem por conta da sorte, mas sim por conta do amor. É tudo sobre o amor. E eu amo o Arthur e sei que ele me ama, também.

Meu grande amigo, obrigada por tudo. Minha vida começou de verdade quando você olhou para mim e me deu uma chance... Você diz que eu te salvei, mas você me salvou também. Nós salvamos um ao outro. Então, por favor, eu só quero que você seja feliz! Que você seja forte! Que você faça novas amizades! Que você abra o seu coração para outros bichinhos que precisam do seu amor. A gente ainda vai se encontrar de novo, eu tenho certeza. A vida é um passeio, amigo. Até lá, se cuida, tá bem? Te amo, meu humano. Até a próx...

Rebobine

Maria Freitas

As bandeirolas balançavam, animadas, como se dançassem em par com o vento, enquanto Bernardo passava por elas, carrancudo, abraçando o próprio corpo para protegê-lo da brisa gelada de junho. Ele queria tanto ser uma bandeirola pendurada no pátio da igreja, colorida e alheia a tudo ao seu redor.

— E esse rapaz, quem é? — alguém perguntou.

Bernardo nem se deu ao trabalho de parar e olhar para o lado. Continuou andando, focando sua atenção no movimento da bengala em sincronia com suas pernas. Em qualquer outra situação, ele teria se sentido eufórico, mas agora...

— É a filha da Bela, menina, cê não lembra, não?

Bernardo respirou fundo, mas nem a irritação de sempre apareceu. Estava apático, cansado de chorar, cansado de ficar madrugada adentro vendo boa parte de seus parentes ao redor de um caixão. Cansado de ter subido o morro do cemitério, sem saber se estava sendo escorado ou se estava escorando sua mãe, cansado do choro alto de sua tia e da sanidade assustadora de sua avó.

— Ele foi um bom marido, um bom pai... — ela havia dito antes de baixarem o caixão para dentro da cova, preso por ganchos e suspenso pela força de quatro homens pequenos e magros.

Ele foi um bom avô também, Bernardo queria ter dito, mas não disse. Apenas chorou como um garotinho que se perdeu no meio das plantações de café. E chorou ao pegar, em um movimento arriscado com a bengala, uma pedrinha transparente no chão do cemitério e colocar no bolso do macacão. E voltava a chorar agora, abraçado ao próprio corpo do jeito que dava, fugindo que nem um animal assustado.

Deixou a igreja para trás, encarando o vento com a cabeça baixa e as lágrimas rolando, tímidas, pelas bochechas. Ele sempre chorava calado, normalmente escondido, porque se chorasse em público toda a atenção do mundo se voltaria para ele. E Bernardo já estava cansado da atenção do mundo. Queria só estar sozinho, andar sozinho de volta para casa, mesmo sabendo que a dor no dia seguinte seria pior.

Então foi andando devagarzinho, enquanto chorava em silêncio pelas ruas de blocos hexagonais imperfeitamente alinhados, tentando não bater com a bengala nas florzinhas que cresciam entre o concreto.

Caminhou a curta distância entre a igreja e sua rua, enfrentando o frio e as lágrimas, tão distraído dentro da própria cabeça, que só notou que havia uma pessoa sentada na rampa de sua casa quando já estava perto demais.

Ficou estático.

— Oi? — Foi mais uma pergunta do que um cumprimento. E, na espera por uma resposta, já foi pensando em alternativas. Não conseguia correr, mas podia dar uma *bengalada* na pessoa, caso ela o atacasse.

— Oi. — Ela se levantou, meio cambaleante, pálida feito papel, e olhou ligeiramente para baixo para encarar o garoto. — Você mora aqui?

Bernardo só queria chegar em casa e se deitar, livrar suas pernas do peso de seu corpo, livrar seu corpo do peso daquele dia. Ele poderia ter fugido da pergunta ou ter sido rude, movido pelo medo, mas tudo o que o movia agora era o cansaço e a dor. Então respirou fundo e torceu para não ser uma assaltante ou coisa pior.

— Moro — respondeu secamente, porque falar não era uma habilidade tão fácil assim para ficar gastando com uma pessoa desconhecida.

— Ah, me desculpa. — Ela se afastou da rampa bruscamente e quase caiu ao tropeçar nos próprios pés.

— Cê tá bem? — Bernardo se aproximou dela devagar. — Quer uma ajuda?

— Não. — Dispensou com uma das mãos, enquanto a outra pousava sobre o estômago. Bernardo a analisou rapidamente, ela não parecia bem.

— Tem certeza? — Articulou bem as palavras.

— Eu só tô um pouco tonta da última viagem.

— Vou pegar uma água pra você. — *Se ela estiver bêbada talvez ajude*, ele pensou, se afastando sem esperar uma resposta. Subiu a rampa devagar, os quadris e a lombar pedindo arrego, arredou o portão da garagem para o lado e cruzou o espaço sem olhar para trás. Depois retirou as chaves do bolso da frente do macacão jeans e abriu a porta, cabreiro, vigiando de rabo de olho se a pessoa estava se aproximando. Não estava. Seguia parada no mesmo lugar, escorada na pilastra entre o portão da garagem e o portãozinho menor.

Trancou a porta atrás de si por via das dúvidas, acendeu as luzes da garagem, que também era uma varanda, e foi direto para a cozinha, ignorando o chamado do sofá para que se deitasse e esquecesse o resto do mundo. Buscou uma garrafinha pequena de água e, ao retornar pela copa com um olhar mais atento, percebeu a grande vasilha de plástico sobre a mesa, cheia de pão com salame. Seu estômago roncou, mas Bernardo ignorou e seguiu em frente.

Quando retornou para a rua, a pessoa havia se sentado na rampa. Ela olhava para o céu, abraçada aos próprios joelhos, os cabelos castanho-escuros e longos caindo pelas costas e ombros. Parecia estar chorando.

— Toma, bebe um pouco. — Cutucou o ombro dela com a garrafinha.

— Obrigada. — Ela pegou a água com um sorriso rápido, que foi o bastante para terminar de amolecer o coração (bem molengo) do garoto. Bernardo deu uma revirada de olho, incrédulo consigo mesmo.

— Entra na varanda, aqui fora tá frio. Vou pegar um pão com salame pra você. — Voltou para casa, pegou dois pães com uma das mãos e retornou. A pessoa seguia sentada na rampa. — Vem, senta aqui. — Ele mesmo deu o exemplo se sentando na sua poltrona preferida, onde ele gostava de ficar para ler e observar a rua. Um sofá maior estava ali porque ele costumava ter sempre a companhia da mãe ou de alguma outra pessoa quando era mais novo, especialmente antes das cirurgias, quando absolutamente nenhuma alma viva o deixava andar por aí sozinho com suas muletas.

A pessoa apenas olhou para ele, estreitando as sobrancelhas, e, sem falar nada, entrou e se sentou no sofá.

Bernardo entregou um dos pães para ela e ficaram os dois ali, comendo em silêncio por um tempo.

— Obrigada! — ela agradeceu ainda de boca cheia. — O que é isso aqui dentro?

— Salame — Bernardo respondeu entre uma mastigada e outra.

— Salame? — Ela olhou para o pão, desconfiada.

— Em outros lugares o povo chama de mortadela. Mas pra gente aqui é salame.

— Ah... — Mordeu. — Interessante. — Algumas migalhas voaram de sua boca, o que fez Bernardo se sentir estranhamente melhor. — Já tô bem — disse, depois de dar as últimas mordidas no pão.

— Quer outro? Tem um tantão ali. — Ele achou melhor não comentar que havia sobrado muito do *velório* de seu avô.

— Quero não, obrigada. Acho que já vou indo. — Ela se levantou meio depressa e deu uma cambaleada — Obrigada por me ajudar.

— Tem certeza que não quer mais uma água?

— Tenho outra viagem pra fazer — disse ela, olhando para o nada. — Meu sonho é parar e conseguir ficar num lugar só, mas é impossível — falou, meio que para si mesma.

— Você trabalha com o quê?

— Viajando. Sou uma viajante.

Bernardo sorriu porque achou a resposta engraçada. Queria completar perguntando se ela era uma daquelas pessoas ricas que, sem ter onde enfiar tanto dinheiro, inventam profissões, mas ficou quieto.

— Bom, se você quiser ficar mais um pouco, realmente tem muito pão com salame... — insistiu sem saber bem o porquê. Talvez não quisesse ficar sozinho.

— Mas que tanto de pão é esse? — ela perguntou, dando um sorrisinho. Bernardo riu, porque chorar não dava mais.

— É do velório do meu avô, sabe?

O sorriso da viajante morreu.

— Ah, me desculpa... Eu... — Ela ficou sem jeito. — Eu sinto muito.

— Não tem problema. — Ele encarou as próprias mãos. Sem conseguir segurar mais, chorou como se estivesse sozinho, sem se preocupar em estar sendo observado por uma completa desconhecida. Talvez fosse por isso, pelo fato de saber que ela ia embora logo, que ele conseguia se abrir. — Tá todo mundo indo lá para a casa da minha avó e eu... — Engasgou. — Só não consigo ir pra lá. Não consigo.

A viajante se aproximou, pousando a mão delicadamente sobre o ombro do garoto.

— Não é fácil, né? Eu perdi uma pessoa muito importante há pouco tempo e ainda não consegui reunir todos os meus caquinhos.

— O pior é que... — Tropeçou nas próprias palavras. Falar era difícil, falar *chorando* era pior ainda. Respirou fundo. — Eu nem consegui falar com ele antes de... — Precisou respirar mais um pouco. — Eu tinha uma mágoa tão grande por ele nunca ter me chamado pelo meu nome, me deixava tão triste que eu evitava ir lá na roça. Mas aí... — Suspirou. — Essas coisas são muito complicadas.

— São mesmo. — A viajante se sentou na ponta do sofá, de modo a ficar perto de Bernardo, e esperou, em silêncio, que o garoto parasse de chorar.

— A gente sempre acha que vai ter tempo — ele continuou seu desabafo.

— É. Mas tempo é uma coisa que a gente nunca tem.

O choro quieto virou um desespero que só. As lágrimas molharam o rosto, o macacão e a camisa de Bernardo.

— Ele começou a me ensinar a tocar violão, sabe? — Ergueu a cabeça e olhou para a viajante. Os olhos apertadinhos. — Quem que vai me ensinar agora?

— Talvez você precise aprender sozinho — disse ela de um jeito gentil, colocando a mão sobre os joelhos do garoto e dando uma apertadinha de leve.

— É... — Ele fungou. — Meu avô aprendeu sozinho, só vendo alguém tocar.

— Viu? — Ela retirou algo de seu bolso, um objeto pequeno e retangular. — Olha só. — E o ergueu na direção de Bernardo. — Toma isso daqui, é uma fita.

Bernardo estreitou os olhos.

— Uma fita?

— É... dessas que tocam música.

O garoto pegou a fita cassete com cuidado e a analisou. Era um negocinho de aparência frágil, feito de um plástico duro e meio transparente, com dois buracos que pareciam olhinhos.

— Acho que eu já vi isso. — Fungou. — Meu vô tinha várias dessas.

— Acha um radinho com toca-fitas e escuta, vai te fazer bem. — Ela colocou as duas mãos nos joelhos, se apoiou e se levantou. — Obrigada pelo pão com aquele trem, muito gostoso. — E foi saindo enquanto Bernardo seguia distraído com os buraquinhos da fita. — Quando a fita termina de rebobinar, ela volta a tocar normal, não se preocupa.

— O quê? — Quando Bernardo ergueu os olhos, a viajante não estava mais lá. Um arrepio desceu do topo de sua cabeça até a pontinha de seus pés. O garoto fez um sinal da cruz e se levantou para olhar a rua. Ninguém. — Misericórdia! Divino Pai Eterno!

E foi se benzendo que ele entrou em casa.

Intrigado, procurou o rádio antigo de seu avô por todos os cantos da casa. Aquela fita lhe trouxe um fôlego novo, como respirar fundo antes de mergulhar. Em uma caixa escondida no guarda-roupa de sua mãe, encontrou o objeto empoeirado. Era grande e retangular, todo em linhas retas, o prateado estava amarelado pelo tempo e a pintura estava descascando em algumas partes.

Com cuidado, retirou o radinho, o colocou sobre a mesinha de cabeceira e o ligou na tomada, torcendo para que funcionasse. Então apertou todos os botões, até que um abriu o compartimento onde ele deveria encaixar a fita. O garoto ficou parado por um tempo, admirando aquela velharia. Ele já havia visto seu avô usar o aparelho para ouvir as missas e jogos de futebol, há muito tempo atrás, quando Bernardo ainda era bem pequeno.

Devagar, com medo de quebrar o objeto, ele encaixou a fita no aparelho, sentindo o clique suave. Seu coração batia acelerado, em uma expectativa quase asfixiante. Ele esperava ouvir alguma música antiga ou uma mensagem motivacional dessas de coachings. Mas a fita não reproduziu música alguma, apenas um chiado estranho e incômodo.

Até que uma pequena luz vermelha começou a piscar e um treco, que parecia um termômetro velho, começou a dançar de um lado para o outro, fazendo um barulho horrível. Bernardo se sentiu tonto, o som agudo era torturante. Fechou a mão com força no cabo da bengala, uma fraqueza começou a dominá-lo. O som do rádio se distorceu, vozes cheias de estática surgiram e se misturaram, tocando várias músicas ao mesmo tempo e mesclando vozes que pareciam chamar por Bernardo.

A luz do quarto mudou, transformando-se em um brilho âmbar, como se o tempo estivesse tingido de uma tonalidade nostálgica. O cheiro do mofo se misturou com a poeira do passado. Bernardo espirrou e espirrou quando uma crise de rinite o envolveu. Então algo o balançou e o puxou com força, como se ele estivesse sendo arrastado por uma enchente, jogado de um lado para o outro pela correnteza. Até que tudo se calou e escureceu.

Assim que Bernardo abriu os olhos, tudo ao seu redor havia mudado. Ele estava deitado de costas em um chão gelado. O cômodo onde estava era uma sala repleta de móveis de antigamente que pareciam novinhos em folha, com cortinas beges balançando de leve pelo vento. A luz do sol invadia timidamente pelas frestas, fazendo a poeira brilhar.

Ele tossiu e tateou o chão frio em busca de sua bengala, sem coragem de fazer nenhum movimento brusco. Seu estômago estava pesado e havia um gosto amargo em sua boca. Seus dedos encontraram a bengala, e Bernardo finalmente criou coragem para se levantar. O chão rangeu sob seus pés ao caminhar em direção à porta.

A luz o golpeou com força, o impedindo de enxergar por alguns segundos. Mas quando finalmente sua visão focou, ele se viu imerso em uma cidadezinha do interior, onde as ruas de chão batido eram a base para um caos de pessoas, animais e carroças.

Bernardo deu dois passinhos para a frente, confuso.

— Mas o quê...

O ar empoeirado era uma mistura do cheiro das flores que cresciam nas margens da estrada e do café recém-coado que escapava de alguma das casas. Bernardo sentia o calor do sol em seu rosto, queimando sua pele e atrapalhando sua visão.

Um espirro pulou do corpo de Bernardo, como se fosse um menino bagunceiro escapando de casa para brincar na rua.

O garoto recuou, retornando para a sala onde estava antes e fechando a porta atrás de si. Os sons da cidade ficaram distantes, o burburinho das pessoas e os cascos dos cavalos roçando o chão.

Ele olhou em volta, o cômodo estava imerso em uma penumbra suave, filtrada pela cortina. O cheiro de madeira impregnava o ar, misturando-se com incenso, fazendo com que ele espirrasse mais uma vez. Bernardo pisou mais forte, causando um ranger suave e ligeiramente assustador que ecoou por todo o cômodo.

— Ave Maria! — Ele fez o sinal da cruz.

Seus olhos percorreram a sala, dessa vez observando cada detalhe. Na parede oposta à janela, um crucifixo adornava a madeira escura, parecendo observar atentamente cada movimento que o garoto fazia. De repente, Bernardo se sentiu exposto e levou um dos braços à altura dos seios, respirando aliviado ao perceber que seu binder permanecia no lugar.

Uma mesa de madeira maciça ocupava o centro do espaço. O garoto passou as mãos pela passadeira de crochê, bonita e delicada, como as que sua avó fazia, pouco antes de notar um banco solitário encostado na parede, que parecia estar esperando por alguém. Então Bernardo foi até ele e se sentou. A dor nas pernas, quadris e costas estava aguda, mas ele já havia sentido dores muito mais fortes.

O som dos sinos da igreja ecoou pelo ar, preenchendo o ambiente e causando um arrepio que fez Bernardo se encolher.

— Que lugar é esse? — perguntou para si mesmo. — Será que aquela viajante me deu algum trem pra beber e eu tô variando?

Ele abraçou sua bengala e ficou quieto por muito tempo, esperando que alguma coisa acontecesse ou que aquela brisa esquisita passasse. Mas nada aconteceu. Só um frio desgraçado que começou a queimar sua pele, ficando cada vez pior conforme o dia escurecia. Percebendo que não era sua mente dopada, um sonho ou brincadeira, Bernardo se levantou do banco e decidiu encarar aquela rua estranha mais uma vez.

Sob o pôr do sol, a cidade era como uma pintura antiga, com suas ruas de terra batida, suas casinhas de janelas coloridas e pequenas, e árvores espalhadas por todo lado. Era como se Bernardo tivesse sido transportado de volta no tempo. Mas isso não era possível... Ele ergueu o olhar, vendo o sol descer quieto por trás das montanhas que ele reconhecia.

— Uai? — O garoto tentou puxar o ar empoeirado, mas nada vinha. Ele não conseguia respirar. Apertou a bengala com as duas mãos e contou até dez. Depois contou até vinte e se concentrou. A rua estava mais movimentada do que antes, cheia de pessoas indo, em grupo, na mesma direção. Ele resolveu segui-las enquanto elas davam a volta no quarteirão e se encontravam com outras pessoas que, por sua vez, vinham cruzando uma praça.

Bernardo decidiu continuar seguindo a multidão até a igreja, talvez ali conseguisse suas respostas. Entrou sorrateiramente, observando a arquitetura simples e os vitrais coloridos que adornavam as paredes. O aroma do incenso flutuava no ar, irritando seu nariz ainda mais. A luz do pôr do sol, filtrada pelos vitrais, banhava o interior da igreja com um tom amarelado, pintando sombras sutis nas paredes e nos rostos dos fiéis.

Algumas pessoas carregavam velas, o que Bernardo achou bastante perigoso; outras, a maioria mulheres, terços e grandes rosários pelos braços. Meninos, um pouco mais novos que Bernardo, acendiam, por toda a igreja, uma espécie de abajur. Então o ambiente foi ganhando vida, com uma luz fraca e tremeluzente. As chamas dançavam de um jeito triste, diferente das bandeirolas de São João, como fantasmas projetando sombras distorcidas nas paredes. Havia um cheiro de aniversário no ar e Bernardo demorou a entender que eram as velas.

O silêncio solene da igreja era quebrado apenas pelo murmúrio suave das preces e pelos sons abafados dos passos no piso de madeira, conforme mais e mais pessoas entravam. Dos abajures esquisitos, vinha uma sinfonia de pequenos estalidos de vela queimando.

Tinha vela por todo o lugar.

No altar principal, a imagem de Nossa Senhora repousava em um nicho ornamentado, iluminada por um abajur central. A luz vacilante realçava os detalhes esculpidos no gesso e os tons de azul e branco da pintura. Os bancos de madeira maciça foram completamente ocupados. Bernardo nunca tinha visto aquela igreja tão cheia.

Porque ele já havia visto aquela igreja. Não com aquele piso de madeira, nem com aqueles vitrais, nem com aquele altar ou aqueles bancos. Mas era a mesma igreja, sem a luz elétrica e as caixas de som que ele já conhecia, mas *a mesma igreja*.

Um cântico bonito se sobressaiu sobre os outros sons, as vozes foram se unindo e ficando mais fortes. Então Bernardo o viu. Ele usava calças escuras de brim, de corte reto e ajustado ao corpo de um jeito folgado, e uma camisa branca de mangas compridas com uma gola rígida e de aparência desconfortável. Era *ele*, todo arrumado e formal, como Bernardo o conhecia. Uns setenta anos mais novo.

O estômago do garoto deu um nó e ele precisou se apoiar com força na bengala para não cair. A menina que estava ao seu lado o segurou depressa.

— O senhor está bem?

Ela não devia ter mais que quinze anos. Os olhos de um verde profundo, o rosto arredondado.

O garoto não conseguiu responder, estava no mais completo choque. Que tipo de sonho era aquele?

Será que eu morri e isso aqui é o céu?, ele se pegou pensando.

De novo a sensação de que o ar estava em falta no mundo. Bernardo precisou sentar-se em um banco e contar até dez várias vezes.

A voz do padre ecoou pela igreja, suas palavras enchendo o espaço e convidando os fiéis a ficarem de pé. Mas Bernardo não conseguia ficar de pé, ele estava surtando.

Quando olhou para o lado, a menina não estava mais ali. Em seu lugar, um homem carrancudo o encarava com desgosto. Bernardo îevantou e procurou o avô no meio da multidão. Ele ainda estava lá, no mesmo lugar. Mas, em vez dos cabelos branquinhos como algodão, aquele jovenzinho tinha os cabelos castanho-claros. De onde estava, Bernardo não conseguia ver sua expressão séria, mas sabia que ela estava ali.

A missa seguiu seu curso, com o padre entoando palavras de fé e os fiéis acompanhando em uníssono. O garoto tentava acompanhar com o que sabia, mas na maior parte do tempo apenas se sentiu imerso em um tempo diferente. Enquanto observava, ele tentava entender como diabos tinha ido parar ali. Sem nenhuma resposta satisfatória, apenas seguiu com o olhar pregado em seu avô, que era sua única conexão com aquele lugar.

— Ei, licença? — O homem carrancudo abanava uma das mãos, enxotando o garoto, que saiu de seu banco para dar passagem ao sujeito. Ao tentar voltar seu olhar para o avô, percebeu que ele não estava mais lá. Bernardo tentou, em vão, encontrá-lo entre os fiéis que começavam a deixar a igreja. O garoto se sentiu pequeno e desorientado, como se estivesse perdido em um labirinto de rostos desconhecidos.

Enquanto tentava se recompor, esbarrou em alguém. O impacto foi leve, mas suficiente para fazê-lo olhar para cima. E lá estava ele, seu avô, com o mesmo olhar curioso e confuso que Bernardo conhecia tão bem. Os olhos de ambos se encontraram por um instante e o tempo parou. O ruído da multidão se desvaneceu ao fundo quando os dois se encararam, suas almas conectadas por um fio que atravessava gerações.

— Vamos, Miguel — uma mulher chamou, pegando na mão do menino e o puxando para longe de Bernardo. — Onde cê tá com a cabeça?

Curioso, Bernardo seguiu os dois (e o resto da multidão) para a praça, onde estava acontecendo a barraquinha do mês de maio que o garoto conhecia superbem. Ela já estava começando a ser enfeitada com as bandeirolas para as festas de junho, então talvez já fosse junho... O ano? Nem ideia. Mas em algum ponto da década de cinquenta.

Bernardo se sentiu estranhamente em casa.

Um vento gelado o fez se encolher e se aproximar mais do calor das pessoas. Ele queria ter dinheiro para comprar um caldinho de feijão, mas nem sabia qual era a moeda da época. Então ficou de longe observando como as pessoas pagavam pelas coisas no século vinte.

Não demorou para reencontrar o avô. Três rapazes estavam rindo enquanto um deles empurrava o menino de leve. Bernardo conhecia bem o clima de "zoação", que lhe causava um embrulho no estômago. Então observou cautelosamente quando o jovem Miguel se afastou dos outros e se refugiou em um canto solitário, num banco escuro da pracinha.

O clima de festa era contagiante, com suas lanternas coloridas penduradas, bandeirolas tremulando com o vento frio e alguém gritando um leilão no meio das pessoas. Bernardo se viu transportado de volta para o velório de seu avô. As mesmas bandeirolas penduradas, o mesmo vento frio, mas não a mesma festa. Nunca mais seria a mesma festa.

Enquanto os demais jovens aproveitavam aquela bagunça, Miguel permanecia em sua própria bolha, fixando o olhar em uma moça distante, como se ela fosse o único ponto de luz no meio da multidão. Bernardo não conseguia enxergar de longe e distinguir a moça entre as outras pessoas, mas era óbvio que seu avô acompanhava cada passo dela com o olhar.

Bernardo se aproximou devagarzinho, deixando a bengala apoiada ao se sentar ao lado do avô.

— Ei. — Sorriu de um jeito gentil. O coração apertou quando Miguel o encarou. Ele era tão bonito, a cara da mãe de Bernardo, com olhos verde-escuros e uma expressão sempre séria.

— Ei — respondeu baixinho.

— Eu vi aqueles meninos te incomodando... — começou falando a única coisa que sabia sobre aquela versão de seu avô.

— Ah, são os meus irmãos — respondeu sem render conversa, como fazia quase sempre.

Bernardo sentiu um aperto no coração. Como era possível saber tão pouco sobre a vida de alguém tão importante para ele?

— Irmãos... — Deu uma risadinha sem graça, e apenas acompanhou o olhar de Miguel, sempre grudado na moça. Bernardo estreitou os olhos para enxergar melhor, mas não conseguia ver direito sob aquela luz horrorosa. — O senhor gosta dela? — Deixou escapar.

— O quê?

O garoto precisou engolir o choro, que veio de repente. Aquele "o quê" era igualzinho, mesmo uns setenta anos depois. Mordendo os lábios de leve, perguntou de novo.

— Perguntei se o senho... se *você* gosta dela. — E apontou com o queixo para a frente, sem uma mira específica.

Miguel não respondeu, ficou encarando as unhas sujas de terra por um tempão, tentando limpar debaixo delas.

— Eu conheço ela desde pequeno — falou, com bastante dificuldade, como se aquelas palavras fossem sagradas. — Ela vive num cantão tão frio, numa casinha cheia de irmão, uma pobreza... Eu queria casar mais ela.

— E o senhor tem quantos anos mesmo?

— Quinze.

— Ah... — *Anos cinquenta, Bernardo!* ele precisou se lembrar. — E por que não casa? Ela não quer casar com o senhor... você?

— Não sei, não perguntei.

— Então pergunta, uai. — O garoto deu uma batidinha nas pernas. A solução parecia tão óbvia que ele a sugeriu sem nem pensar nas consequências. Ele tinha visto *De volta para o futuro* tantas vezes... Sabia que qualquer interferência no passado poderia ser o fim de toda a sua família. Era um erro tão básico para viajantes do tempo! Estava pronto para tentar consertar a cagada quando o burburinho das pessoas ficou mais alto. Parecia uma briga.

Miguel se levantou e puxou pelo braço um rapaz que passava. E, apenas com uma levantadinha de sobrancelha, fez uma pergunta que sequer precisou ser dita para que o rapaz a entendesse.

— O músico que a paróquia contratou não chegou — o rapaz respondeu à pergunta silenciosa.

— E ninguém o substituiu?

— Estão procurando. Você não sabe tocar, não? Qualquer coisa, uma viola...

Bernardo se levantou empolgado.

— Ele sabe.

Miguel olhou para ele, assustado.

— Eu? — Colocou a mão sobre o peito. — *Eu* não sei. Você sabe?

Bernardo ficou tão surpreso que demorou a responder. Para ele, Miguel sempre soube tocar violão, era algo que estava profundamente conectado à imagem que tinha feito de seu avô. Quando abriu a boca, o rapaz desconhecido erguia o braço dizendo para absolutamente todo mundo que Bernardo era músico.

Ele só teve tempo de pegar sua bengala antes de as pessoas praticamente o arrastarem para a frente da barraquinha.

— Está aqui, Frei, arrumamos um tocador de viola — o rapaz gritou.

— Ô, meu filho, que Deus te abençoe. — O padre ergueu o braço sobre a cabeça do garoto.

Ah, pronto! Bernardo sentiu o desespero se aproximando, mas engoliu em seco. Correr nunca foi uma opção, mesmo...

— Amém, padre. — Abaixou a cabeça por um instante. Notou o olhar de expectativa de Miguel, que ergueu a mão, se oferecendo para segurar a bengala. Depois pegou um violão grande e com o braço grosso, e se sentou no banquinho perto da barraquinha. Ele se lembrava de alguns hinos que seu avô havia lhe ensinado e esperava que aquilo fosse o bastante.

— Como você se chama, meu filho? — o padre perguntou.

Os olhos do garoto brilharam.

— Bernardo.

— Nosso irmão, Bernardo, vai tocar alguns louvores. Se aproximem aqui da barraquinha para que possamos começar.

As mãos de Bernardo suavam conforme as pessoas iam se juntando, atentas a ele, mas seu olhar estava fixo em

Miguel. Seu avô estava ali, sentado à sua frente, completamente vidrado.

Bernardo tocou todos os hinos antigos que conseguiu se lembrar, mesmo que de um jeito meio ruim. Entre uma música e outra, ele tinha a impressão de ouvir o horroroso som da estática do radinho toca-fitas, mas tentou ignorá-lo. Não queria que seu tempo ali acabasse, queria continuar vendo o olhar admirado de seu avô, algo que nem sabia que precisava até aquele momento.

Foi segurando o choro que ele cantou a última música. Não era um hino, não era nem uma música que existisse na década de cinquenta, mas Bernardo não estava nem aí, precisava ser aquela.

Então ele tocou, de um jeito bastante rudimentar.

Naquela mesa ele sentava sempre e me dizia sempre o
que é viver melhor.

Bernardo se engasgou e as palavras que, cantadas saíam mais fáceis, agora pareciam impossíveis de cantar. Mas ele continuou a música, tomando a liberdade de mexer na letra, porque sentia que precisava disso.

E nos seus olhos era tanto brilho que mais que seu neto
eu fiquei seu fã.

A voz falhou. Ele olhou no fundo dos olhos de seu avô, muito menos cansados, sem as rugas caindo sobre eles, mas os mesmos olhos.

*Agora resta uma mesa na sala e hoje ninguém mais
fala do seu bandolim.*
*Naquela mesa tá faltando ele e a saudade dele tá do-
endo em mim.*

Quando a música acabou, Bernardo secou as lágrimas
e entregou o violão para o padre. Com o coração aperta-
dinho, ouviu os ruídos do rádio mais fortes, mais perto. A
fita estava terminando de rebobinar.

— Aqui. — Miguel cutucou nele com a bengala, bem de
levinho, e a entregou. O olhar ainda estava com aquele ar
de fascínio. — Onde você aprendeu?

Ele não precisava perguntar o restante.

— Foi meu vô que me ensinou.

— Você canta muito bonito.

O clique da fita.

— Obrigado, vô. — Ele puxou Miguel para um abraço
desajeitado, antes de sumir entre a multidão.

Quando abriu os olhos, Bernardo estava de volta ao
quarto de sua mãe, deitado na cama de casal, como se tudo
tivesse sido um sonho.

Ele se levantou devagar, além do corpo, agora sua cabeça
também doía.

— Devo ter desmaiado de cansaço — disse para si
mesmo, então sua mão esbarrou no rádio toca-fitas sobre
a mesinha de cabeceira.

A fita estava tocando, mas tudo o que ele ouvia era
um chiado. Então um baque, o barulho de uma folha, um
pigarreio.

— Será que esse trem tá funcionando? — A voz grave de seu avô voou pelo ar. Bernardo se mexeu na cama e aproximou o rosto do rádio. — Vou gravar essa daqui que eu gosto muito pro meu neto... — Uma pausa e a voz saiu embargada. — Bernardo. — As lágrimas vieram sem dó. — Meu filho, essa música me lembra muito de um sujeito pequeno que conheci muitos anos atrás. Eu tinha me esquecido desse trem, mas acho que o nome dele era esse, Bernardo. Lembro que achei ele diferente. Foi esse rapazinho que eu vi tocando a viola lá na igreja, e que me fez aprender a tocar viola também. Bernardo. Nome bonito.

Então ele começou a tocar, muito melhor do que Bernardo, a música que, sem saber, havia aprendido com o neto.

Naquela mesa tá faltando ele e a saudade dele tá doendo em mim.

— Naquela mesa tá faltando ele e a saudade dele tá doendo em mim.

Esqueceram de nós

Lola Salgado

Capítulo 1

Vitor arrancou os fones ao levar um cutucão de Gustavo. Sem a música estourando nos ouvidos, a bagunça do ônibus o atingiu em cheio. Piscou algumas vezes, de volta ao presente.

— Acorda, porra! A gente chegou. Acorda você também, viado! — Gustavo falou em tom de brincadeira, dando um tapa na orelha de Pedro que, no banco da frente, usava o boné para cobrir o rosto.

Com um suspiro, Vitor guardou os fones no bolso. A turma do fundão batia palmas, cantando sobre quem tinha roubado pão na casa do João, enquanto os professores se preparavam para encarar o passeio como se, na verdade, fossem lidar com animais. O que talvez fosse o caso, Vitor pensou, ao ver um aluno do segundo ano se pendurar nas barras sob gritos e risadas dos amigos.

Passou o percurso tão distraído com a tempestade que, pelo intervalo de uma hora, teve a felicidade de esquecer que estava em um passeio escolar. Não porque Vitor odiasse o colégio, mas estar com pessoas que não tinham nada a ver com ele era tão desconfortável quanto vestir uma roupa apertada demais, com a etiqueta pinicando, e que ainda te faz se sentir ridículo. Ele não odiava nada daquilo, mas não podia negar o quanto era incômodo. Isso se evidenciava quando pensava nos amigos mais próximos. Um abismo de roupas apertadas e ridículas o separava deles.

Vitor alcançou o celular no bolso e, no modo automático, abriu as mensagens do Twitter, como vinha fazendo religiosamente pelos últimos três meses. Os dedos se moviam sozinhos e quando caía em si estava mandando alguma coisa para @f2312. Um vídeo do TikTok, um comentário ácido sobre a vida, o line-up de algum festival que os pais dele nunca o deixariam ir... *qualquer coisa*. Era fácil conversar com @f2312. Bastava começar para não pararem mais. Passavam horas encontrando assuntos apenas para não precisarem dizer tchau.

Seu polegar tamborilava suavemente na tela enquanto Vitor encarava as últimas mensagens de @f2312, enviadas aquela manhã.

tava aqui pensando
será que não tá na hora da gente ir pro whats?
eu queria saber como você é e sla
preciso te contar uma coisa

Seu coração foi parar na garganta, como vinha acontecendo com cada vez mais frequência. Encostou a testa no banco da frente, nervoso e feliz para caralho e aterrorizado e nas nuvens. Mas Vitor não sabia, não fazia a *menor ideia* do que faria.

As portas do ônibus foram abertas e ele percebeu, através da chuva, que estavam muito perto da marquise. Bastaria uma corridinha e nem se molhariam tanto assim. Ele se remexeu, com o vento gelado na cara, e voltou a guardar o celular. Não pensaria nisso agora.

Os alunos se amontoaram para sair. Do lado de fora, ele podia ouvir os professores tentando resgatar um pouco de ordem e gritando para que ninguém escorregasse na chuva e caísse.

— Caralho, até que enfim. — Gustavo deu outro tapa em Pedro, que respondeu com o dedo do meio.

— Me deixa em paz, viado — Pedro respondeu, um pouco grogue.

Cada vez que um dos dois usava "viado" como ofensa ou piada, Vitor sentia uma nova úlcera nascer no estômago. Era doloroso quando isso vinha deles. Tinham estudado juntos quase a vida inteira e não dava para ignorar o afeto construído por anos. Assim como não dava para evitar que esse mesmo afeto diminuísse cada vez mais.

Por isso o colégio era o último lugar do mundo onde Vitor gostaria de estar. Se sentia deslocado. Até mesmo os amigos vinham se tornando indesejáveis. A única pessoa que o interessava era um garoto sem rosto e sem nome. O único que sabia que Vitor era gay e por quem estava se apaixonando. Maravilha. Ótimo mesmo. Estava de parabéns.

O ônibus esvaziou. Vitor se preparava para levantar quando Rafael passou pelo corredor, um pouco atrás dos amigos. Era tão alto que a cabeça quase alcançava o teto.

Eles trocaram um olhar que, para Vitor, pareceu durar um pouco mais do que o normal. Sentiu um frio na barriga. Então Rafael desceu e correu para a massa de alunos agitados.

Foi a vez dos três, os únicos que restavam.

Vitor roeu a unha, pensativo. Rafael era dois anos mais velho, aquele seria o seu último ano. Ele também estudava no colégio Atena havia bastante tempo, a ponto do seu rosto ser familiar, mesmo que nunca tivessem conversado. Mas Vitor o acompanhava com particular interesse. O garoto mais velho, de pele marrom retinta e cabelos crespos volumosos e levemente queimados de sol nas pontas, tinha sido o foco de seus pensamentos por quase todo o ano anterior. Ainda mais depois de Vitor tê-lo visto beijar outro garoto no shopping. Foi difícil dormir após isso. Sempre que fechava os olhos, não parava de imaginar os lábios carnudos de Rafael nos seus.

Claro que Vitor não era idiota por achar que um garoto mais velho se interessaria por um que nem havia chegado ao ensino médio, na época. O que ficou ainda mais gritante aquele ano, depois de Rafael espichar e ganhar traços mais angulosos no rosto. Ele já parecia um homem. Mas Vitor era apenas alguém que tinha acabado de completar quinze anos. Então, assim como o interesse começou, foi dissipado aos poucos até que restasse apenas a atração física. Também não dava para ignorar que Rafael era a pessoa mais bonita do colégio Atena.

Vitor correu e se amontoou com os demais alunos do ensino médio, esperando pelos amigos. Observou o mar de uniformes alaranjados, procurando por Rafael de forma inconsciente. Pela segunda vez, os olhares se encontraram. Seu rosto queimou.

— Tá bom, a gente já se atrasou demais... — A professora de biologia falou, se mostrando impaciente ao encarar o celular. — Aqui não tem sinal. Então quero que prestem bastante atenção em mim.

O professor de química bateu palmas e assobiou para dois garotos do segundo ano que tentavam dar cuecão um no outro.

— Todo mundo quieto! Isso aqui é um *privilégio*. Uma oportunidade de aprender longe da sala de aula. Mas se vocês não quiserem, a gente dá meia-volta. O que acham? — Ele esperou que os alunos murmurassem sem muito ânimo. — Ótimo. Perdão, Thalita. Pode continuar.

— Precisamos sair daqui às onze horas em ponto, e não tem sinal de celular. Então, por favor, vou contar com a colaboração de vocês. Todo mundo precisa estar aqui, *exatamente aqui*, quinze pras onze. Tá bom? — Outra vez, os murmúrios ininteligíveis. — Quinze pras onze. *Aqui*. Vocês não são mais crianças e eu sei que vão ser responsáveis.

— Bora? — O outro professor de biologia esfregou as mãos, assentindo para ela e depois encarando a grande massa laranja. — Tem muita coisa pra ver, e só temos três horas.

— Qual a chance de dar merda? — Gustavo perguntou baixinho, para que apenas os amigos ouvissem.

— Todas — Vitor respondeu, enquanto voltava a encaixar os fones nos ouvidos.

Capítulo 2

Vitor só se afastou de Gustavo e Pedro menos de uma hora para se reunir com o restante do colégio. Ao contrário dos amigos, que aproveitaram o passeio para matar aula sem culpa, ele absorveu cada detalhe. Apesar de perder o interesse por quase todas as matérias com a mesma facilidade com que assimilava o conteúdo, sua curiosidade nunca cessava quando se tratava de biologia. Ainda mais o corpo humano. Achava fascinante ver amostras de órgãos e lembrar que era formado por eles. O que mais adorava, no entanto, era como não havia distinção entre diferentes pessoas. Todos eram apenas... um amontoado de células muito complexo. A ideia o confortava.

Foi por isso que fez questão de entrar na fila para a aula de anatomia com um cadáver. Desde que ficaram sabendo do passeio, foi o que mais o animou. Aproveitou que Gustavo queria ir até a lanchonete para comprar um refrigerante e que Pedro achava a ideia de estudar um corpo mórbida demais, e combinou de se encontrar com eles no ônibus.

Arrancou o fone e o guardou. Depois endireitou a postura, olhando para a fila pela primeira vez. Congelou no lugar.

Três pessoas à frente, havia outro uniforme laranja como o dele. A altura e o cabelo não permitiam que Rafael fosse confundido com mais ninguém. O rosto de Vitor esquentou enquanto olhava por cima do ombro para descobrir se tinha mais gente do colégio esperando pela aula. Mas não, eram os únicos.

Vitor ficou mais nervoso do que esperava. Não costumava ser tímido, mas a troca de olhares no ônibus tinha mexido com ele. Cruzando os braços, não parou de sapatear de um lado para o outro, inquieto.

O professor do museu fechou a porta com um estalido, assim que todos entraram, e caminhou até a mesa de metal no centro da sala, com o corpo coberto por um tecido branco. Vitor conseguiu um lugar na primeira fileira e, por coincidência, era na mesma reta em que Rafael estava sentado, de frente para ele, do outro lado da sala.

A perna direita de Vitor subia e descia sem parar quando os olhares se encontraram pela terceira vez no dia. Rafael tinha um sorriso minúsculo nos lábios perfeitos que o tiraram o foco por um momento. Ou talvez por mais que um momento. Vitor teve a leve sensação de ter perdido uma explicação ou outra, mesmo depois de minutos. Além disso, assistir à aula que acontecia bem diante dele ficou mais delicado, porque isso significava encarar Rafael outra vez. Vitor ainda não tinha decidido se os olhares queriam dizer algo ou era apenas coisa da sua cabeça.

Felizmente para ele, a aula ficou mais dinâmica quando o professor pediu a ajuda de dois voluntários e Vitor foi um dos escolhidos. Ele colocou a máscara e as luvas que o homem grisalho lhe ofereceu e, a partir daí, toda a sua atenção foi capturada pela voz rouca e lenta do professor.

A única coisa que o fez voltar para a realidade foi quando Rafael levantou, assustado, e bateu com o indicador no pulso — a linguagem universal de *estamos muito atrasados, corre.*

— D-desculpa — Vitor falou, muito baixo, enquanto devolvia o coração para o cadáver e começava a arrancar as luvas. — A gente precisa... deu a hora. Mas-s obrigado, viu? A aula foi ótima...

Teria continuado se Rafael não o tivesse arrastado pelo cotovelo para fora e mostrado o celular para ele. Vitor arregalou os olhos, em choque. Onze e dez! Quase *meia hora* depois do combinado.

— Merda! — Agarrou o moletom de Rafael, na altura do ombro, e o puxou para que começassem a correr.

Rafael entendeu no mesmo segundo e disparou na frente, em direção à escadaria. Enquanto percorriam os corredores tumultuados, Vitor procurou outros alunos do colégio Atena, mas sem nenhum sucesso.

Correu o mais rápido que conseguiu, os tênis deslizando no chão liso; mesmo assim não foi capaz de acompanhar Rafael e suas pernas imensas. Receberam olhares recriminatórios de funcionários do museu e de professores de outros colégios, mas não dava tempo de se preocupar com isso.

— Anda logo! — Rafael pediu, olhando para trás, o que quase o fez trombar em um modelo do esqueleto humano. — Tamo quase.

— Minhas pernas dão metade das suas, cara! — Vitor estava ofegante. Os fones de ouvido chacoalhavam no bolso da calça. — Tô dando o meu melhor aqui. Reconheça o esforço.

Rafael esboçou um sorriso em meio ao pandemônio, antes de voltar a olhar para a frente. Vitor localizou a entrada, do outro lado do salão. Teve um pico de adrenalina e correu tão rápido que eliminou a distância entre eles.

Os dois frearam de uma vez, ao passarem pela porta, trombando um no outro. A tempestade estava mais forte, pingos grossos e gelados que feriam como navalhas, além do vento espalhando água por toda parte. Vitor fez uma varredura pelo estacionamento, as pulsações aceleradas no pescoço e na testa suada, que limpou com as costas da mão.

A chuva prejudicava um pouco da visão, mas Vitor desconfiava que enxergaria dois ônibus verdes se ainda estivessem ali. Fechou os olhos, agarrando os cabelos com força:

— Esqueceram de nós!

Rafael xingou baixinho, chutando uma tampinha de plástico que rolou para baixo do aguaceiro. Ele tateou a bermuda do uniforme e voltou a tirar o celular de dentro, com um novo palavrão.

— Continua sem sinal.

Vitor começou a andar de um lado para o outro, inconformado. Não tinha decidido de quem seria a bronca maior — dos pais ou do colégio. O rosto empalidecia conforme compreendia onde tinham se metido.

— Como ninguém notou dois alunos a menos? Os professores, os seus amigos… os *meus* amigos! — Parou no lugar e olhou para Rafael, apavorado. — Eu ia falar pra gente pedir pra alguém do museu deixar usar o telefone, mas eles vão pegar a estrada.

— Puta que pariu! — Foi a vez de Rafael agarrar os cabelos e andar sem rumo pela estreita área que o toldo cobria. — Vitor, é uma hora de viagem. Talvez até mais, porque agora é horário de almoço... se ninguém der nossa falta antes de chegarem no colégio, vai mais uma hora pra fazer o caminho de volta.

Vitor gemeu, cobrindo a boca e o nariz com as mãos. Mesmo que não tivesse sido de propósito, muito menos culpa deles, quem acreditaria?

— A gente tá tão fodido.

Rafael cruzou as mãos atrás do pescoço, o olhar vazio da desilusão em seu rosto. Balançando a cabeça sem parar, Vitor foi até a parede e recostou a testa. Que merda. Aquilo era parecido com se perder da mãe no supermercado, só que bem pior, porque estava incomunicável em outra cidade.

Com um suspiro alto, o veterano despertou do transe.

— A gente tá ficando todo molhado. Melhor esperar lá dentro. Até porque, vai demorar...

Rafael agarrou o capuz de Vitor ao passar por ele, que ainda lamentava na parede. Vitor se soltou, rindo, e o acompanhou para dentro. Então se deu conta de algo muito mais urgente do que ser esquecido em outra cidade — ele tinha acabado de ganhar duas horas sozinho com o cara mais gostoso do colégio.

Capítulo 3

Caminharam alguns metros antes que um dos dois quebrasse o silêncio esquisito. Rafael olhou para ele e deu uma cotovelada leve em suas costelas. Vitor umedeceu os lábios; pescoço e orelhas esquentando um pouco, mas ergueu o rosto e manteve sua melhor expressão blasé.

— Você segurou os órgãos de um *cadáver*!

— Ele meio que tava lá pra isso.

Rafael revirou os olhos, um sorrisinho torto nascendo.

— Você esticou tanto a mão quando o professor pediu voluntários... nem parecia que era pra encostar em partes humanas conservadas há sabe-se lá quanto tempo.

Vitor retribuiu o sorriso, encarando o outro garoto com um brilho travesso no olhar.

— Que estavam lá pra isso! Você tá fazendo parecer que sou um psicopata esquisito. — Fez uma pausa ao ouvir o estômago roncar. — Vamos comer alguma coisa? Tô morrendo de fome.

— Tá vendo só?! Você não se ajuda. Só gente esquisita sente fome depois disso. E até você sabe que é estranho e tá aí na defensiva.

Rafael deu outra cotovelada nele, com tanta naturalidade que parecia até uma coisa comum entre os dois. Um sorriso teimou em aparecer no rosto de Vitor. Deu uma última espiada no veterano e engoliu em seco, os antigos sentimentos querendo dar as caras.

— É uma curiosidade saudável, tá? — Sentiu a necessidade de se explicar. — Eu quero ser médico.

— Mesmo assim, você tem que concordar que sentir fome depois de pegar num cadáver é bem estranho. Mas tá, vou deixar passar. — Suas mãos sumiram para dentro dos bolsos do moletom. — Você tem dinheiro pra almoçar?

— Tenho e você?

— Tenho. Vem, tá começando a encher. — Rafael bateu com o ombro no seu e seguiu para o balcão.

Vitor levou um pouco mais de tempo para reagir. Um sorriso involuntário surgiu e desapareceu num piscar de olhos. Aquilo era normal? Era um flerte? Ele estava viajando?

Não podia ser fruto de sua imaginação, não era possível que esses sinais não significassem algo. Parou ao lado de Rafael, perto o bastante para invadir o seu espaço pessoal, e esticou o pescoço para olhar o cardápio junto dele.

— Assim, só pra te lembrar que você também tava lá — falou, enquanto encarava a foto de um cappuccino especialmente caro. — Isso faz de você um psicopata em potencial.

O veterano virou o rosto em sua direção e Vitor estremeceu com a proximidade. Nunca esteve tão perto de outro ser humano. A curiosidade foi mais forte que a razão e acabou descendo o olhar para os lábios de Rafael. Durou menos de um segundo. Apenas uma conferida para se certificar de que continuavam… irresistíveis. Para sua sorte, Rafael não pareceu ter notado.

— Foi mal quebrar o seu barato, mas só assisti à aula porque é o que tô estudando em biologia. Agora acho que vou lembrar de você quando for fazer a prova. Da sua felicidade com um coração na mão.

Eles pararam para fazer o pedido, rindo. Vitor procurou o celular dentro do bolso, mas mudou de ideia, culpado. Seus sentimentos por @f2312 eram verdadeiros, mas não mudavam o fato de que era uma pessoa sem nome e sem rosto, enquanto Rafael estava ali em carne e osso.

— Você vai prestar vestibular? — perguntou, logo depois de alcançarem a mesa, querendo puxar assunto.

Rafael apoiou um pé na cadeira, se sentando de um jeito desengonçado que não parecia nada confortável. Usava um tênis branquíssimo e meias que iam até metade da canela.

— Aham. Pra engenharia civil.

— Tá nervoso?

— Pra caralho, é muita pressão. A diretora foi na nossa sala semana passada… todo mundo tirou menos de vinte na prova de física II. — Ele mordeu o lábio, arqueando as sobrancelhas. — Ninguém parou pra pensar que o professor pode ter errado a mão, sabe? Levamos o maior sermão.

Vitor abriu a garrafinha de tubaína que dividiriam e os serviu em copos descartáveis.

— Isso é o que mais me assusta quando penso no caminho da medicina… sei lá. Não sei se dou conta. — Fez uma pausa para tomar um gole de refrigerante. Os olhos arderam com o gás. — Nunca te imaginei sendo um engenheiro…

O outro garoto estreitou os olhos, um sorriso desconcertado.

— Por quê? Tenho cara do quê?

— De modelo? — As palavras saíram com tanta facilidade que ele só percebeu o que tinha dito ao ouvir a própria voz. O estômago gelou, principalmente quando o sorriso de Rafael cresceu. — N-não que você não pareça inteligente. É só que, tipo… você é bem alto, né?

Precisou se segurar muito para não adicionar um *e bonito*. Pigarreou, escolhendo morder sua empada para ocupar a boca e não ter como piorar a situação. Rafael pinçou o lábio inferior com os dedos, e Vitor teve a sensação de que o garoto em sua frente fazia um esforço sobre-humano para não cair na risada.

Mordeu outro pedaço, bem mais emburrado que segundos antes. Sentiu que era observado, mas não ergueu o olhar. Não enquanto Rafael continuasse com aquele brilho divertido no rosto. Mas então, quando a mão grande e esguia do veterano cobriu a sua por um momento, não teve escolha a não ser retribuir o olhar, o coração batendo tão alto e tão depressa que Vitor tinha certeza de que todo o refeitório podia ouvir.

— Ah, todo mundo fala isso. E também sobre jogar basquete. Ou vôlei.

— Sou óbvio, entendi. Pelo menos não te chamei de psicopata.

Rafael riu, pendendo a cabeça para a frente enquanto rodava o anel do polegar com o dedo indicador.

— Você vai fazer quinze anos, né?

— Já fiz. Mês passado.

— Deve ser tão bom fazer aniversário em meses sem nada especial. Eu faço no final de dezembro, ninguém lembra. E só ganho um presente!

Vitor riu, distraído com o punho do moletom.

— Natal?

— Nem isso, pra eu brincar que divido a data pelo menos. Um dia antes da véspera. Vinte e três.

— Foda que além de ganhar um presente só, é época de férias... deve ter sido uma vida triste.

Rafael se fez de ofendido.

— Pelo menos vou me livrar do colégio. Você ainda tem dois anos... isso sim é uma vida triste.

Vitor limpou a boca com um guardanapo, balançando a cabeça.

— Também não precisava pegar pesado.

Com uma risada, Rafael chutou o seu pé de leve embaixo da mesa.

— Terminou?

Depois de dar o último gole, Vitor assentiu.

— Quer fazer alguma coisa?

— Aham. Se a gente vai ficar aqui pelas próximas horas, vamos aproveitar melhor.

Capítulo 4

Vitor deixou que Rafael fosse na frente quando levaram as bandejas para a lixeira. Aproveitou para espiar o veterano, segurando a vontade de sorrir feito um idiota. Aquele cara por quem tinha dedicado horas e horas de pensamentos — e outras coisas mais — estava a fim dele. Porque estava, ele não acreditava mais que fosse mero acaso, embora também não fizesse ideia de como reagir, de como indicar que *também queria*. Era um pouco assustador pensar nisso. Em se abrir para outra pessoa. Uma de carne e osso.

Enfiou as mãos nos bolsos ao alcançar Rafael.

— Pra onde agora?

O garoto mais velho bateu com o ombro no dele, fazendo-os cambalear para o lado. Vitor sorriu, devolvendo o gesto como se não estivesse tremendo de nervoso. Rafael também tinha um sorriso largo que iluminava todo o rosto quando voltou a puxar o moletom dele — dessa vez na barra.

— Vem cá. Tem um lugar maneiro que achei sem querer.

— Será que eu fui o único que não matou aula hoje? — Vitor perguntou com falsa indignação.

— Quer que eu fale no que mais você foi o único?

Eles se entreolharam, rindo.

— Você nunca mais vai me deixar esquecer disso. Vai ser o meu estigma. Até depois que você se formar, que *a gente* se formar, vamos trombar na rua e você vai desviar a calçada por causa de hoje.

— Normalmente é de mim que desviam… — Rafael parou num rompante, com um sorrisinho amargo, e segurou Vitor pelos ombros. — Mas fica tranquilo, vou ficar na mesma calçada. Deixa eu ver se tá liberado, fica aqui.

Vitor o observou andar com confiança até uma porta fechada no final do corredor, que os outros visitantes do museu nem mesmo pareciam notar. Rafael olhou por um momento o quadro fixado ao lado da porta enquanto abria a maçaneta com cuidado. Sua cabeça sumiu pela fresta e então ele olhou para trás, chamando Vitor com um gesto de mão antes de entrar.

Vitor atravessou o corredor e parou diante da porta. Hesitou um pouco antes de deslizar para dentro e os fechar ali. A respiração superficial de adrenalina. Tudo bem que ele não era o mais exemplar quando se tratava de seguir as regras, mas jamais tinha feito nada parecido.

Com um suspiro, examinou a sala. Escura e fresca, com telas de LED que iam do chão ao teto nas quatro paredes, além de pufes de tamanhos e formatos variados espalhados pelo chão. Encostou na parede. Os olhos ainda não haviam se acostumado com a falta de luz, levou alguns minutos até que a respiração normalizasse e ele conseguisse enxergar tudo com maior clareza.

— Não sei onde fica o interruptor — Rafael falou, vindo em sua direção. — Deve ser lá fora.

— Não, pera. Pelo amor de Deus, para de ficar indo e voltando!

Sem pensar direito, Vitor o segurou na altura do antebraço. Mesmo na penumbra, o sorriso de Rafael foi brilhante o suficiente para que sentisse uma guinada no estômago.

— Ninguém vai achar a gente, relaxa. A próxima exibição será só às duas e meia.

— Percebe que isso também é um problema? A ideia não é a gente estar visível quando eles voltarem?

As mãos de Vitor suavam, apesar do clima frio. Estava mais nervoso do que gostaria de admitir. Rafael olhou para baixo enquanto dava chutinhos no ar.

— Quer ir pra outro lugar?

Então sua ficha caiu. O lugar que Rafael os levou, a sugestão de aproveitar melhor o tempo que teriam juntos. Cacete. Aquilo estava mesmo acontecendo. Vitor segurou o braço de Rafael com mais força, tomando coragem.

— Não, na real. Eu só... — Ele suspirou. — Eu tô meio... hum...

— Eu sei. Também tô um pouco.

— Tava com medo de ter entendido errado — admitiu, quase num sussurro.

Rafael parou na sua frente e o perfume fresco atingiu Vitor em cheio. Estava prestes a vomitar de nervosismo. Era normal se sentir assim? As pessoas gostavam daquela sensação de quase morte? Dos joelhos fracos, da barriga congelada?

— Tava com medo de você não ter percebido nada. — Rafael soltou um riso nervoso e deu mais um passo para a frente.

Vitor sufocou de desejo e terror ao mesmo tempo.

— Aquela hora... não era bem *alto* que eu queria dizer.

Rafael soltou uma gargalhada, fisgando o lábio inferior. O olhar estava um pouco mais sério, aquele brilho maduro que deixava Vitor fascinado. Apoiou a mão atrás dele, pouco acima da sua cabeça, o peito subindo e descendo depressa.

— Também te acho *alto* pra caralho. — Ele engoliu em seco e a voz soou um pouco trêmula quando perguntou: — Posso?

Capítulo 5

Eles se encararam sem piscar.

Vitor engoliu em seco, concordando com um movimento fraco. Quando Rafael separou os lábios, o rosto a um sopro de distância, um calafrio desceu por sua coluna e o fez estremecer levemente. Aquela boca que ele tinha namorado tantas vezes em fotos do Instagram, dando zoom para absorver os detalhes, estava a centímetros dele. Sentia a respiração apressada e quente do veterano nas bochechas quando finalmente fechou os olhos, rendido.

Rafael segurou seu rosto com a mão livre e pressionou os lábios nos dele. O tempo ignorou as leis da física e passou em uma velocidade única. Em câmera lenta e, ao mesmo tempo, rápido como a descida de uma montanha-russa. A sensação também igual.

Subiu as mãos para o pescoço de Rafael e o trouxe para perto, ocupando a boca dele com a sua língua. O beijo foi lento, quase preguiçoso, para não deixarem nenhum detalhe escapar. O calor do outro garoto, mesmo com as várias camadas de roupas entre eles, de alguma forma o atingiu. Rafael desceu as mãos até sua cintura e o abraçou apertado, eliminando qualquer distância que ainda houvesse entre eles. Principalmente entre os quadris. Vitor suspirou ao perceber que Rafael estava tão duro quanto ele. A sensação foi boa, foi certa. Sentir seu peso o aprisionando contra a parede era certo. Pela primeira vez, Vitor sentiu que estava exatamente onde deveria estar.

Ao pensar nisso, afastou a boca de Rafael com muito custo, os olhos arregalados. O veterano deu um sorrisinho confuso enquanto o acariciava no queixo.

— Que foi?

— O seu aniversário... é dia vinte e três de dezembro.

O sorriso desapareceu do rosto de Rafael e a expressão endureceu um pouco.

— É.

— Vinte e três do doze. Igual... — Vitor negou com a cabeça. — Meu Deus. É você.

Respirando fundo, Rafael fez um leve aceno positivo.

— O F é de Fael?

— Sim. @f2312.

Vitor sentiu uma fisgada no peito. Abriu e fechou a boca para responder, mas não sabia o quê. Rafael aproveitou seu momento de desnorteio para procurar o interruptor de luz do lado de fora. As lâmpadas se acenderam segundos depois, e Vitor precisou piscar algumas vezes, lacrimejando.

Ouviu o estalo da porta sendo fechada antes que Rafael parasse diante dele, dessa vez com uma distância considerável. Ele segurou seus ombros.

— Desculpa não contar antes da gente ficar... sei que você não se sente à vontade pra se assumir e não quis te assustar.

— Cara... não sei se foi a melhor saída, porque tô *bem* assustado. — Vitor esfregou os olhos com o indicador e o polegar. — Você sabia desde sempre?

Rafael se mostrou surpreso e não hesitou em negar com a cabeça.

— Descobri ontem à noite. Você mandou um vídeo do TikTok... pela sua conta. O TikTok mostra quem mandou o link. E, hum... tem seu Instagram lá. — Ele pareceu desconfortável em admitir. — Por isso te mandei mensagem quando acordei. Achei que se você visse a tempo... a gente ia poder conversar ou sei lá.

As engrenagens do seu cérebro estavam um pouco emperradas e se moviam muito lentamente. Vitor passou a língua nos dentes; um filme de tudo o que haviam conversado diante dos seus olhos. Suas bochechas queimaram.

— Meu Deus do céu, eu te contei que tinha crush em você ano passado!

Rafael riu, as mãos deslizando para os bíceps de Vitor, onde deixou um aperto carinhoso.

— Gostaria de dizer que eu também, mas sou tão distraído que quase não reparo nas outras turmas...

— Típico de um terceiranista. — Vitor revirou os olhos, mas foi traído por um sorrisinho.

— Como eu ia dizendo... em você eu sempre reparei porque te acho bonito. Tipo, muito. Mas você era muito novo.

— Dois anos! Puta merda… fiz comentários um pouco obsessivos sobre a sua boca pra você. Não tem como… qual a chance? Sério? — Vitor olhou para o teto e respirou fundo. — Caralho, tô tão envergonhado.

— Vitor, olha aqui. Por favor. — Rafael segurou seu rosto e se aproximou. — Não tirei os olhos de você hoje. Na aula de anatomia ainda tive a desculpa de prestar atenção. Só que não era no conteúdo… Fazia um tempão que eu tava ensaiando pedir seu número, foi só um empurrãozinho.

Vitor fez uma careta de insatisfação e Rafael respondeu com uma carícia suave sobre os seus lábios.

— Foi mal, é que… — Com um suspiro, ele se obrigou a erguer o rosto outra vez. — Eu passo o dia todo com o celular na mão esperando uma mensagem sua ou arrumando qualquer motivo pra te chamar. Eu tô gostando muito de você.

Rafael soltou um riso de uma só nota e puxou Vitor para um abraço. Seu coração também estava acelerado, ele entendia e partilhava a sensação maravilhosa e assustadora de estar apaixonado. Rafael apoiou o queixo na cabeça de Vitor, enquanto acariciava suas costas.

— Também gosto muito de você. Muito mesmo. Eu tava desesperado pra te contar isso. Fiquei meio nervoso quando te vi hoje cedo… foi estranho descobrir que eu sabia tudo de uma pessoa que nunca conversei. Mas isso não torna tudo mais fácil?

Vitor se desvencilhou o suficiente para conseguir olhar para ele. Seu rosto permanecia corado, mas as expressões tinham suavizado e havia um brilho diferente em seu olhar.

— Como assim?

Rafael desceu as mãos para procurar as suas, segurando-as com força.

— Sei que você ainda não tá pronto pra se expor, mas será que… a gente pode continuar ao vivo agora? As conversas e tudo o mais.

O rosto de Vitor era pura petulância.

— O que aconteceu com o *novo demais*?

— É que agora você tem quinze anos. É um marco. Você foi apresentado pra sociedade, te querer pra mim tá nos conformes.

— Você me quer? — Ele não parava de sorrir.

— Você nem imagina o quanto.

Eles se entreolharam por um momento, cheios de cumplicidade, antes que Vitor invertesse as posições dos dois e o guiasse para trás, até que encontrassem a parede. No mesmo instante, um brilho de malícia surgiu no olhar de Rafael.

— Se a gente vai ficar aqui pelas próximas horas, vamos aproveitar melhor — Vitor falou, parafraseando algo que Rafael tinha dito mais cedo.

Entrelaçou os dedos em sua nuca, sentindo cócegas onde os cabelos dele o tocavam. Rafael sorriu, tão próximo que os narizes praticamente se encostavam.

— Tomara que demorem bastante pra notar a nossa falta.

O futuro que nunca foi nosso

Pedro Rhuas

1

ANIVERSÁRIO DE 15 ANOS
05 de maio de 2011

Eu odeio quando meus pais brigam.

Nunca me acostumo aos berros, às palavras terríveis que dizem um ao outro, à maneira com que mamãe só consegue expressar seus sentimentos ao chegar no limite, depois de segurá-los por meses em silêncio. Quando acontece — e acontece mais frequentemente do que eu gostaria —, penso em desaparecer. Me mudar para o outro lado do mundo, para algum lugar muito, muito longe daqui.

Talvez fosse mais fácil se eu nem existisse, se nunca tivesse nascido. Se não fosse por mim, eles ainda estariam juntos? Ou será que já teriam construído uma vida diferente, uma que não envolvesse a criação do filho que antes era motivo de alegria e hoje é só... um empecilho.

Quinze anos atrás, quando nasci, meus pais contavam que minha chegada ao mundo foi motivo de celebração e orgulho para a família. Agora, parece que a festa se transformou em um enterro. Sem flores, só sermão.

— Você não faz nada, Batista! — minha mãe eleva a voz. Golpeia os punhos na mesa; os copos estremecem com o impacto. — Não põe um centavo em casa, e quando eu chego do trabalho, ainda preciso dar conta da sua imundície? Da sua falta de respeito? Eu não aguento mais!

Fecho os olhos. Mordo a boca por dentro até sentir o gosto metálico do sangue. Quero tapar os ouvidos, me impedir de escutar as palavras.

Odeio, odeio, odeio, odeio.

Por que não dão uma trégua e fingem que se importam comigo? Por que não guardam a raiva que sentem só por mais algumas horas, até os ponteiros do relógio passarem da meia-noite? Por que não esperam até eu não estar mais aqui?

Não tenho permissão para sair do apartamento, então me levanto da mesa de jantar e me tranco no quarto. Bato a porta com força depois de gritar com eles que, já que se odeiam tanto, por que simplesmente não se separam? *Me poupem do drama, acabem de uma vez.*

Na cama, pressiono o rosto contra o travesseiro e abafo um grito.

Se tivesse sido apenas pela briga, aguentaria calado. Mas meu aniversário inteiro foi horrível. Os garotos do terceiro ano no meu pé. Outro dia de bosta em uma escola católica ouvindo de um professor que o país vai sofrer "a ira de Deus" agora que o STF reconheceu a união entre pessoas do mesmo sexo. Ele falou com os olhos faiscantes parados em mim, como se soubesse que, apesar do que tento não transparecer a todo custo no colégio, sou um dos degenerados que destruirá seu santo e cristão Brasil.

Teria sido suportável se Samuel estivesse aqui. Mas o pai de Samuel bateu nele e na sua mãe, e meu melhor amigo — talvez mais do que somente um melhor amigo — se mudou às pressas para o Rio de Janeiro sem que a gente conseguisse se despedir. Não foi a primeira vez que aconteceu. Mas dessa vez foi a pior.

Só falei com Samuca três vezes desde então.

Não sei. Tenho a sensação de que a minha vida é suspensa por um fino fio de náilon prestes a se romper. Quando se romper, ninguém vai realmente lembrar que o fio um dia existiu.

Sinto meu celular vibrar. Me viro no colchão e enxugo as lágrimas ao alcançá-lo. É o número de Samuca. Meu peito acelera e deixo tocar por mais alguns segundos enquanto me estabilizo. Ele está passando por tantas coisas no momento, não quero que pense que tem que me consolar hoje. Ele é quem necessita de colo depois do que passou; *meu* colo.

— Quem é o aniversariante mais lindo do mundo? — é a primeira frase dele quando atendo a chamada. Assim, sorridente, cantarolando.

Nossa, eu amo tanto o Sam que meu coração aperta.

Só queria ele aqui, do meu lado.

Prendo o choro e a saudade. Sorrio.

— Oi, Sam. Quando vai chegar com meu bolo?

— Putz, o porteiro ainda não entregou? — ele finge surpresa na voz. Apoiado nos cotovelos, me deito de barriga para baixo na cama. Meus olhos param no pôster do Acampamento Meio-Sangue que ele me deu de presente no meu último aniversário. Caramba, já faz tanto tempo assim? — Mandei por Sedex junto com minha camiseta pra você ficar sentindo meu cheiro.

— *Eca.*

— Eca nada, Davi. Sei que você ama meu perfume.

Ele tem razão, eu amo.

Um minuto de silêncio. Será que ele está pensando no mesmo que eu? Da última vez que nos vimos, ele... bom. Sam me beijou. Pela primeira vez. De verdade. Não foi um sonho — embora tenha sido.

Em um ponto escuro da orla de Tambaú, olhávamos a lua cheia surgindo perto da ponta da Praia de Cabo Branco. As mãos de Samuca tocaram as minhas, nos encaramos e nossos lábios se encontraram. Eu não sabia que precisava tanto daquele beijo até senti-lo. Passamos uma hora juntos, deitados na nossa canga, apenas contemplando o céu e nos beijando. Um presente adiantado — o único que receberia esse ano.

Imaginei que encontraria Samuel na escola no dia seguinte. Eu me sentava atrás dele, que era o primeiro da fila do meio, e passávamos nossas manhãs e tardes trocando bilhetes tão sutilmente que ninguém ao nosso redor percebia. Me preparei para sorrir para Sam, para abraçá-lo na frente de todo mundo com a certeza de que só eu e ele sabíamos o que acontecera na noite anterior — quem éramos juntos, nosso segredo particular.

Mas tudo que restava dele era o vazio, o coração desenhado a lápis no apoio branco da carteira do colégio, usando, para disfarçar, o nome dos nossos personagens no RPG de Percy Jackson que jogávamos. Ele Alexander, filho de Atena. Eu Jack, filho de Hefesto.

Sam não apareceu no dia seguinte. Nem no dia depois do dia seguinte. Nenhuma mensagem minha no MSN foi respondida. Para todos os efeitos, Sam havia simplesmente desaparecido.

Era bizarro. Samuca nunca faltava à aula. *Nunca.*

— Professora, e o Samuel? — eu finalmente tomei coragem de perguntar, no início da aula da sexta-feira, à nossa professora de português. Selma é uma das únicas do quadro docente que não é católica fervorosa ou odeia gays. — Sabe quando ele volta?

Ela parou, respirou fundo, olhou as próprias unhas. Péssimo sinal.

— O Samuel não vai voltar para a escola — disse.

— Como assim? — Estreitei os olhos. — Não vai voltar nunca mais?

Selma fez que não com a cabeça, cabisbaixa. Parecia saber mais do que deixava transparecer e um burburinho tomou conta da turma. Olhei para Milena, atrás de mim. Mi morava perto de Samuca e era amiga dele desde o fundamental. Ela agiu de forma estranha a semana toda, me evitando.

— O que você sabe?

Ela mordeu os lábios. Não quis contar, mas então no meio da aula um pedaço de papel foi passado para mim — quente, mas frio, terrivelmente frio —, se esgueirando entre meus dedos.

O pai do Samuca bateu nele e na mãe de novo... foi feio. Dessa vez, a Dona Ana não aguentou e fugiu pra casa da família dela no Rio... pediram que eu não falasse nada. Desculpa, Dah... mas o Sam tá bem, deve falar contigo em breve :/

Fiquei tão triste pelo Sam que me tranquei no banheiro da escola e chorei. Não era justo que isso acontecesse com ele. Sam é incrível, lindo demais para as merdas desse mundo. Eu queria bater no pai dele, queria vê-lo mofar na cadeia para que jamais importunasse a vida do Sam.

Mas também me senti culpado. Não conseguia esconder a sensação de que o destino odiara nosso beijo, e que Samuca indo embora machucado era uma punição por nosso pecado.

Dois meninos não podiam se amar. Deus não permitia.

— Davi, você tá bem mesmo? — Sam pergunta.

— Por quê?

— Não sei, tô te sentindo estranho. Aconteceu alguma coisa hoje? Alguém foi escroto contigo?

— O de sempre. Os bullies da escola, professores homofóbicos, meus pais brigando...

— De novo?

— Tô acostumado.

— Dah, sinto muito — um sussurro vagaroso. — Ainda mais no seu aniversário... que merda.

— Tá de boas — eu dispenso sua preocupação. Minha voz fica aguda, falsamente alegre. Quem eu quero enganar? — Não foi tão horrível assim.

— Davi, não. Não precisa fingir que não te afetou.

— Não é como se meu pai tivesse batido em mim, é? — falo sem pensar, mas me arrependo na hora. Espero que Samuca contorne o vazio que se segue na ligação com alguma coisa. Ele não o faz, lógico. — Desculpa, desculpa... Não foi justo o que falei.

Há um longo atraso entre as nossas falas, como se a conexão estivesse fraca.

— Olha, não é só porque rolou uma coisa terrível comigo que você precisa fingir que seus problemas não são importantes — suaviza Samuel. — Sei lá, hoje é seu dia. É uma merda que seus pais brigaram. Você não merece nada disso, Dah.

Nós dois não merecemos.

— Sam, não tem nenhum deus que a gente possa invocar pra dar um jeito nos problemas das nossas famílias?

— Tipo, Zeus é frequentemente chamado para resolver disputas — Samuca fala, sério. — Héstia talvez pudesse ajudar, já que é a deusa do lar e tal. Não sei, Hera também é uma boa opção...

Minha risada sai sem esforço. Só Samuel para me fazer rir assim.

— Como você é nerd, Sam!

— Nerd, não — ele rebate. — Apenas mais fã de Percy Jackson que você.

— Mentiroso, retire o que disse *agora* — rosno, girando para me sentar na cama, por um momento esquecendo meu aniversário de merda.

— Ah, para. Até ontem seu maior sonho era subir em um barquinho e entrar naquela escola de magia sem graça.

— Aham, e você se acha só por ser do Chalé Seis. Quem se importa se é filho da Atena?

— Ui, como se os semideuses do Chalé Nove fossem grande coisa — ele resmunga. — Hefesto é o deus mais chato do Olimpo.

— Bom, gênio, vai lá jogar uma partida de xadrez e larga do meu pé, então!

Rimos sem controle algum, eu em João Pessoa e Samuca em Maricá, no Rio. Milhares de quilômetros de distância um do outro, ainda assim, tenho a sensação de ficarmos lado a lado.

Imagino a mão dele entrelaçada à minha.

Quando isso vai acontecer outra vez?

Será que *pode* acontecer outra vez?

— Tô com tanta saudade — confesso.

Escuto um chiado do lado dele da linha, barulho de água e o latir de um cachorro ao fundo. Porque está abafado, acho que Sam conversa comigo no banheiro da casa da sua tia. Consigo visualizá-lo com seu cabelo raspado e a manchinha escura no formato de uma moeda no canto da bochecha direita, a camisa laranja com um Pegasus no meio e seu pingente de ouro. Mas é só uma suposição, a maneira como gosto de lembrá-lo. Não é real.

— Eu também tô com saudade, Dah — ele diz.

— Quando a gente vai se ver de novo?

— Não sei...

— Sua mãe não volta nunca pra Paraíba?

— Acho que não. — Há um tom abatido na voz dele.

— Por que isso precisava acontecer agora? — Meus olhos se enchem de lágrimas. — Foi tudo tão rápido, Sam. Eu queria que a gente tivesse dito adeus. Um abraço, qualquer coisa. Não esse...

— Nada?

— É. — Eu fungo e fito o teto do quarto com as estrelinhas de mentira que Samuca me ajudou a pregar. — Esse nada.

— Não vai ser assim para sempre — diz Samuca segundos depois. — Um dia, você e eu vamos poder ser quem a gente quiser. Eu viro advogado e você professor universitário, ou um ativista, sei lá! Daí compramos uma casa, temos um filho...

— Centenas e centenas de livros?

— Sim, muitos! Tantos livros que a gente nem vai ter tempo de ler todos. E podemos assistir filmes até tarde da noite — ele continua —, viajar para onde quiser...

Sorrio de uma ponta a outra. É tão Sam criar um futuro perfeito.

— E agora a gente pode se casar legalmente — digo.

— É, eu vi no jornal. O que acha de a cerimônia ser na nossa escola, só para ver a cara de todo mundo?

— Especialmente a do Sr. Dodds.

— Com certeza a dele — concorda Samuca. — Aquele velho homofóbico.

Rindo com o telefone colado à orelha, eu vejo meu reflexo no espelho do guarda-roupa. Sou tão magro, com as costelas visíveis e espinhas idiotas pontilhando bochechas, nariz e testa. Eu não sei o que Sam viu em mim — ele é lindo, mesmo —, mas fico feliz que enxergou algo digno de ser amado. Me pergunto se minha história poderia ser como a do patinho feio, onde um dia eu acordarei transformado em um belo cisne, feliz em minha própria pele.

As pessoas dizem que ser adolescente é ao mesmo tempo maravilhoso e terrível, que só nos resta respirar fundo e seguir em frente até chegarmos "do outro lado".

Força, aguenta aí só mais um pouquinho, já, já seus hormônios se acalmam e você se encontra na vida.

Realmente não sei o que é esse outro lado, mas o Sam gosta de imaginar que existe uma versão mais feliz de nós mesmos no futuro e que cada passo dado nos aproxima dela. Pode ser apenas a natureza otimista dele, mas é bom pensar sobre isso. Acho que quando o presente parece uma mina terrestre, ter esperanças nunca é demais.

— Sam, sobre a gente ter se beijado...

— Davi, eu *amei*.

— Amou?

— Amei, caramba. E não, não é justo mesmo. Odeio que as melhores coisas sempre tenham que acontecer no final, apenas pra deixar a gente com o gostinho do que poderia ter sido.

— Se pudesse ser diferente, Sam — baixo a voz —, o que você queria que a gente fosse?

— Namorados.

— Namorados? — ecoo.

— Você não percebeu? Tô apaixonado por você desde o primeiro dia de aula. Você no nosso uniforme verde horrível, com sua franja escondendo parte dos olhos, seu sorriso tímido na biblioteca... Eu sei que vai ser difícil agora, mas a gente ainda pode fazer parte da vida um do outro apesar da distância, eu acho. Sim? *Sim*? Diz que sim.

— Sim, Sam. Até que a morte nos separe.

— Ah, não, morte aí já é demais. Vamos viver muito, promete?

— Prometo.

Samuca e eu conversamos por alguns minutos (sobre a escola nova dele, a vida no Rio, quando vamos conseguir turnar novamente na nossa missão pelo Labirinto de Dédalo), até ele precisar ir embora.

É tarde, Sam já passou tempo demais escondido e seu primo quer usar o banheiro. Nós dizemos "eu te amo" um ao outro, timidamente, honestamente, e ele me deseja feliz aniversário mais uma vez. Me sinto muito melhor, como se a noite não tivesse sido de todo arruinada, afinal.

Quando estou me ajeitando para dormir, minha mãe bate na porta e pergunta se pode entrar. Não tenho escolha, então digo que sim.

— Falando com o Sam? Foi uma pena o que aconteceu com ele... — O quarto está fracamente iluminado pela réstia de luz que vem da sala, as estrelas de néon no teto, o brilho dos postes vazando através da janela. Mamãe encosta a cabeça no batente. — Querido, sinto muito pela briga...

— Tá tudo bem, mãe.

— Não, não está. É o seu aniversário.

— Não importa, já tô grande demais.

Ela suspira profundamente.

— Podemos fazer algo juntos no sábado? Ir ao cinema, comprar alguns livros na livraria?

— O que você quiser fazer.

Não é a resposta que ela espera, mas é a única que terá, e se contenta.

— Obrigada, meu amor. Vou te compensar, prometo — ela diz. — Te amo muito.

Eu não respondo. Ela fecha a porta. Pressiono minha cabeça no travesseiro para dormir e repasso a conversa com Sam. Antes de ser levado pelo sono, meu último pensamento é: queria o futuro perfeito dele. Queria já ter trinta anos.

2

ANIVERSÁRIO DE 30 ANOS
05 de maio de 2026

Eu amo quando meu filho me acorda.

— Papai, papai! — A voz aguda de Pátroclos me arranca dos sonhos; uma livraria infinita, o beijo de dois garotos em uma praia sob o luar, meus pais discutindo em uma mesa com cálices de vinho caídos flutuando em nuvens no chão. — Levanta! Tá na hora, papai!

Pat pula na cama sem parar. Quando abro os olhos com um bocejo, os cabelos castanhos molhados da sua franja sobem e descem. Ele me dá um sorriso vitorioso ao ver que desperto. Em um impulso rápido, se joga em mim sem questionar um único segundo que eu não o protegerei. Pat cai sobre o meu peito com a cabeça encaixada em meu coração. Apoiado nos cotovelos, levanta o rosto para me encarar.

Em momentos como esse, ele é idêntico ao Christian: a pele alva, os lábios finos, esse nariz arrebitado, claríssimos olhos marrons. Mas, sobretudo, a expressão traquina mesclada com a doçura de quem me ama incondicionalmente. De quem não conhece nada diferente do amor.

— Acordou, papai? — Pat sorri com as sobrancelhas erguidas.

Faço carinho em sua bochecha com o nó dos dedos. Ele já está todo arrumado: um short laranja que não passa dos joelhos, uma camisa branca com um arco-íris desenhado no centro, meias coloridas que vão até metade das panturrilhas. Lindo. Chris poderia tê-lo vestido assim, mas desde que completou seis anos em abril, é Pat quem escolhe as próprias roupas. Diz que nenhum de nós entende seu estilo; que dá conta do trabalho sozinho, *muito obrigado*. Crianças crescem rápido demais.

— Acordei, filho.

— Então eu fiz um bom trabalho? — Ele franze a testa e se senta em cima da minha barriga. — Melhor que o seu celular?

— Claro que sim — respondo. Ainda sonolento, arrepio seu cabelo. — Você é o meu despertador favorito.

Pat passa os braços ao redor do meu pescoço, se aninha e me deixa um beijinho estalado na bochecha.

Em manhãs como essa, sinto que não houve um só dia da minha vida em que o menino não esteve nela. Quando o conheci, Pat tinha um ano e dois meses, um bebê curioso e risonho com bochechas rosadas. Ele era o sonho de Chris, então pai solo, de ter um filho; um projeto em movimento no qual embarquei. Me apaixonei por ambos à primeira vista. Era como se aquela família tivesse me escolhido tanto quanto eu a escolhi.

Satisfeito com a resposta, meu filho pula para o chão do quarto. Ele me descobre ao puxar os lençóis da cama. Na soleira da porta com um quê de mistério, anuncia:

— Já volto, papai. Não sai daí, tá?

Atendo ao desejo. Estou sentado na cama ainda em meu pijama quando ele retorna dois minutos depois. Dessa vez acompanhado do pai, Pat canta *Parabéns para você* com sua voz aguda. Ele se equilibra na ponta dos pés cheio de empolgação e segura um prato com um cupcake rosa. No topo, uma vela dourada já acesa.

Chris também entoa a música. Os olhos castanhos do meu marido me encontram com um sorriso, a camisa florida que o presenteei na última semana desabotoada na altura do peitoral. *Te amo*, ele move os lábios em silêncio para mim. Passa os dedos pelos cabelos levemente grisalhos e me encara com ternura. Tanta que meu coração acelera, o bastante para recordar de quando o vi naquele cruzeiro rumo a Fernando de Noronha.

Eu não sabia então que encontrara o homem da minha vida, que seria com ele — o tripulante misterioso com um RayBan dourado, o braço na proa do navio, o vento atlântico em seu rosto, inclemente — que construiria a família sobre a qual sonhei.

Não assim, tão depressa.

Não assim, tão *leve*.

— Faz seu pedido, papai! — fala Pat, à beira da cama com a chama vacilante da vela, depois que já reagi à surpresa com uma expressão chocada conforme cantavam. Pat adorou meu queixo caído, o modo como segurei a respiração e disse, espantado: *isso tudo pra mim?* — Pede uma coisa bem legal!

— Filho, acho que *você* devia soprar.

— Mas por que cê não quer, papai? Não gostou do bolinho?

— Não, eu amei. É que já realizei todos os meus desejos.

— Todos? — Ele estreita os olhos e morde os lábios, confuso.

— É. — Afasto a franja de cima das sobrancelhas de Pat e beijo sua testa. — Já tenho você, seu pai, uma vida linda... *Tudo.*

Não preciso fitá-lo para sentir a atenção de Chris em mim.

— E que tal se os dois soprarem ao mesmo tempo? — ele propõe. Chris, sempre mediador, mestre em solucionar dilemas, diluir impasses. — Assim o Pat faz o pedido dele e você o seu, Davi.

Pat me fita, expectante.

— Pode ser? Eu gostei, papai.

— Hm. — Coloco a mão no queixo. Crio um segundo extra de suspense ao analisá-los. — Tenho uma ideia melhor.

Pat se empertiga para me ouvir.

— Qual?

— Nós três fazemos o pedido em família — digo. — É mais poderoso e todo mundo sai ganhando.

O plano agrada. Pat cuidadosamente me entrega o prato com o cupcake e se senta diante de mim com as pernas finas cruzadas. Chris chega pelo outro lado da cama. Sua mão sobe pela minha coxa, a boca paira em meu ouvido. Ele cheira a café, à única colher de açúcar que coloca na xícara quando acha que ninguém está olhando, à rotina, ao sabonete que não raro sou eu quem desliza por sua pele, no banho.

— Feliz aniversário, amor — sussurra. Então, beija meus lábios e junta nossas cabeças. Encarando Pat, ele diz: — Sopramos?

Aproximamos os rostos da vela. Pat diz que temos que fechar os olhos e contar em voz alta até três. Ele leva o assunto a sério, todo concentrado. Ama aniversários. Por ele, os celebraria todos os dias — e talvez devesse mesmo ser assim.

Me pergunto, às vezes, como meu filho será no futuro. O que nunca nos contará. Os momentos em que não estarei ao seu lado. Os nomes de seus amores. Mas o futuro é mera especulação. Pat e Chris ao meu lado, sim, são reais.

Antes de chegarmos no número três, eu trapaceio. Abro os olhos. Contemplo meu filho e meu marido. Algo dentro de mim quer angustiadamente registrar essa cena, porque eu faria qualquer coisa para protegê-los, garantir sua felicidade, preservar esse instante.

Por isso, quando o três chega e sopramos juntos, sei o que pedir.

Aquilo que parecia impossível ao Davi de quinze anos atrás.

Que todos os garotos que amam garotos possam viver em segurança e criar a família que merecem.

* * *

— Ele fica lindo dormindo — diz Chris, suavemente, ao conduzir a vista até o retrovisor do carro. Seu rosto se vira para mim em seguida, mas ele se refere a Pat, com as pálpebras cerradas em sua cadeirinha no banco traseiro, agarrado à versão em pelúcia do porquinho de *Moana* que tanto adora.

O sol da manhã reluz nos fios prateados do cabelo de Chris à medida que meu marido dirige. No caminho para a praia, a paisagem exuberante da Mata Atlântica reflorestada passa ao lado de Chris em alta velocidade. Coloco a mão na coxa dele, no ponto desnudo em que a marca da cicatriz do acidente que quase lhe custou a vida anos atrás se insinua. Por um breve segundo antes de retornar ao volante, nossos dedos se entrelaçam.

— Você acha que eu sou um bom pai? — A pergunta é minha. Não sei de onde vem; se do modo angelical com que Pat cochila, a boca entreaberta, seu ressonar baixinho, a confiança plena dele; ou se das dúvidas que ainda habitam em mim.

Focado na estrada, Chris responde, sério:

— Com certeza. Você é um pai incrível.

— Assim, sem nenhuma dúvida?

— Nenhuma, Davi.

Eu suspiro e recosto a nuca no apoio do banco. Com o queixo erguido, inspeciono o teto cinzento e aveludado do carro.

— Não sei, é que... *Paternidade.* — Solto o ar. — Sinto que ainda tenho tanto a curar em relação à paternidade. É lindo e estranho ser pai, isso de criar outra vida, a responsabilidade de ser *responsável*... Não é um papel para o qual fui preparado.

— Mas você é.

— Chris — sussurro para não acordar o menino —, às vezes eu tenho medo de magoar o Pat, de quebrar as expectativas dele. De não ser suficiente.

— Amor...

Chris reduz a velocidade. Ele é sete anos mais velho que eu, e já viu tanto. Fotojornalista, cobriu cenas terríveis, encarou a morte. Mesmo assim, jamais conheci alguém com a paixão de Chris pelo simples. Talvez seja a razão para o contraste: quem testemunhou tanta dor verdadeiramente aprecia e valoriza a vida.

— Nós vamos decepcionar o Pat em algum momento, vamos magoá-lo, entrar em conflito... — ele diz. — Isso faz parte, não te torna um pai ruim. O melhor que podemos fazer por ele é seguir aprendendo. — Um sorriso se espalha em seu rosto. — Cuidar de si mesmo para ser capaz de cuidar do outro. É assim que seremos os pais que o Pat precisa.

Ele raspou a barba essa manhã, e as covinhas nas bochechas reaparecem. Me inclino e beijo a lateral do pescoço do meu marido. Depois, descanso a cabeça em seu ombro — uma entre as incontáveis vezes em que o busquei por conforto, em que seu corpo acolheu o meu sem pedir nada em troca.

— Tem razão. Só é um pouco estranho completar trinta anos. — Observo o céu azul brilhante se desdobrar no horizonte nesta quinta-feira calma onde poucos carros cruzam nosso caminho.

— Estranho por quê?

— Às vezes, eu não achava que chegaria tão longe — confesso. — Houve um momento na adolescência em que senti que não existir era mais fácil. Não eram pensamentos suicidas, exatamente. Era mais uma profunda falta de conexão comigo mesmo. Foi desafiador buscar minha identidade, compreender quem eu era não apenas no nível pessoal, mas como um jovem gay em uma sociedade que rejeitava minha existência, entende? Isso complicava tudo.

Chris faz carinho no meu joelho brevemente.

— Seus pais se divorciaram quando você tinha quinze anos, né?

— Sim, alguns meses depois. Honestamente, foi melhor assim. Eles não faziam bem um ao outro. Meu pai e eu... — Recordo das brigas, que não ocorriam somente entre eles. Havia um tenso cabo de guerra entre nós dois; nossa guerra fria particular na quente João Pessoa da minha memória. — A distância foi o remédio que a gente precisava, porque nosso relacionamento melhorou após o divórcio.

Endireito a coluna no banco quando Chris troca de marcha.

— Você imaginou que se casaria e teria um filho, Davi? — A voz dele é serena. — Naquela época.

— De verdade, verdade mesmo? Não, nunca. Eu só queria sobreviver ao ensino médio, mas lembro de comemorar com o Sam quando a união estável passou. Aconteceu no meu aniversário, sabia?

— Esqueci que foi há quinze anos. — Há um toque nostálgico na fala de Chris. — Eu estava na universidade quando saiu a decisão do STF. Todos nós fomos comemorar em uma boate. Parecia que tínhamos o futuro em nossas mãos.

— E agora estamos neste carro. — Abro um sorriso enorme para ele.

— E nosso filho está dormindo no banco traseiro.

— E estamos casados.

— Sim. — Chris ri enquanto a placa colorida que indica a entrada da Praia de Coqueirinho surge, não sem antes relancear para o nosso anel de casamento em seu dedo. — Estamos *muito* bem casados.

* * *

Pat acorda justo quando o mar se impõe diante da ladeira que leva à praia. A falésia alaranjada corta a estrada à esquerda, e coqueiros pincelam a paisagem diante do mar de um claro azul-esverdeado. A praia tem um lugar especial em nosso coração, e por ser tão próxima de João Pessoa, trazemos Pat aqui com frequência.

— Chegamos, papai? — ele pergunta com um bocejo.

— Ah, então nosso preguiçoso favorito acordou, foi? — Chris estica o braço direito para tocar a perna de Pat ao nos aproximarmos do estacionamento.

— Eu não sou um preguiçoso. Foi o Fábio! — Fábio é o nome do porquinho de pelúcia. — Ele tava cansado.

— E você tá ansioso pra nadar hoje? — pergunto a Pat. — Seu pai vai te dar umas aulinhas.

— Vai mesmo, papai? — Ele morde os lábios e aperta Fábio no peito. — Você sempre diz que vai me ensinar, mas nunca ensina!

Olho para Chris com uma expressão interrogativa. *Que foi?*, seus lábios se movem em resposta, mas ele eventualmente cede.

— Tem razão, filho. Papai não tem se concentrado tanto em te ensinar a nadar como deveria. Mas prometo que hoje vai ser diferente.

— Uhu! — Pat agita os pés, que chutam a parte de trás do meu banco. — O Fábio pode entrar no mar com a gente também?

Abano a cabeça com um sorriso. Nunca sei o que vai sair da cachola dele.

Estacionamos. Chris desce, abre a porta traseira e libera Pat da cadeirinha. Depois, tira a mochila carregada com comida, brinquedos e toalhas da mala.

— Hora de ir pra praia, painho! — Pat aparece diante da minha janela quando não saio do carro.

— Papai já vai. — Abro a porta e beijo sua bochecha. — Se prepara que vou te pegar com… dedos mágicos!

— NÃO, MONSTRO DAS COSQUINHAS, NÃO! — ele grita e se esconde rapidamente atrás das pernas de Chris.

Dou risada e pego o celular. Há uma notificação pendente. *Sam*. Meu primeiro amor, meu melhor amigo, meu padrinho de casamento. Embora já não tão próximos um do outro como antigamente (Sam e eu namoramos à distância durante o ensino médio inteiro), nossa conexão é inquebrável. Ele esteve no pior momento do divórcio dos meus pais, e eu o ajudei a lidar com seu próprio trauma, principalmente quando seu pai voltou a fazer contato…

São tantas lembranças de nós dois. Às vezes, me pergunto se teria chegado até aqui se não fosse por ele.

Mas chegamos.

O porteiro já entregou seu bolo? ☺️, diz a primeira mensagem, porque velhas piadas nunca morrem.

Depois dela, há uma foto nossa aos catorze anos. Foi em um encontro de semideuses antes de Sam ir ao Rio. Usamos nossas camisetas laranja do Acampamento Meio--Sangue; acho graça do meu cabelo rebelde, da postura tímida e das espinhas na bochecha, enquanto Sam irradia seu sorriso lindo.

Ele enviou várias fotos nossas ao longo dos anos. Uma se destaca. É do dia em que me casei. A cerimônia simples contou com a presença de um pequeno grupo de amigos e familiares meus e do Chris, e um Pat bebê que era a alma da festa. Minha mãe e meu padrasto estavam lá e meu pai também compareceu.

Sam e eu estamos lado a lado, de paletó, o braço dele ao redor do meu ombro. Em comparação à primeira foto, fui eu quem mais mudei — exceto pela inclusão de uma barba, Sam tem a mesma cara. Na foto de cinco anos atrás, meus ombros não estão encurvados. Não se trata mais de um garoto desconfortável na própria pele; é alguém que se gosta. Alguém confiante. O jovem Davi se surpreenderia.

Depois das fotos, Sam enviou uma selfie dele em seu apartamento em Palermo, em Buenos Aires. Na frente de uma estante apinhada de livros, ele segura uma cópia de *Os mitos gregos.*

Dah, você é e sempre será meu melhor amigo e minha inspiração, mesmo de longe. Sou grato por tudo que vivemos e compartilhamos, e por saber que sempre terei alguém no mundo que me conhece mais do que eu mesmo. Obrigado pela honra de ser seu amigo.

Um dia, anos atrás, te disse que poderíamos ser quem quiséssemos; que havia uma versão mais feliz de nós nos esperando. Estou feliz por não ter errado. No fim, eu virei o professor e você o advogado, mas o que conta é ter acertado no mais importante! Te desejo as coisas mais lindas e imprevisíveis do mundo, Dah. Nosso futuro perfeito é o nosso agora. Te vejo em breve, amigo! <3

Enxugo as lágrimas em meus olhos. Não é tristeza nem nada, é só... *gratidão*. A vida tem sido boa para mim, melhor do que jamais previ. Mas mentiria se dissesse que é fácil. Há obstáculos ao longo do caminho, o aprendizado nunca cessa. E isso é bom.

Enquanto deixo o celular de lado, prometendo a mim mesmo responder Sam mais tarde, reflito sobre o lendário pote de ouro no final do arco-íris que perseguimos. O que percebemos como o fim é meramente o começo de uma nova jornada. O que há no final do arco-íris é... outro arco-íris. E depois mais e mais arco-íris, um ciclo interminável em direção à eternidade.

— Amor? — Chris me desperta do devaneio. — Tá vindo?

Finalmente me levanto.

— Desculpa, tava falando com o Sam.

— DIZ PRO TIO SAMUCA QUE EU AMO ELE! — Pat dá pulinhos animados. — Quando ele vem brincar comigo e com o Fábio?

— Papai vai perguntar depois, tá bem?

Chris me encara. Mais um momento em que não precisamos de palavras para entender o que o outro sente. Ele sorri para mim e então se agacha para que Pat suba em seus ombros. Quando os alcanço e seguro a mão do meu marido em direção à praia, Pat exibindo uma careta engraçada e rindo a pleno pulmões, sei que não trocaria esse momento por nada. Tenho tudo que preciso, bem aqui, no futuro que nunca foi nosso.

Mas que agora é.

Por direito.

Menina moça

Stefano Volp

1
O vestido

Meu aborto espontâneo não me redimiu para o mundo. Na verdade, ele ofereceu centenas de munições para que as pessoas me alvejassem ainda mais. De telhados e janelas, no meio do supermercado, na banca de jornal e, principalmente, em cada centímetro daquela escola de merda. Quando a fofoca é boa, todo mundo faz fila no tiro ao alvo. Atiram para assustar. De susto em susto, a gente acaba morrendo. Por dentro e por fora. Os tiros vieram de todo lugar. Depois de derrubada por muitas palavras, não pude mais proteger você. Foi quando uma delas te assassinou dentro de mim.

Antes que você partisse, eu era a sem-vergonha de catorze anos que abriu as pernas para o primeiro que a quis, ou a pervertida que não se preservou. Depois, fui reduzida à garota que abortou. Não sei o que é pior. Inventaram muitas histórias sobre a gente. Quando não com as palavras, atiravam o olhar. Criminosa. Safada. Pecadora. Puta. Qualquer um desses xingamentos trincou o olhar de Dona Amarildes naquela tarde, quando aliviou o pedal da máquina de costura e me mediu com os olhos por cima dos óculos remendados.

— Queria um vestido. Quanto é?

— Está um pouco tarde para me mandar fazer um vestido, não acha?

— Não um vestido de criança. É para mim. Um vestido de quinze anos.

Por mais que eu estivesse me preparando há duas semanas para pronunciar aquelas últimas cinco palavras, nada prepararia a mulher para ouvi-las. A velha simplesmente negou com a cabeça, sinalizou a saída com mais um olhar e voltou ao trabalho.

— Não é de graça, Dona Amarildes. Minha mãe vai pagar.

A mulher evitou me encarar. Começou a ajeitar um rolinho de fio da máquina. Freiava as sílabas na boca, como se eu não pudesse ler as palavras engatilhadas.

— Agora quer encher o bucho dos outros — murmurou, baixinho. Depois, aumentou o tom: — Pede a tua mãe uma viagem. Pra que gastar com festa?

— É direito meu. Quero uma festa com tudo o que se tem direito. Vestido branco, a boneca, troca de sapato, dançar a valsa, príncipe, bolo. Qual é o problema?

Muitos. Todos os problemas, eu sabia. Porque quando uma garota engravida aos quinze, acidentalmente ou não, ela não é só a menina que embuchou antes do tempo. Ninguém acreditaria que nos únicos quatro minutos em que abri as pernas para qualquer coisa além dos meus dedos, o babaca do Maumau havia enfiado um filho dentro de mim. Então a gente vira, sim, a devassa imunda que não consegue segurar a periquita, a depravada que não pensou na própria mãe, a que nunca se casará de branco. Somos responsabilizadas por soterrar o nosso futuro inteiro. Foi isso que amarelou o rosto de Dona Amarildes quando ela respirou fundo, abaixou o tom e me encarou uma última vez.

— Giulia. Pelo amor de Deus. Você por acaso é menina moça pra ter festa de quinze anos?

Ela sabia que não.

BUM.

É assim que se atira em um corpo.

2
O envelope lilás

Se sua mãe tivesse tido tempo de ter desejo na gravidez, com certeza seria o de comer giz. Branco, verde, amarelo ou cor de goiaba. Tanto faz.

Sempre fui a aluna da letra bonita que os professores cansados convidam para lotar o quadro de palavras. Os alunos achavam essa tarefa uma idiotice, mas eu enxergava seu valor. Porque, por alguns minutos, o contato com o giz clareava minhas mãos e me enchia de poder para entrar nos cadernos da turma inteira.

No dia seguinte à negativa da maldita costureira do bairro, risquei o quadro com o giz, desenhando o vestido branco, abaloado e cheio de plumas, exatamente como aquele que o mundo me negava. No meio do intervalo, não havia ninguém que pudesse admirar meus traços artísticos. Só a Fê, com aquela cara de cachorro acuado, entrando na sala depois do nosso código de três toques descompassados e um tapa, que eu nem lembrava mais.

— Achei que você nunca mais fosse falar comigo — disse ela.

— Ainda não estou falando com você.

O que a Fernanda havia feito comigo nos separava. Não conseguíamos sequer olhar direito uma para a outra. Perdoá-la significaria parecer ainda mais fraca.

— Juramos ser amigas para sempre — reclamou ela.

— Isso foi há mais de sete anos.

— Pra sempre é pra sempre, Giulia.

— Você quer falar sobre amizade?

Ela desviou os olhos, envergonhada. Por um breve segundo, me senti poderosa. Prendi nos dedos de uma das mãos o cotoco do giz branco feito um cigarro. Com a outra, retirei um saco da mochila e entreguei na direção dela.

Fernanda estranhou o perfume doce que eu havia borrifado nos envelopes lilás. Franziu a testa quando leu uma das cartinhas. Se esforçou muito mais do que Dona Amarildes para me poupar da descrença.

— Vai ser em casa de festa e tudo? Baile de debutante?

— Minha mãe imprimiu no trabalho dela. Eu vou usar um vestido igualzinho àquele. Ela mesma vai costurar.

Fernanda olhou para o quadro e riu. Depois se arrependeu. Mas aí eu já estava cheia de raiva.

— Eu sou uma piada para você? Acha que não posso ter uma festa como todas as garotas?

— É só que você nunca nem gostou de vestido.

— Esse é o seu problema, Fernanda. Você presume coisas demais sobre mim. Fique sabendo que, se você é famosinha nesse colégio, é por minha causa. Fui *eu* quem escrevi a peça do rei Édipo e a da Nova Cinderela pra você.

— Você não atuou no meu lugar, Giulia. Também tenho talento.

— Mas fui eu quem batalhou pelo seu destaque. Cedi a você meu papel. Agora olha só como você me retribui.

Fernanda revirou os olhos e suspirou de saco cheio. Nenhuma de nós saberia como reatar as tomadas desligadas da nossa boa e antiga amizade.

— Você só precisa de uma peça nova e todo mundo vai esquecer os boatos.

— Os boatos que você espalhou.

— Foi sem querer. Já disse.

— Foi sem querer — repeti numa imitação ridícula da voz dela.

Talvez nunca mais fôssemos andar de braços dados pelos corredores, colar chicletes debaixo das carteiras do fundo, criar maquetes horríveis ou passar a tarde ensaiando para apresentar uma de nossas peças de sala em sala outra vez. Ainda assim, a Fernanda era a única pessoa capaz de me tirar da solidão que ela mesma arrumou para mim ao espalhar pra escola inteira sobre minha gravidez com um garoto da escola. Um garoto comprometido com outra pessoa.

— Não preciso de uma peça nova. Preciso brilhar no *meu* baile — avisei, passando a alça da mochila em um ombro, enfiando o cotoco de giz no bolso e anunciando antes de desaparecer pela porta: — Aproveite que não consegue guardar a língua dentro da boca e distribua esses convites para todo mundo que passou a me olhar torto por sua causa. Na verdade, só para as pessoas legais. Quem sabe depois disso a gente volte a se falar.

3
O otário

Sentar na primeira fileira sempre ajudou sua mãe a interagir mais rápido com os professores. Copiar uma matéria, espiar a sala enquanto eles davam uma fugidinha ou responder questões sobre a disciplina. Acontece que, depois que a fofoca se espalhou feito metástase, a fileira da frente só me serviu para esconder a barriga dos olhares, pelo menos por algumas horas. Então me acostumei a ficar ali, evitando gente.

No dia seguinte, enquanto a professora de Química falava de fórmulas e mais fórmulas, eu só sabia que, se apertasse a caneta na folha do fichário com um pouco mais de força, ela o atravessaria. Além de safada e depravada, eu era uma otária, sem o mínimo de coragem para convidar as pessoas para o meu próprio aniversário. Onde é que eu estava com a cabeça? Será que ainda dava tempo de cancelar aquilo tudo, mesmo que, por outro lado, eu quisesse tanto o oposto? Eu não fazia a menor ideia se a Fernanda tinha entregado um, dez ou nenhum dos cinquenta convites.

Sua mãe não se sentia incluída em nada. Aliás, eu não permitia me incluir. Não acreditava nos gestos de carinho de um professor ou outro, e via falsidade em cada sorriso dos colegas de classe. Se pudesse, nunca mais retornaria para aquele lugar, mas, no final das contas, eu jamais daria a eles o gosto de vencerem suas apostas sobre mim. Foi uma das primeiras coisas que sua avó disse, que eu não largaria a escola de jeito nenhum, e que se alguém falasse alguma coisa, ia se ver com ela.

Quem nunca se viu com ela foi o Maurício.

A primeira fileira me dava o privilégio de sair batida quando o sinal soava. E foi assim que ele me encontrou na porta da sala antes que mais alguém pudesse se aproximar.

— O que você quer?

— É sobre sua festa.

— Como você sabe sobre a...?

— Você me convidou. Aliás, sua amiga me entregou o convite.

Encarei-o, incrédula. A Fernanda tinha o que na cabeça? Convidar esse babaca. Que desnecessário.

— Sério, não precisa ir.

— Quer que eu vá ou não?

— O que você acha?

Ele balançou os ombros, constrangido. Até finalmente perguntar:

— Vai ter valsa?

Ah, então era isso. Idiota.

— Não vai ter príncipe. Mesmo que tivesse, nunca seria você.

Então ele sorriu de canto. Achava mesmo que eu o convidaria ou que ainda tivesse qualquer interesse nele.

— Ufa. Que alívio. Valeu.

Sempre aliviado. Aliviado quando sustentei a história de que havia dado para um cara mais velho, porque não queria que você o tivesse como pai. Aliviado por poder seguir o terceiro ano intocável. Aliviado quando perdi você, a sombra que perseguiria esse babaca para o resto da vida. Aliviado por se livrar da fantasia de que a cinderela negra o desejaria eternamente. Um príncipe no cavalo branco.

Maurício disse "ufa que alívio valeu", e seguiu em frente, num instante engolido pela enxurrada de alunos vomitados pelas portas das salas de aula, me deixando saber que, pela primeira vez, quem estava realmente aliviada por vê-lo nunca se importar era eu mesma.

4
A bexiga

Era só fazer uma conchinha com a mão oleosa, encaixar a massa, furar no meio e enfiar um pouco de frango desfiado. Depois, fechar o buraco com a própria massa, rolar a bolinha até puxar um biquinho na ponta e pronto, mais uma coxinha finalizada. Faltavam trezentas. Sua avó sempre foi exagerada e, como pedi uma festa para cem convidados, ela congelaria o quíntuplo de salgadinhos necessários para que ninguém saísse falando mal. Já não bastavam os outros riscos.

Na TV, seu pai, o âncora do jornal anunciava uma desgraça qualquer com uma voz sedutora. Tinha o cabelo grisalho, a barba feita, charme inegável de coroa com tudo em cima. Talvez estivesse de shorts e chinelo, ninguém saberia. Televisões enganam. Provavelmente melhor do que eu. Porque sempre desconfiei que sua avó não engoliu a história do pai que inventei. Um homem mais velho e casado, de outro Estado, que conheci numa festa. Depois de tanto me ver jurar de pé junto, sua avó fingiu acreditar. Foi aí que parei de responder boa-noite quando o homem me saudava do outro lado da tela, para não dar tanto na pinta. Até isso sua avó percebeu. Achava que eu estava protegendo alguém, quando, na verdade, eu protegia a mim mesma de ter dado para o babaca do Maurício. Feio, zé-ninguém, otário e comprometido com a minha prima de segundo grau.

— Dona Amarildes se ofereceu para ajudar no vestido.

— O quê? Não quero nada daquela velha fofoqueira.

— Você não disse que queria o vestido rendado? Conte comigo para tudo, menos para isso.

Fechei mais uma coxinha em silêncio. Seu pai falso resolveu anunciar mais uma desgraça. Sua avó tagarelou por mais um tempo, orgulhosa por ter barganhado o aluguel da mesa de som. Falou, falou e falou, até vir com um...

— Giulia.

O tom dela atraiu meu olhar. Um tom há muito conhecido. Sua avó era aquela mulher que eu jurava conhecer como a palma da minha mão. Aquela para quem eu ofereci muitas lágrimas quando menina nas homenagens da escola em maio. Aquela que sofreria de porta trancada se fizesse ideia do que eu enfrentava do lado de fora desde que você apareceu.

Sua avó usou o tom de quem aterrissa tranquila e estende a mão confiante, quando perguntou:

— É isso mesmo que você quer? Festa, torta salgada, cerimônia tradicional, valsa e tudo?

Eu era uma bexiga. A pergunta, uma agulha. E tirei forças de onde desconhecia para não ser estourada. Eu estava frágil e desesperada por uma redenção. Minha autoestima rastejava pelo chão. Me fazia tropeçar todos os dias. E, quando eu caía, ainda tinha medo de te machucar. Acontece que, por mais que eu ainda estivesse pançuda, eu estava vazia por dentro, e quando uma pessoa cheia de ar é espetada por uma agulha, ela grita, explode e morre.

Por mais que sua avó batesse os braços contra a maré, aquela pergunta demonstrava o quanto ela nunca alcançaria minha ilha. Minha festa e meu vestido branco seriam a minha redenção. E não havia nada que eu quisesse mais além daquilo.

5
A defesa

A quadra esportiva sempre sediou meu show de horrores. Não importa quantas vezes o time girasse, a bola e eu nunca teríamos intimidade. Vocês não precisam jogar como profissionais, dizia o professor. Mas, mesmo quando o tiro de canhão vinha na minha direção e eu tentava imitar as outras garotas, minha manchete mandava a bola para Marte e o rosto dele se tingia de vermelho. Não era difícil decodificar cada palavrão que ele engolia. Gostaria de dizer que eu sabia atuar melhor do que qualquer uma ali, que não dava a mínima para ser levantadora, atacante ou líbero. Mas quando o meu time perdia, como sempre por minha causa, eu morria na arquibancada suada, e as outras meninas arqueavam cansadas e atingidas pela maldição de ter alguém como eu na equipe.

— Aquele ali não é o Maumau? — perguntou a Carol.

Automaticamente, todas viramos o rosto na direção do lado de fora. Pela grade da quadra, dava pra ver. A namorada do seu verdadeiro pai o abraçava aos gritinhos, abismada com o novo anel de compromisso. Cafona. Os dois se beijaram. Tesão. Ela subiu na garupa da Honda Biz, e ele deu a partida. O olhar cruzando com o meu por um segundo, me obrigando a virar a cabeça de volta para a quadra, e fingir não notar o sorriso malicioso de Carol.

— Você bem que queria estar naquela moto, confessa — disse ela.

— Fale por você, hipócrita — rebateu Fernanda, ao meu lado.

As farpas lançadas continuaram cada vez mais afiadas. No entanto, eu não conseguia entender o que ambas diziam. Estava abismada com as últimas palavras ouvidas. Minha ex-melhor amiga tinha me defendido, mesmo que eu a ignorasse todos os dias, mesmo ela sendo ótima no vôlei e a única a me escalar de primeira. Mesmo que eu estivesse fria e distante.

Depois que Carol se afastou, as meninas da sala se animaram e perguntaram sobre a festa.

— Vai ser tipo debutante? Com troca de vestido?

— Só vai ter um vestido; mas vai ter tudo, sim. Até DJ.

— Foda.

Passei mais alguns minutos contando sobre os centos de salgadinhos que estava fazendo com minha mãe e sobre o vestido rendado. Uma delas avisou que o salão Bem-me--Quer, onde eu daria a festa, tinha reformado a pista de dança, incluindo chão de xadrez e globo de luz.

Quando todas deram certeza da presença, algo pareceu me iluminar por dentro, e eu quase sorri. Fernanda me olhava de canto, como um gatinho esperando que eu cumprisse a promessa feita quando a induzi a entregar os convites. Mas como perdoar alguém quando se é incapaz de fazer o mesmo consigo?

6
A bolsa

Você perdoaria traição? Não. Jamais. De jeito nenhum. Nunca. Com exceção à garota que escreveu "Abra e Descubra", traição era imperdoável para todas as meninas que respondiam ao caderno de perguntas. Para os poucos meninos, também. O Maurício tinha traído a Camilinha comigo, mas não havia dedos apontados para ninguém, além da puta grávida aqui. Ex-grávida.

Os sorrisos e confirmações das meninas na semana anterior não haviam passado de migalhas para a falsa santinha. Ainda assim, engoli morta de fome. Avaliei mudar de cadeira, passar para a fileira de trás para, quem sabe, trocar um pouco mais de ideia, como se eu acreditasse na vida fora das trincheiras.

Pois eu deveria nunca ter saído da vala, ou ter me escondido na última cadeira da esquerda, o ângulo que ninguém vê. Deveria ter ficado em casa ou talvez nunca ter retornado para o colégio outra vez. Somente isso pouparia sua mãe do completo constrangimento quando a professora de português mais querida da escola inteira reapareceu.

Saíra para ser mãe e para nos deixar órfãos nas mãos de um professor substituto, que tirava ponto por qualquer coisinha e nos importunava com questões cabulosas. A professora Renata, não. Dissecava os enunciados como ninguém, preparava a gente para o futuro, fazia boas piadas e liberava a turma antes da hora.

Foi assistindo à barriga dela crescer que eu comecei a desejar você. No final da aula, mesmo apavorada, eu costumava jogar nela todas as perguntas sobre gravidez. E ela fazia questão de responder a cada uma com atenção e bom humor.

— Você vai ser uma mãe excelente, Giulia. Vai dar tudo certo.

Bom, o bebê dela não tinha morrido. Pelo contrário, ela o levou para a nossa sala mais vivo do que nunca. Colou o indicador nos lábios para frear a empolgação da turma. O bebê no carrinho não aguentaria uma avalanche de alunos alvoroçados. Mesmo assim, as meninas foram as primeiras a pular das carteiras e rodear o carrinho com vozinhas infantilizadas.

No momento em que fingi ver algo na janela, só para não encarar o olhar de pena da professora, duas vontades muito fortes me atravessaram. A primeira foi o desejo de desaparecer. A segunda é mais difícil de explicar, porque talvez ela aponte meu maior problema. Eu podia sentir outra vez. Tudo de novo. Não me sentia mais vazia. Você estava ali. Um serzinho vivo chutando dentro de mim para chamar atenção. A sensação me obrigando a imaginar se seria daquele jeito, caso eu resolvesse retornar para aquele presídio com você no colo e uma fralda pendurada no ombro. As meninas me cercariam como abelhas em torno de um doce? Você faria gracinha e seu olhar lembraria os olhos abrilhantados da sua avó?

Imóvel sobre a carteira, eu quis tanto que você estivesse dentro de mim, que a bolsa estourou. Só que a bolsa era xixi. Manchando minha calça jeans, atravessando o pano. E foda-se. Porque, por mais apertada que eu tivesse, por mais que eu pudesse acumular mais um apelido depreciativo, jamais entraria no banheiro daquela escola outra vez. A última vez que me sentei naquele vaso imundo foi para sentir você desistir de mim.

7
O presente

Nunca fui uma pessoa de sorte. É claro que o meu aniversário não cairia num sábado, então minha festa seria uma celebração falsa e eu faria parte do rol de aniversariantes frustrados fingindo costume enquanto ouvem um parabéns pra você que não os pertence tanto assim.

Meu dia caiu vinte e quatro horas antes da festa. Acordei ouvindo parabéns da minha mãe com direito a um beijo meloso e um presentinho: a fita cassete do último lançamento do *Star Wars*, que aprendi a amar por influência dela. Usava maria-chiquinhas de coques na infância por causa da princesa Leia. Gostava de assisti-la e imitá-la pela casa com uma arminha imaginária por planetas onde, quem sabe, eu poderia ser uma princesa também.

— Obrigada, mãe. Adorei.

— Você merece. E ainda tem mais. Amanhã é sua festa. Ela custou muito mais dinheiro do que você pode imaginar. Ei, não tô jogando na cara. Gastaria tudo outra vez, se preciso. É meu presente pra você. Vai ser o melhor aniversário da sua vida.

Mas eu não tinha tanta certeza assim.

8
A ameaça

— Giulia, minha filha. O que está acontecendo? As pessoas estão ansiosas para te ver. O salão está lotado. Você não pode ficar o tempo inteiro trancafiada aqui.

Nem sei contar quantas vezes sua avó entrou naquele quartinho para me apressar, atravessada pela adrenalina da noite. Além da maquiagem impecável, carregava um mundo turbulento no rosto.

— Só na hora do sapato, mãe.

— Mas filha, tem que ir de mesa em mesa, cumprimentar os convidados. Eu posso ir junto, se você estiver nervosa. Sei que não deu tempo de ensaiar nada, mas...

— Eu não tô nervosa!

Ah, tá. Meu coração quase escapava pela boca.

Trabalhamos no cabo de guerra durante mais alguns minutos. De um lado, sua avó, embrulhada num vestido de cetim azul-celeste, penteada como nunca antes, puxava a corda para o lógico e racional. Do outro, eu puxava para o lado do meu estágio psicológico em frangalhos. Puxava à exaustão, os pés já deslizando, o corpo prestes a ceder. Quem perderia?

Ela cedeu outra vez. Suspirou e se mandou. Bateu a porta nervosa e me deixou ali sozinha mais uma vez, graças a Deus. Então retornei para o espelho e os pontos de interrogação voltaram a girar em torno do ninho que era meu penteado.

Como é que eu pude achar que convidar a escola inteira seria bom? As pessoas que atiraram em nós dois há algumas semanas agora dançavam no chão de lona quadriculada, bebiam refrigerante e comiam torta salgada à nossa custa. Provavelmente deixavam esfriar os salgadinhos que passamos noites enrolando. Depois de esquecidas na mesa, depois de frias, as coxinhas e bolinhas de queijo seriam jogadas fora. E eu sabia como era essa sensação.

O vestido branco rendado e apertado dificultava meus movimentos, mesmo assim, me joguei em uma das cadeiras enquanto minha cabeça girava. Do lado de fora, mais alto do que a música eram as vozes dos convidados na minha cabeça. Elas me chamavam, me bajulavam na minha frente, me massacravam às costas. Eu podia ouvir cada uma. Vestido branco? Ridícula. Maquiagem forçada. Se não tivesse engordado, caberia melhor no vestido. A mão quase explodindo pelas luvas. A música não foi tão boa assim. O bolo podia ser melhor. DJ de merda. Ela acha que pode comprar a gente com uma festa?

Depois de um tempo, sua avó bateu de novo na porta, com o desespero triplicado no olhar.

— Giulia, ou você entra agora ou eu acabo com a festa. Anda.

9
A boneca

O moço da filmagem gesticulou para que eu sorrisse. Se uma mosca voasse nos fundos do salão, eu ouviria. Os convidados de pé e concentrados na aniversariante, sua mãe, parada na beira do tapete vermelho, forçando um sorriso ridículo em direção à câmera apoiada no ombro de um senhor.

O tapete vermelho se desenrolava até um trono. A cerimonialista também fez um gesto, mas a ignorei. Num baile de debutantes original, eu deveria cruzar por um corredor de marinheiros fardados com espadas em riste. Graças a Deus, não houve orçamento para tanto.

Também não haveria príncipe e eu dançaria um protótipo de valsa com a sua avó. Seria fofo e as pessoas se dividiriam entre dois tipos de comentários: o quanto ela fora sensata em me acolher durante o meu grave erro, ou o quanto ela é uma vadia velha inconsequente, e que a filha teve a quem puxar.

A música da entrada começou a tocar:

"Aleeeeeém do arco-íris
Só eu sei"

Por que eu não estava me mexendo? Os rostos explodiam em curiosidade. Talvez fossem familiares, amigas da minha mãe, gente da escola. Eu não conseguia discernir outra face além da que repousava em minhas mãos. Naquela época, a troca da boneca fazia parte do espetáculo de debutantes. Todas as meninas nessa idade entravam com a boneca, sentavam no trono e a trocavam por um sapato de salto, de cristal. Só que a minha história era diferente, e uma onda pavorosa fez meu corpo todo tremer. Eu detestava vestidos e cachinhos de babyliss. Luvas cafonas, nem se fala. Também nunca gostei de bonecas nem de bebês. No entanto, quando menos esperei, aprendi a gostar de você. E, de repente, aquele bebê de plástico envolvido numa manta, aninhado em meus braços, rebobinava a lembrança de que até você preferiu hemorragir para se ver livre de mim.

Lágrimas decidiram não se esconder mais. De repente, minha mãe obrigava o cara a desligar a câmera. E os braços de Fernanda me envolviam. Era minha ex-melhor amiga me puxando pelo pulso, me arrastando em direção ao meu pior medo.

10
A despedida

— Vou esperar aqui. Tenha cuidado.

Foi o que Fernanda disse, com um extintor de fumaça na mão, ao lado daquela porta que eu tanto temia. O corredor estava escuro porque tínhamos medo de acender as luzes.

Não faço a menor ideia de quando ela conseguiu a chave da escola, ou do que aconteceria com nós duas se descobrissem onde tínhamos nos enfiado no meio da noite. Meu corpo inteiro tremia e eu precisei de muitos minutos em silêncio, apertada no vestido agora sujo de poeira, encarando a porta azul até ser tomada pela coragem.

Entrei num impulso só, vertida em lágrimas, disparada até a cabine onde perdi você. Me ajoelhei e desaguei. Agradeci a você por todo o bem que causou. Lamentei sua decisão de ir embora, mas entendia que precisava aceitá--la. Assim como eu gostaria de ser aceita. Assim como eu deveria aceitar a mim mesma. Depois de chorar por muitos minutos e viver a despedida, sorri. Enfiei o bebê de plástico na lixeira de metal, derramei vodca e risquei um fósforo. Dois, três. Até ver o fogo deformar seu corpo lentamente para, quem sabe assim, deixar você partir em paz...

11
A boneca

No meio da noite, enquanto Fernanda pilotava a moto roubada do Maumau com toda a velocidade, meu vestido branco se esvoaçava na garupa, minha boca bafejava vodca enquanto as ruas da cidade ouviam os gritos e risos de liberdade das meninas moças.

Deixe a chuva cair

Juan Jullian

Camila falhou na tentativa de disfarçar o queixo caído quando Lorrayne deixou o provador da loja. Depois das três festas de quinze anos que frequentou no último ano, a menina esperava um show de breguice na forma do bom e velho vestido de debutante. Afinal, ele, quase sempre, parecia uma versão barata de um vestido de casamento cafona.

Mas não foi o caso. Longe disso. Parada no meio da loja de aluguel de roupas de gala com a postura perfeita, Lorrayne parecia uma princesa saída de um live action da Disney. Os diferentes tons de rosa do tecido chamavam a atenção, ressaltados por um padrão de cristais e lantejoulas que reproduziam uma constelação no vestido de baile.

— E aí, Cami, o que você achou?

— Eu...

— Sei que você odeia a cor, mas eu até acho que curti... tá exagerado?

Lorrayne rodopiou no traje. O coração de Camila apertou, sua respiração ficou mais acelerada, as mãos trêmulas enquanto ela tentava decifrar o significado da efervescência dentro do seu peito. Lorrayne era sua melhor amiga há mais de sete anos e, nunca, nunca mesmo, sentira essa mistura atípica de desespero, letargia e intoxicação alimentar ao vê-la.

— Filha, você tá linda! Sua avó ia morrer de orgulho...

Márcia se aproximou e deslizou os dedos pelo vestido de gala. Uma lágrima escorreu do olho da mãe enquanto ela declarava o quanto sonhou em fazer pela filha aquilo que ela nunca teve: uma festa de quinze anos com tudo do bom e do melhor, inclusive, vestido de princesa.

— Miga? — chamou mais uma vez. — E você? Hein? Gostou?

Voltando a si, Camila fez coro aos elogios de Márcia. Ela nunca usaria um vestido como aquele, mas na amiga estava simplesmente deslumbrante? Mágico? Definitivamente, mágico era a palavra.

Lorrayne se admirou mais uma vez no espelho. Durante toda sua vida, tinha se esforçado para não chamar a atenção. Focada nos estudos, poucos amigos, a garota dizia não se importar com essas "bobeiras". Diferente de boa parte das adolescentes, não tinha tempo para perder com pressão estética e disforias, ou pelo menos era essa a mentira contada para si mesma. Mas ali, vestindo aquele sonho em formato de vestido... ali era diferente, ali ela brilhava. Um sorriso frouxo brotou no seu rosto.

— Mas é caro, mãe. A gente já tá gastando uma fortuna nessa festa.

— É isso que você quer? — Márcia falou olhando no fundo dos olhos da filha.

Lorrayne assentiu.

— Então é isso que você vai ter, meu amor. Eu vendo mais salgadinho, seu pai roda na van até mais tarde, a gente dá um jeito. Só se faz quinze anos uma vez.

Mãe e filha se abraçaram. Convocada pela amiga, a relutante Camila se juntou ao enlace enquanto, a plenos pulmões, Lorrayne gritava que aquela seria a melhor festa de quinze anos do mundo!

Os dois meses seguintes passaram voando graças ao caos da organização da festa. A cada novo dia, as dimensões do evento alcançavam níveis maiores: mais convidados, mais salgadinho, mais docinho, mais bebida, mais música, mais, mais e mais.

O salão fora reservado para uma quarta-feira, véspera do aniversário da debutante, mas também conhecido como o dia com aluguel mais barato ou como a data da temida prova de física do segundo trimestre. Junto com os pais, Lorrayne traçou um plano: correria para casa ao terminar a prova, matando os tempos seguintes. Afinal, como sua mãe gostava de repetir religiosamente, só se faz quinze anos uma vez.

Com a festa aumentando, os custos fizeram o mesmo. Além de duplicar sua produção caseira dos quitutes, Márcia teve a brilhante ideia de rifar um cento de seus salgadinhos.

A mãe passava a rifa para as suas clientes dos salgados e o pai para os passageiros da sua van. Testemunha dos esforços homéricos empregados pelos pais para colocar sua festa de pé, a ansiedade de Lorrayne aumentava a níveis galopantes. O evento já não era mais sobre ela e seu desejo tolo de brilhar na frente de todo mundo, mas sim a culminação dos esforços de sua família, amigos e comunidade. Nada poderia dar errado. A festa seria perfeita.

* * *

À véspera do grande dia, Lorrayne não prestava atenção em uma única palavra saída da boca dos seus professores e colegas do CEFET, sua escola encravada no bairro da Tijuca, bem ao lado do Rio Maracanã e do famoso estádio de mesmo nome. Nem Camila parecia capaz de tirá-la do transe induzido pela proximidade do evento, fazendo com que tomasse medidas drásticas para chamar sua atenção como cravar os dentes na amiga.

— AAAAÍ! — gritou Lorrayne quando Camila deu uma mordida no seu braço. — Surtou, Cami?!

— Porra, só assim pra você prestar atenção em mim!

Lorrayne retribuiu a mordida. Gargalhando, Camila a empurrou. As duas ficaram na mistura de brincadeira bruta e carinho violento até Jefferson parar na frente delas, interrompendo o empurra-empurra.

Com um metro e noventa e o cabelo nevado, Jefferson era o rapaz mais atraente da escola. O tipo de menino que, até pouco tempo atrás, certamente não saberia o nome de Lorrayne. Apesar de estudarem juntos há quase um ano, a primeira vez que trocaram palavras fora há exatas cinco semanas, quando ela engoliu a vergonha e, decidida, entregou o convite do seu aniversário. Desde então, os dois vinham trocando likes em fotos no Instagram e flertes no corredor.

— Amanhã vai ser foda, né? — disse Jefferson, umede-
cendo os lábios com a língua.

— Você vai? — perguntou Lorrayne, sabendo da resposta

— Claro. Não perco por nada, pô. Até comprei uma
gravatinha.

— Jura?

— Você merece, né?

Jefferson deu as costas e Camila fez uma careta de vômito, zoando a amiga. Confidente, Lorrayne decretou que
no dia seguinte, durante a sua festa, daria seu primeiro
beijo e Jefferson seria a vítima. O rapaz estava a fim dela,
não estava? Sem entender o porquê daquela informação
fazê-la cravar as unhas na palma da mão, Camila rebateu.

— Tem certeza que o seu primeiro beijo vai ser com
esse daí?

— Ai, tô fazendo a iludida? Ele é gato demais pra mim, né?

— Não viaja, mulher! Jefferson precisaria de uma carreta
para carregar o tanto de areia que você é. Além disso, o
histórico não salva, né? O cara é o maior galinha.

Vendo o sorriso desaparecer do rosto da amiga, logo
emendou:

— Mas vai ver ele mudou! Ele usa juliete na sala de aula
e desfila por aí com boné de aba reta como se a gente tivesse
em 2015 e, mesmo assim, comprou uma gravata pro seu
aniversário! Só pode ser um bom sinal, você tá operando
milagre na vida dessa criatura.

Lorrayne soltou uma risadinha. Camila respirou aliviada
ao ver o sorriso de volta ao rosto da amiga. Ultimamente,

ela faria qualquer coisa para ver aquele sorriso, mesmo se isso significasse apoiar o crush no sem-sal do Jefferson.

O dia seguiu com Lorrayne contando os minutos para o término do turno. Ao fim da aula, Camila se surpreendeu com o inusitado pedido:

— Vamos na batata de Marechal?

— Você não tem que ir pra casa fazer seja lá o que meninas com festas de debutante gigantescas fazem às vésperas do grande dia?

— Vamos, por favor, preciso aumentar a quantidade de gordura saturada nas minhas artérias!

Bufando enquanto fingia ser um grande sacrifício acompanhá-la até a famosa barraquinha de batata na Zona Norte carioca, Camila aceitou o convite.

Na calçada do CEFET, Salame, o vira-lata caramelo morador das ruas ao redor da escola, veio correndo até elas, o rabinho abanando no ar. Como de costume, Lorrayne o abraçou, deu uma coçadinha marota na cabeça dele e retirou da mochila um potinho de ração, a refeição diária que ela levava para o animal.

— Até amanhã, Salame! Não esquece do meu presente!

O cachorro latiu em resposta. Juntas, elas embarcaram na estação de trem de São Cristóvão, se espremendo no vagão cavernoso e abarrotado. Camila não desceu em Madureira, como sempre fazia. Em vez disso, seguiu até a estação de Marechal Hermes onde, finalmente, puderam se libertar daquela lata de sardinha móvel. Para economizar na passagem, Camila esperou dentro da estação e a amiga saiu para comprar a mega porção.

Vinte minutos depois, Lorrayne voltou saltitante, carregando nos braços uma sacola plástica de supermercado com uma quentinha lotada de batata frita. Jogadas em um dos bancos de concreto da estação em meio ao intenso vai e vem de passageiros na hora do rush, devoraram a batata engordurada. Elas gargalhavam e falavam alto, as bocas cheias, desfrutando do privilégio de uma amizade com quem você realmente pode ser a versão mais genuína de si mesmo.

— A debutante do ano comendo batata-frita no meio da estação de trem! Tá aí uma imagem inesquecível.

— Nada supera a batata de Marechal!

— Imagine se Jefferson te vê assim? Toda cagada de fritura e farelo!

— Nossa, aí eu morro sem beijar na boca!

— Até parece. Jefferson é muito sortudo, isso sim, e ele sabe disso.

— Você acha?

Um rubor tomou conta do rosto de Camila e ela agradeceu aos céus quando o celular de Lorrayne tocou, interrompendo o climão. Do outro lado da linha, Márcia perguntou onde a filha estava, ela precisava voltar logo para casa, ainda faltava muito docinho para enrolar e lembrancinha para embalar. Ao se despedirem, Lorrayne puxou Camila em um abraço que durou uns bons quinze segundos a mais do que a média de um abraço normal.

— Obrigado por me aturar. Eu sei que tô enchendo o saco com essa festa.

— Você tá uma pentelha! Mas fazer o que se eu te adoro.

Elas riram, os rostos próximos. O trem parou na estação, despertando-as do estado contemplativo. Se despedindo, Camila adentrou o vagão e voltou, sozinha, para a sua casa em Madureira.

Naquela noite, quando encostou a cabeça no travesseiro, Lorrayne, surpreendendo a si mesma, não pensou na festa do dia seguinte. Durante os microssegundos entre o sono e a vigília, ela sorriu ao lembrar do abraço de Camila. A imagem da melhor amiga tomou conta de sua mente até, finalmente, mergulhar na sua última noite de sono com catorze anos.

* * *

O relógio marcava seis e quarenta e oito da manhã quando um trovão retumbou no céu de Marechal Hermes. Ofegante, Lorrayne sentou-se na cama e, ainda sonada, esfregou os olhos. Foi quando viu Iansã, a Orixá que chamava de mãe. Segundo sua falecida avó, era ela quem tomava conta de seu Ori.

Oyá encarou os olhos esbugalhados da quase aniversariante. Um arrepio percorreu a espinha. O quadro, pintado pela avó que a iniciara nos caminhos do Candomblé, era o objeto mais valioso em todo o quarto. Desenhada pelas mãos hábeis da falecida senhora, a entidade portava um vestido vermelho e a pele preta, retinta como a de Lorrayne. Imponente, ela se destacava com uma postura altiva na frente do céu povoado por relâmpagos.

— Eparrei —cumprimentou-a, como fazia ao acordar toda manhã.

O vento sibilou do lado de fora. Os cachorros da vizinhança latiram. Desviando o olhar do quadro, Lorrayne pegou o celular e se surpreendeu ao ver a previsão de chuva. Ela vinha acompanhando o clima todos os dias e, até então, o sol sempre estivera previsto na manhã de sua festa de quinze anos.

Lorrayne abriu a janela do seu quarto, se debruçou no parapeito e olhou para fora. Apesar do céu fechado, a chuva ainda não se precipitava. Respirou fundo, estava tudo sob controle. Mesmo se chovesse, sua festa só aconteceria à noite. Tudo daria certo, afinal, só se faz quinze anos uma vez.

Antes de sair para a escola, a mãe relembrou a programação do famigerado dia. Para não perderem tempo, o pai iria buscá-la de van assim que ela terminasse a prova de física, duas horas antes do final do turno, tempo suficiente para chegar em casa, tomar um banho, aplicar a maquiagem, se vestir e chegar no salão de festa às 19h, junto com os demais convidados. Agitada, Márcia andava de um lado para o outro, murmurando para si mesma a lista de tarefas do dia, nada poderia dar errado, nada!

— SÓ SE FAZ QUINZE ANOS UMA VEZ! — repetiu a mãe.

A menina chegou no bairro do Maracanã sem grandes imprevistos. Como de costume, parou na banca de jornal para comprar uma balinha, acariciou o cachorrinho Salame e entrou na sala de aula. Camila logo a abordou, perguntando como estava o coração no grande dia.

— Você devia perguntar pra minha mãe. Se ela não infartar até a hora da festa já vai ser uma vitória.

A professora entrou na sala e distribuiu os testes no exato momento em que um trovão retumbou do lado de fora. As frágeis janelas da sala de aula tremeram. Lorrayne recebeu a prova e se esforçou para focar nas questões, segurando o impulso de chutar qualquer resposta e correr para casa.

Uma gota de água molhou o papel à sua frente. Lorrayne olhou para o alto e observou os pingos escorrendo pela infiltração no teto. A chuva começava a cair.

Conforme o temporal piorava, mais pingos despencavam em cima dela. Àquela altura, o resto da sua concentração havia evaporado. Pouco a pouco, o caos tomava conta da sala de aula. Alunos pediam para mudar de lugar e outros, aproveitando a distração da professora que tentava gerenciar a confusão, olhavam as respostas do colega ao lado.

Em minutos, a chuva se tornou tempestade. O sol foi coberto pelas nuvens pesadas e a sala de aula mergulhou na penumbra. Prevendo o desastre e as intempéries no caminho de casa, Lorrayne ignorou o restante das questões da prova. Ela precisava ir embora dali o mais rápido possível, nada atrapalharia seu grande dia, nem mesmo a natureza!

— Foda-se! — Lorrayne sussurrou, marcando D de Deus em todas as questões de múltipla escolha que restavam.

Em seguida, empurrou a sua carteira e entregou o teste.

— Já acabou? – perguntou a professora

Ela não conseguiu responder. O som da explosão de um transformador invadiu a sala de aula que mergulhou por inteira na escuridão.

— Lô! Corre aqui!

Grudada na janela com o rosto franzido em uma careta de pavor, Camila gritou.

— Não pira, mas olha isso.

Ela saiu da frente da janela, dando lugar para Lorrayne. O estômago da aniversariante revirou, retorceu de dentro para fora ao ver o Rio Maracanã transbordando. Em meia--hora, todo o bairro estaria alagado.

* * *

A debutante estava pálida quando desligou a chamada com seu pai.

— Meu pai tá preso no engarrafamento. Ele subiu com a van na calçada do Maracanã pra se proteger do alagamento! Tá tudo parado por conta da chuva!

— E aí? — perguntou Camila, preocupada com a amiga que devorava as unhas e sabugos dos dedos.

— E aí que fudeu tudo, Cami! Ele não vai chegar a tempo.

— Calma, importante é que tá todo mundo bem.

— Eu vou voltar! Vou pegar o trem pra casa, é o único jeito de salvar a festa.

— E como você pretende fazer isso, garota? O bairro tá debaixo d'água!

No pátio da escola, sob uma marquise, Lorrayne e Camila observaram o nível da água que rapidamente subia, invadindo a escola. Com as aulas suspensas, os demais alunos passavam o tempo perambulando pelo campus ou cochilando no auditório. Alguns poucos se arriscaram pela enchente, na tentativa de voltar para casa, a água já na altura de suas canelas.

Sem sucesso, Camila tentava dissuadir Lorrayne da tola missão de chegar na estação de trem do outro lado da avenida. Ratos, fios elétricos, bueiro sem tampa, água de esgoto... inúmeras eram as razões para Lorrayne não meter o pé naquela nojeira. Nenhuma festa de quinze anos valeria um desastre e a saúde dela!

— O rio não para de transbordar, se eu não for agora, não saio daqui hoje! — rebateu Lorrayne, irredutível. — Só se faz quinze anos uma vez. Eu não posso ficar presa aqui. Você vem comigo, Cami?

— Amiga, não vai dar certo. Não faz isso.

De onde estava, a dupla conseguia um vislumbre da passarela que levava até a estação de trem. Sob a chuva e com a rua alagada, o percurso de cinco minutos provavelmente levaria vinte. Ignorando os protestos de Camila, Lorrayne levantou a calça até a altura do joelho e envolveu cada tênis com um saco plástico, preparando-se para adentrar a rua alagada. Jefferson surgiu ao seu lado. Assim como Lorrayne, o rapaz tinha os pés envoltos em sacolas e a mochila na cabeça, pronto para enfrentar a calamidade.

— Vai encarar também? — perguntou o garoto.

— Não tenho opção. Se eu não for agora, não chego na minha festa.

— Tu é braba — elogiou o rapaz — sabia que era das minhas.

— Vocês são doidos! Isso é perigoso! — implorou Camila, clamando por um mínimo de sanidade.

— Tá comigo, tá com Deus, tem erro não — disse Jefferson, confiante. — Vem, eu te ajudo.

O rapaz segurou a mão de Lorrayne e, juntos, avançaram pelo pátio, afundando as pernas na água e saindo pelos portões da escola sob o olhar apavorado, e igualmente enciumado, de Camila.

* * *

A cada novo passo a caminhada da escola até a estação de trem ficava mais difícil. A rua estava quase deserta e o Rio Maracanã transbordava como o vômito de um calouro após a primeira choppada da faculdade. A ventania os açoitava, a chuva intensa dificultava a visão e ensopava os uniformes que, a essa altura, formavam uma segunda pele. A água já chegava aos joelhos e uma correnteza se formava, os puxando no sentido contrário, arrastando consigo garrafas, latinhas, sacos plásticos e todo tipo de nojeira atirada pelas ruas do Rio de Janeiro.

Para seguir em frente, Lorrayne só pensava no próximo passo, no próximo e no próximo. Ela sentiu algo grudar em seu pé. Incapaz de ver o que era, apoiou-se em Jefferson e sacudiu a perna, se livrando daquilo. Eles retomaram a caminhada. Vinte e cinco minutos que pareceram duas horas se passaram quando ela vislumbrou na sua frente a passarela. Lorrayne apertou a mão de Jefferson. Eles conseguiram, sua festa estava salva!

— Ouviu isso?

Mesmo abafado pela tempestade, Lorrayne identificou o ganido familiar. Ela olhou para trás a tempo de ver o cachorrinho Salame ser arrastado pela enchente. O animal uivava em desespero, incapaz de resistir à violência da água.

O coração de Lorrayne gelou. Em minutos, Salame seria dragado pelo Rio Maracanã, isso se não se afogasse antes. Ela agarrou a barra da camiseta de Jefferson e gritou, se fazendo ouvir em meio ao temporal.

— O Salame, o cachorro! Vamos voltar, a gente precisa salvar ele!

— Tá maluca? Não tem como! A passarela tá logo ali!

— Ele vai morrer se a gente não fizer nada!

— Se você voltar, só consegue ir pra casa amanhã, tá entendendo? Não vai ter festa, você vai se machucar! Anda, vem comigo, cachorro de rua sabe se virar.

Lorrayne largou a barra da camiseta de Jefferson e se voltou na direção do cachorrinho. Jefferson subiu a passarela, são e salvo e seguiu para a estação de trem enquanto, mergulhada na água, a debutante reunia o restante de forças em suas pernas para encontrar o bicho. A água chegava na cintura de Lorrayne e avançar exigia um esforço homérico, mas, mesmo assim, ela seguia em uma mistura trôpega de nado com caminhada.

— Salameeeeee! Salameeee!

Lorrayne gritava pelo animal, sendo respondida pelo distante latido do cachorrinho que agora já era um ponto amarelado à distância.

O estridente som de um motor invadiu a paisagem, assustando-a. A menina se virou a tempo de ver um motoqueiro cortar a enchente, cruzando a água como um personagem bíblico e molhando-a por inteiro.

— Vai molhar a puta que te pariu! — berrou para o troglodita que seguiu o seu caminho.

Quando voltou a caminhar, já não havia sinal de Salame. Lorrayne foi tomada pelo desespero, gritou pelo animal, mas já não escutava o seu ganido. Girou nos calcanhares, olhou de um lado para o outro, nada. Salame desapareceu. O cachorro fora coberto pela água? O Rio Maracanã borbulhava há uns trinta passos de onde ela estava, teria sido o animal dragado? A cada teoria se tornava mais difícil avançar, Lorrayne estava prestes a sucumbir. Tudo estava perdido.

Lutando contra o tempo, ela tirou a mochila das costas, para eliminar o peso, e se deixou levar pela correnteza, empurrando o próprio corpo para a frente enquanto era carregada pelo alagamento em direção ao cachorro. Não parecia o suficiente, ela precisava acelerar. Rezando aos céus para que sua carteirinha de vacinação estivesse em dia e agradecendo ao SUS por cada dose de antitetânica, ela mergulhou na mistura de chuva e esgoto e nadou pela enchente, na direção onde vira Salame pela última vez. Seguiu assim até alcançar a beira do Rio.

Não deu certo. Não havia sinal do cachorro.

Molhada dos pés à cabeça, Lorrayne se agarrou em um poste. Próxima ao rio, a correnteza estava ainda mais forte. O Rio Maracanã berrava atrás dela, cuspindo com fúria a mistura de água e dejetos. Ela cedeu ao desespero, já não racionalizava os seus atos, só berrava pelo cachorrinho. Quando deu por si, lágrimas irrompiam em torrentes pelos olhos. Ela estava suja, nojenta, perdida, cansada, sua festa certamente arruinada, o sonho destruído, os esforços dos pais em vão. Ela passara meses desejando brilhar, mas, em vez disso, estava, literalmente, mergulhada na merda.

Lorrayne olhou para os céus e lembrou de sua falecida avó. Ela respirou fundo, fechou os olhos e falou com Iansã.

— Eparrêi, Oyá. Ô mãe, dona da tempestade, ajuda sua filha.

Ao abrir os olhos, Lorrayne escutou o latido.

* * *

Andando de um lado para o outro em uma sala de aula do segundo andar, Camila conversava ao telefone com a mãe de Lorrayne. Márcia não conseguia falar com a filha e o marido seguia ilhado na calçada do estádio. Nenhum veículo podia chegar ou sair da área da escola, a prefeitura decretou estado de calamidade no Rio de Janeiro e orientava que todos ficassem em casa. Atropelando as palavras, Camila contou que a amiga tinha se arriscado em meio à enchente, na tentativa de chegar em casa e salvar a sua festa de quinze anos.

— A culpa é minha. Eu deixei a Lô ansiosa. Meu Deus, dane-se essa festa, eu só quero minha filha sã e salva.

— Tia, calma. Vai ficar tudo bem. Lorrayne é esperta. Alô? Tia?

A bateria do celular acabou. Ela engoliu um xingamento. Trêmula, tentava afastar da mente os pensamentos mais nefastos sobre o que teria acontecido com Lorrayne, tarefa mais difícil a cada novo minuto sem notícias da amiga.

Lorrayne havia deixado a escola há quase uma hora e, desde então, a situação degringolara. A chuva ficou mais forte e o volume de água nas ruas cada vez maior. O Rio Maracanã invadiu o CEFET e o pátio estava coberto de água, forçando os alunos e professores a se protegerem nas salas do segundo andar.

Camila desabou sobre uma carteira, abaixou a cabeça e deixou as lágrimas escorrerem. Nas últimas semanas desenvolviam-se dentro dela desejos inéditos e a perspectiva de algo grave ter acontecido com a amiga a obrigou a nomear esse sentimento: amor. Ela estava apaixonada por sua melhor amiga e faria qualquer coisa pelo bem dela, até mesmo se jogar na enchente.

Subitamente, se colocou de pé e correu até o pátio. Ela se benzeu, pedindo proteção para Jesus e tirou as meias, pronta para se enfiar na água. Se ela não encontrasse a amiga, chegaria até a estação de trem e iria até Marechal Hermes. Iria até a puta que pariu atrás de Lorrayne, mas não ficaria abrigada na escola enquanto a amiga estivesse lá fora.

Camila recolocava os tênis nos pés sem meias quando ouviu os latidos. Ela cerrou os olhos, tentando decifrar a massa se aproximando a passos lentos em direção à escola.

— Lorrayne! Lorrayne!

Ela pulou e gritou ao ver a amiga. No colo de Lorrayne, Salame latia e abanava o rabinho, animado com a aventura, como se não tivesse chegado muito perto da morte.

Ao ver Camila, Lorrayne recuperou as energias. Depois de ouvir os latidos de Salame e se arrastar pela água até ele, a sobrevivente cruzou o caminho de volta para a escola sem pensar em nada além de manter o animal seguro em seu colo.

Ela correu ao ver a amiga. Só mais um passo, só mais um passo, repetia para si mesma até que, seu passo seguinte a levou para um bueiro destampado. Lorrayne tombou, mas não deixou Salame cair. Sua perna estava presa.

Testemunhando a queda, Camila se jogou na água e correu na direção dela. A jovem se abaixou, segurou Lorrayne por debaixo dos ombros e, fazendo valer todas as aulas de educação física, arrancou a debutante de dentro do buraco.

— Amiga! Você tá bem? Machucou?

— Você tinha razão, Cami. Eu fui idiota. Pelo menos o Salaminho tá bem!

— Você nunca mais vai fazer uma loucura dessas, entendeu? Pelo menos não sem mim!

Elas se abraçaram enquanto a chuva caía.

* * *

Lorrayne sempre reclamou do uniforme da escola, mas naquele dia, agradeceu aos céus pela grossa calça brim que usava, a responsável por sua perna ter saído ilesa de dentro do bueiro. Depois de passar pela enfermaria, ela tomou um longo banho no vestiário feminino, se livrando da sujeira que a impregnava e vestindo uma muda limpa e quentinha de roupa. A camiseta, recolhida do achados e perdidos, era dois números maior que ela, engolindo o seu corpo como um vestido. Camila não segurou a gargalhada ao vê-la.

— Quem disse que você não ia usar vestido hoje, debutante?

Rindo, Lorrayne acertou um tapinha no ombro de Camila.

— Para de rir da minha desgraça! Eu quase morri!

— Ahhh, para de drama! Quem mandou confiar no Jefferson?

Camila secava o cachorro com uma toalha. Salame, ao ver Lorrayne, lambeu o rosto da menina.

— Era pra eu tá maquiada e arrumada a essa hora, saindo de casa pra festa — disse Lorrayne, cabisbaixa.

— Agora sério. Por que você voltou?

— Voltei por ele — disse Lorrayne apontando para o cachorro — e por você.

— Por mim? — perguntou Camila, gaguejando.

— Que graça ia ter a festa sem você?

Camila ficou em silêncio, incapaz de responder à pergunta da amiga. Lorrayne sentou ao lado dela e soltou um longo suspiro.

— Minha mãe vai me matar. Tanta preparação pra nada.

— Sua mãe te ama, Lô. Ela só quer que você fique bem. Eu falei com ela, tia Márcia só tá preocupada.

—Não é justo, sabe? A gente lutou tanto por isso, minha mãe se matou de fazer salgadinho, meu pai rodou até tarde da noite naquela van...pra quê? Pra nada?

— A gente vai dar um jeito, amiga. A gente sempre dá. O importante é que você tá viva e bem!

— Você falou igual a minha avó.

— E sua avó sabia das coisas, não sabia?

— Besta.

Ela apoiou a cabeça no ombro de Camila. Ficaram assim por um tempo, vendo a chuva cair, até que Lorrayne deixou a sala para procurar um celular emprestado, precisava avisar aos pais que estava bem.

Minutos depois, a luz da escola voltou e os postes da Tijuca iluminaram a noite. As amigas desceram até o primeiro andar da escola e se juntaram aos demais alunos e professores que formaram uma força-tarefa para recolher as mesas e cadeiras arrastadas pela água. Elas ajudaram a salvar parte do material molhado e escoaram a água para fora de salas e auditórios.

Já se aproximava da meia-noite quando terminaram a faxina. Apesar do céu limpo, o nível da água do lado de fora continuava o mesmo.

Entediados e exaustos, os alunos do CEFET sentaram-se no muro da escola. Dali, observaram a cidade debaixo de água sob a gigantesca lua cheia dominando o céu e iluminando o chão. Sentadas lado a lado no muro, Lorrayne e Camila contemplavam o triste estrago deixado pela enchente.

— Eu sou uma idiota, sofri tanto por uma festa de quinze anos... olha quanta destruição...

— Você tem todo o direito de sofrer pelo que você quiser, Lô. Não se culpe por ser humana.

— Desde quando você ficou tão madura? — perguntou Lorrayne

— Hmm. Deixa eu ver. Desde que minha melhor amiga quase foi arrastada pra dentro desse valão que chamam de

Rio Maracanã? — respondeu Camila, debochada, arrancando uma risadinha de Lorrayne.

— No fundo eu só queria me sentir especial, pelo menos por uma noite. — desabafou Lorrayne — Acho que os quinze anos são tão importantes por causa disso, né? Sei lá, a gente tá nessa fase merda da vida, onde não sabe o que sente, o que gosta, o que a gente vai fazer do futuro... todo dia eu acordo com uma espinha nova, tem pelo crescendo em partes do meu corpo que eu não sabia que existiam e daí, tcharam! Surge uma festa, uma noite inteira onde a gente pode fingir que saiu de dentro de um clipe da Taylor Swift ou de um conto de fadas e simplesmente se sentir... especial? Faz sentido?

— Lorrayne.

— Oi?

— Você não precisa de uma festa pra se sentir especial. Você é especial. Pra mim, você é a pessoa mais especial do mundo.

Elas ficaram em silêncio. Lorrayne deslizou sua mão até a de Camila e os seus dedos mindinhos se tocaram. Um arrepio percorreu a espinha da debutante. Ficaram assim, um mindinho acariciando o outro, como se tudo o que elas quisessem falar estivesse traduzido naquele toque. Elas se olharam. Lorrayne não pensou, tampouco Camila. Como se atraídas por uma força invisível, seus lábios se tocaram. Ali, se beijaram pela primeira vez.

O relógio no pulso de Camila apitou, era meia-noite, oficialmente o aniversário de quinze anos de Lorrayne.

—Feliz aniversário — sussurrou Camila.

No céu, um trovão retumbou. Era Iansã, comemorando o renascimento de sua filha.

— Eparrei, oyá. Obrigada, por tudo.

Pronunciou Lorrayne para os céus enquanto, sentada sobre o muro da escola, segurava a mão de sua melhor amiga, certa de que aquele era o maior presente que alguém poderia ganhar aos quinze anos.

Eu no seu lugar

Clara Alves

o áudio do celular, a música viral da semana toca sem parar enquanto assisto ao vídeo pela terceira vez. Meus olhos estão semicerrados, numa expressão de descrença, observando os detalhes extravagantes dos enormes vestidos que a garota usa no vídeo, trocando um após o outro com uma simples transição. O aviso de *parceria paga com Ateliê da Magia* está em destaque no topo.

— Ai, sério, eu não aguento mais esse *circo* que virou a festa de quinze anos da Maiara — reclamo, finalmente largando o celular de qualquer jeito no sofá atrás de mim. — Precisa fazer prova de quinhentos vestidos e abrir votação nos stories pras pessoas "engajarem" e adivinharem qual ela escolheu? Quem ela pensa que é? A Lele Burnier?

Camy para de embaralhar as cartas do baralho cigano que ganhou de presente de aniversário dos pais no último fim de semana. Desde que nos conhecemos, ela me usa de cobaia para testar suas habilidades em cada novo oráculo esotérico que aprende. Não sei por que ainda insiste, se é péssima nisso. Mas como boa amiga que sou, ajudo de bom grado.

— Isso se chama *publi*, Stella — retruca, com impaciência. — É assim que as coisas funcionam pra quem trabalha com a internet.

— Ah, sei lá. Quem sou eu pra julgar, né? Só acho meio bizarra essa coisa toda de ficar expondo a própria vida nas redes, vendendo cada mínimo detalhe do seu dia. Tem gente se matando de trabalhar pra conseguir o mínimo de sustento, pra vir gente privilegiada e conseguir isso só provando umas roupas, sabe?

Camy pousa o baralho em cima da toalha de mesa preta estampada com flores.

— Já entendi que você tá obcecada com esse ranço e nada que eu disser vai mudar isso. Então só cala a boquinha e fecha os olhos.

Apesar da grosseria, faço o que ela pede. Já estou acostumada com as patadas de Camy.

— Foque nas dúvidas em seu coração.

Tento seguir sua instrução, mas aquele vídeo continua voltando à minha mente.

Maiara entrou na escola no início deste ano e, no começo, confesso que achei ela legal. Bonita. Estilosa. Nasceu na Tailândia, mas veio pro Brasil bem nova, então tem um sotaque diferente. Uma gracinha. Tinha algo nela que me chamou a atenção, sabe?

No fim, ela não só se juntou à galera que eu mais detestava, como virou a rainha deles. Aquela popular que ajuda a perpetuar certos padrões de beleza inalcançáveis e uma heterocisnormatividade totalmente desnecessária.

Tudo que eu odeio.

Do meio do ano para cá, começou esse burburinho sobre a festa de quinze anos dela. Todo mundo estava na expectativa de quem seria chamado.

Menos eu. Eu só estava feliz porque amanhã aquele circo acabaria.

— Agora divide o baralho em três montes com a mão esquerda. — Camy interrompe meus pensamentos.

Faço o que ela diz, e espero enquanto Camy vira as cartas do topo de cada monte.

— Hmmm. Esses montes representam passado, presente e futuro. — Ela indica cada um com o dedo. — No passado, As Nuvens simbolizam "uma mente inquieta e confusa que se encontra numa grande encruzilhada e se recusa a enxergar a luz ao final do túnel." — Ela lê no manual aberto ao seu lado. — O presente é representado pela Foice, que significa "necessidade de cortar pessoas ou situações de nossa vida." E para o seu futuro, A Estrela é "a luz que orienta e ilumina, a superação de obstáculos e a realização dos sonhos."

Arqueio a sobrancelha.

— Isso significa que... minha mente era inquieta e teimosa, eu cheguei numa encruzilhada e agora preciso fazer um corte brusco. Mas tudo vai ficar bem e eu vou superar os obstáculos? Eba!

Torço para Camy não ligar muito para o meu tom de deboche, mas ela fica calada, encarando as cartas com muita seriedade.

— É brincadeirinha, Camyzinha — digo, me inclinando sobre a mesa. — Juro.

Silêncio.

Estalo os dedos na frente dela.

— Camélia? Ficou bolada, é?

Ela ergue o rosto de repente e me encara. Há algo estranho em seus olhos. Um vazio que nunca vi antes.

— Você precisa aprender a se pôr no lugar dos outros, criança, e enxergar o mundo através de outros olhos — ela diz, em um tom rouco, quase distorcido. — Esse é o seu desafio, a encruzilhada em que você mesma se colocou. Pra se livrar dessa situação, vai ser necessário cortar seus preconceitos, tirar a venda que te impede de enxergar. Só assim vai conseguir encontrar seu próprio caminho e ser feliz.

Bato no seu braço com mais força do que gostaria.

— Deixa de besteira, Camélia. Isso ainda é por causa da Maiara?

Camy pisca algumas vezes, atordoada.

— Oxe, o que rolou? — Ela ergue a mão em rendição. — Eu só tava interpretando os significados das cartas.

Sinto um arrepio, mas a vida voltou aos seus olhos e tudo parece normal.

— Preciso ir — digo, me levantando com pressa. — Valeu pela consulta.

* * *

Quando acordo no dia seguinte, a previsão de ontem foi descartada da minha mente. Minha cama está tão confortável que mal consigo abrir os olhos. Agarro um travesseiro que tem um cheiro muito gostoso. Um toque de canela, talvez?

Eu me encolho ainda mais no edredom quentinho. Tá tão confortável. Graças a Deus, hoje é sábado, pois sábado é o dia oficial de enrolar na cama até dizer chega.

Eu me preparo para voltar a dormir, mas sou perturbada por vozes.

— Será que de... — não consigo entender uma parte do que a pessoa fala — ... ela?

— Vou cutucar e aí você começa. — A voz que fala dessa vez é mais grave, mais retumbante.

As duas me parecem ligeiramente familiares.

Ai, visita indesejada a essa hora da manhã? Minhas mães me pagam. Sinto uma aproximação, e abro os olhos na mesma hora, querendo descobrir quem são essas pessoas que invadiram meu quarto.

E me deparo com uma mulher asiática de longos cabelos ondulados e que parece muito com a Freen, de GAP: The Series, segurando um bolo de aniversário com velas acesas numa das mãos, e o celular em posição de gravação. Quase sobre mim, com o dedo vindo me cutucar, tem um homem também asiático, mas de pele mais escura, o cabelo curto penteado para trás. Os dois se animam quando me veem acordar e a mulher parece puxar o fôlego para começar um parabéns.

Eu, por outro lado, dou um berro tão alto que o homem dá um pulo para trás e a falsa Freen se assusta e deixa o celular e o bolo caírem no chão.

— Quem são vocês? — pergunto horrorizada, não reconhecendo nenhum dos dois. E então percebo que não estou no meu quarto. — Que lugar é esse?

Pegos de surpresa, eles me encaram de volta, igualmente assustados.

Meu primeiro pensamento é óbvio: fui sequestrada.

Mas...

Olho para o quarto e vejo que ele é amplo, quase do tamanho da minha sala inteira, todo branco e cheio de decoração colorida. Tem uma estante de livros em frente à cama e um iMac novinho se destaca numa escrivaninha organizada demais.

Sequestradores me levariam para um lugar chique assim?

O casal ao meu lado parece tão perdido quanto eu. A mulher toma coragem e começa a se inclinar na minha direção.

— Florzinha, o que houve? Você tá se sentindo mal?

Recuo, a adrenalina tão alta que é quase como se não tivesse total controle sobre meus membros. Olho para minhas mãos, então percebo que *não são minhas mãos*.

Minhas mãos são calejadas, com dedos grossos e a pele de um tom bem mais escuro. E essas mãos são finas, num marrom quase brilhante e unhas bem-feitas.

Mas eu conheço essas mãos.

Puta que pariu.

Eu estou sonhando! Óbvio. É isso. Estou sonhando.

Depois de tanto pensar em Maiara, na festa de quinze anos dela, em tomar aquela chamada de Camy, agora estou sonhando que estou na pele dela, no bendito dia do seu aniversário.

Deito na cama de novo, mais aliviada.

— Tô ótima, tá tuuudo tranquilo — respondo enfim, e ouço minha voz sair mais grossa do que eu esperava. Não sei por que, mas na minha lembrança a voz de Maiara era anasalada e chata.

Voz de garota mimada.

— Tem certeza, preciosa?

Tenho que segurar o riso. No meu sonho, o pai dela chama Maiara de *preciosa*? Será que é porque a filha de dois influenciadores é uma *preciosa* contribuição pras milhares de publis que eles recebem?

Meu Deus, eu sou cruel até em sonho.

— Foi mal, gente, acho que tava sonhando ainda.

Eles se entreolham, e finalmente reparo que fiz a mãe de Maiara — Prija, a única de seu nome, influenciadora-mãe--dona-de-casa-lifestyle, quase uma entidade — derrubar o bolo de aniversário da filha.

Olho com tristeza para o chão. Parecia estar uma delícia.

O casal acompanha meu olhar e então começa a rir.

— Esse, sim, vai ser um vídeo que vai viralizar — o pai brinca, vindo me abraçar. Kiran é o típico influenciador fitness: todo malhado, maxilar quadrado, jovem. Bem diferente do que se espera de um pai. — Parabéns, preciosa. Não se preocupa com o bolo, vai ter um maior e mais gostoso na sua festa mais tarde!

A mãe já está agachada, tentando lidar com o estrago no chão. Mas ela também não parece irritada.

— Ainda bem que eu não estava fazendo uma *live*, imagina! — Ela ri, descontraída.

A mãe se anima ainda mais quando a campainha toca.

— Ah, será que já é o pessoal do Bela Moça? — Ela empurra o bolo destruído nas mãos do pai e bate palmas. — É melhor você levantar, florzinha. Seu dia de princesa vai começar.

Ela sai correndo do quarto, e o pai me lança um sorriso cúmplice antes de ir embora com os restos do bolo, fechando a porta atrás dele.

Aproveito a saída deles para mergulhar debaixo do edredom e fechar os olhos. *Ai meu Deus, se isso é um sonho mesmo, acho que já passou da hora de acordar.* Concentro todas as minhas forças na ânsia de despertar na minha cama com cheiro de lavanda, com minhas mães me cutucando para me acordar antes que o despertador me assuste.

O mundo lá fora parece ficar abafado, silencioso, e eu me encho de esperança.

— Florzinha! — a mãe de Maiara me chama de novo, e sua voz é como um balde de água fria. — Tem uma... amiga... sua aqui. — Ela diz "amiga" em tom de dúvida, como se fosse uma pergunta.

Jogo o edredom para o lado, frustrada.

Espero que esse seja o plot twist do sonho. A amiga na verdade é um leão falante, ou algo do tipo. E aí eu vou acordar assustada, mas aliviada por estar em casa.

Vou até a porta, onde a mãe de Maiara espera com minha "amiga".

— Quem é? — pergunto, pronta para a reviravolta bombástica desse sonho.

E a reviravolta é ainda mais bombástica do que eu esperava.

Porque a pessoa à minha porta é ninguém menos do que eu mesma.

* * *

— Isso é só um sonho — digo, tranquilamente.

Estou novamente sentada na cama de Maiara, uma perna debaixo do corpo e a outra balançando para o lado de fora.

Maiara (ou devo dizer: eu mesma? A falsa Stella? Quem é a impostora, eu ou ela?) anda impaciente pelo quarto, os cabelos curtinhos e cacheados que cuido com muito amor e carinho toda manhã agora desgrenhados. O meu quadril largo rebola de um jeito engraçado enquanto ela anda, e inclino a cabeça, curiosa. Nunca tinha me visto por esse ângulo.

— Isso tá mais para um *pesadelo*! — ela grita, nervosa.

— Ei! Eu sei que minha casa não é essa mansão toda, mas não precisa chamar de pesadelo.

— Será que você bateu a cabeça ou algo do tipo? Hoje é minha festa de quinze anos e eu tô presa no seu corpo! Claro que isso é um pesadelo!

Abano a mão, tentando amenizar a situação. Me recuso a deixar o pânico me dominar novamente. É só um sonho, tenho *certeza*.

— Relaxa. Já, já a gente acorda e fica tudo bem.

— Garota. — Ela vem parar na minha frente de repente e me segura pelos ombros. Com as *minhas* mãos. Sinto um arrepio. Um arrepio muito real. — Isso *não* é um sonho — diz muito pausadamente, me olhando nos olhos. Só que os olhos que me encaram são *os meus*. — Isso aqui é muito real. — Ela aperta as mãos calejadas, com as quais sempre ajudei minha mãe na marcenaria, nos braços finos deste corpo.

O corpo que não é o meu.

E, assim, de repente, a minha ficha cai.

— Ai, meu Deus. Isso *não* é um sonho.

Eu me afasto dela de supetão, me arrastando para trás, para longe de Maiara. Ou de mim mesma, sei lá. Levo as mãos aos cabelos grossos e lisos que batem na altura dos ombros. Num primeiro momento, é só um gesto de desespero. Mas aí sinto esse cabelo *estranho* e meu pânico aumenta ainda mais.

Começo a hiperventilar.

— O que foi que você fez comigo?! — pergunto, me levantando da cama, e eu mesma começo a andar de um lado para o outro.

— Ei, ei. — Maiara vem até mim, me fazendo parar. Tento não encará-la porque acho que olhar para o meu próprio rosto só vai me deixar ainda mais surtada. — É... É Stella, né? Foi esse o nome que sua mãe usou.

Meu Deus, ela nem sabe o meu nome.

Tento não pensar na quantidade de tempo que gastei falando dela, stalkeando suas redes e criticando seus vídeos. Mas, enquanto me esforço para *não* pensar, as palavras de Camy voltam à minha mente.

Você precisa aprender a se pôr no lugar dos outros, criança, e enxergar o mundo através de outros olhos.

Semicerro os olhos.

— Camélia. A culpa disso tudo é sua.

Me encho com tamanha determinação, que me desvencilho de Maiara e começo a marchar em direção à porta. Mas quando abro, dou de cara com Prija e uma equipe de mulheres vestindo um uniforme com o emblema Bela Moça estampado no peito.

— É hora de começar o seu spa, minha debutante! — Prija diz, empolgada, com maior sorriso do mundo.

* * *

Se tem uma coisa que eu detesto é fazer as unhas com manicure.

Sou impaciente demais para isso, então em dez minutos minha perna começa a chacoalhar, sinto coceira em cada parte do meu corpo e é como se absolutamente tudo incomodasse, do roupão em que fui colocada ao cabelo encharcado com um produto de hidratação.

Ao meu lado, a Maiara-Stella parece totalmente confortável na posição. Em teoria, o spa era só para mim, a debutante, e para a mãe da debutante —, mas como fui enfática de que a presença dela ali era *imprescindível*, Prija mexeu seus pauzinhos e cá estamos nós. Tudo que precisamos fazer é posar para os cinquenta milhões de celulares apontados para a gente e parecer relaxadas para os stories e vídeos que futuramente serão cortados, editados e postados em tantas redes sociais que mesmo quem não for à festa vai sentir como se estivesse lá.

— Fica quieta — Maiara-Stella sussurra para mim de repente, quando dou um pulo tão grande que a manicure faz cara feia.

— Eu só quero que essa tortura acabe logo pra eu poder ligar pra Camélia e resolver essa confusão de uma vez por todas — resmungo baixo, tentando não ser ouvida pelas manicures e por Prija, que está do meu outro lado, parecendo pertencer àquele mundo tanto quanto a filha.

— Por que você acha que é culpa dessa Camélia?

— Porque ela abriu um jogo de baralho cigano pra mim ontem e... e... disse umas coisas estranhas. — Viro o rosto para a manicure, sentindo as bochechas arderem.

— Que tipo de coisas?

Mas é claro que não posso responder isso. Senão vou ter que admitir que passo oitenta por cento do meu dia falando mal de Maiara.

— Quanto tempo isso aqui vai demorar? — pergunto em voz alta, para que todos ouçam. — Eu tô com fome. — Dou uma desculpa qualquer, tentando fugir da pergunta, mas não estou mentindo exatamente.

Nem tomei café da manhã.

Será que a família de Maiara é dessas que faz jejum intermitente e coisa do tipo? Não me admira que dê para ver o osso da clavícula dela.

— Geise, será que você pode trazer uns petiscos pra gente? — Prija se prontifica na mesma hora, falando com a moça de terninho, que coordena tudo. Então se inclina na minha direção. — Como diz sua madrinha: saco vazio não para em pé, né florzinha?

— Na verdade... — Maiara-Stella diz de repente, como se tivesse tido uma ideia. — Acho que a ansiedade tá deixando a... Maiara meio nervosa. Talvez fosse bom a gente dar um pulo no banheiro, lavar o rosto e respirar um pouco?

— Sim, sim. É disso que você precisa, florzinha?

Dou um sorriso contrariado, mas me deixo ser levada por Maiara-Stella até o banheiro.

— Mas aceito os petiscos, sim, viu! — grito por cima do ombro, sentindo a barriga roncar quando ela me empurra para dentro do banheiro.

— Stella, você precisa se acalmar — ela diz assim que a porta se fecha.

— *Eu* preciso me acalmar? Foi você que entrou toda esbaforida aqui mais cedo!

— Eu sei. Essa situação é completamente absurda, é óbvio que eu entendo o que você tá sentindo. — Ela senta numa poltrona vintage cor-de-rosa, e fico momentaneamente assustada com o fato de *ter uma poltrona no banheiro.* — Vamos pensar por um segundo. O que exatamente aconteceu ontem e por que essa Camélia pode ter algo a ver?

Engulo em seco, voltando a atenção a ela. Se quero resolver a situação, preciso contar a verdade para Maiara, certo?

Então eu conto.

* * *

— Tá. — Maiara franze o cenho, como se estivesse tentando compreender tudo que falei. — Então as cartas disseram que algo inusitado ia acontecer com você e foi isso?

Ok, talvez eu tenha *alterado* um pouco da verdade.

— É. Só que a Camy nunca acerta as previsões, então nem liguei.

— Mas isso ainda é muito esquisito. Por que eu? Por que nós? Por que hoje? *Por quê?*

— Acho que o mais importante de tudo é: como a gente destroca? E a tempo da festa? É por isso que eu preciso ir até a Camy o mais rápido possível. — Sozinha, de preferência.

Uma batida na porta nos interrompe.

— Florzinha? Tá tudo bem? Os lanchinhos chegaram.

— Tá tá, eu já tô saindo — digo, impaciente. Maiara me repreende com o olhar pela grosseria.

Quando os passos se afastam, Maiara segura minhas mãos.

— Olha, Stella, essa festa é muito importante pros meus pais, e eu não posso estragar tudo, tá? — Os olhos de Stella ficam marejados, e a raiva que sinto dela amolece um pouquinho. — Então, por favor, eu te imploro. Será que você pode ficar aqui e seguir com os planos, fingindo ser eu?

— Mas e a Camy?

Maiara estende a mão com meu próprio celular.

— Eu vou ligar pra ela e pedir pra vir aqui.

Fico em silêncio, refletindo sobre o que ela está me pedindo. Depois de tudo que falei, como posso ficar aqui e brincar de princesa no lugar de Maiara? Tudo aquilo ainda me parece fútil e sem propósito, e não sei se tenho paciência para aguentar mais paparicos e câmeras. Sempre fui cem por cento *low-profile*.

Mas os olhos de Maiara estão brilhando em súplica — os *meus* olhos, mas com um brilho muito dela — e fica difícil recusar daquele jeito. É como se eu estivesse decepcionando a mim mesma.

— Tá, tudo bem. Mas seja firme e manda ela vir agora pra cá. Eu não sei dançar valsa.

Maiara dá uma risada aliviada, e acho que é a primeira vez que ela ri desde que nos encontramos. É engraçado, mas de algum jeito consigo ouvir a risada dela de verdade e não a minha.

Sinto uma coceirinha estranha no peito.

— Você é a maior. — Ela me dá um beijo no rosto. — E eu também não sei dançar valsa.

Com o celular em mãos, ela abre a porta para que voltemos ao grande estúdio de beleza que Prija montou só para o dia de debutante. Yay!

* * *

— Será que vocês podem parar de pegadinha e me explicar *de verdade* o que tá acontecendo?

Camy está com as mãos na cintura, numa pose bem mandona, como se ela não fosse a *culpada* por tudo aquilo.

Estamos sozinhas no estúdio de beleza improvisado agora, depois de uma desculpa para Prija sobre Camy ter vindo abrir um jogo de tarô para mim. Ela ficou toda empolgada e disse que Camy *precisava* abrir um para ela também, mas nos deixou em paz enquanto servia o almoço para as funcionárias do spa.

— Não é pegadinha nenhuma, Camélia — retruco, com a voz séria. — Eu quero saber que diabos você fez pra eu acordar hoje *assim*.

— Também não precisa ofender — Maiara diz, abraçando o próprio corpo. Quer dizer, o *meu* corpo. Ela parece minúscula, de repente, mesmo eu tendo quase um metro e setenta.

Tenho um ímpeto de abraçá-la e dizer que eu estava longe de querer ofendê-la, mas me contento com:

— Não foi isso que eu quis dizer. Só… — faço um gesto amplo com as mãos — assim, nessa situação.

Ela não parece muito convencida.

Camélia nos observa, embasbacada, o olhar voando de uma para a outra.

— Vocês estão tentando me dizer que acordaram hoje no corpo uma da outra? Tipo, de verdade?

— Sim. E eu tenho certeza que é culpa sua.

— Minha?! O que eu fiz, Maiara? Quer dizer, Stella? — Seu rosto se contorce, e ela agita as mãos como se tentasse espanar a loucura que era aquela situação. — Ah, sei lá quem é quem, vocês devem estar me zoando, isso sim. Essa foi boa, viu?

— Você é que tá tirando uma com a minha cara, Camélia. Você deu aquela previsão doida lá ontem, e hoje eu acordei assim.

Sua expressão fica ainda mais confusa.

— Que previsão?!

— *Aquela…* — Olho de soslaio para Maiara, tentando fazer Camy entender sem eu ter que dizer em voz alta. — *Você precisa aprender a se pôr no lugar dos outros*, blá-blá-blá.

— Quando eu disse isso? — Ela está genuinamente chocada.

E eu também.

— Você não… lembra?

— Hmmm... — Maiara nos interrompe. — Já deu pra sacar que a Camy não era a Camy na hora que disse isso, né? Mas será que vocês podem me dar uma contextualizada? *Por que* ela disse isso? O que eu tenho a ver com essa história toda?

— Você não contou pra ela? — Camy me pergunta, desconfiada.

Sinto as bochechas arderem e fico muito tímida de repente.

— Claro que não...

— Ai, Stella, você é uma hipócrita. — Camy vira para Maiara, então hesita e olha para mim, parecendo em dúvida sobre com quem ela deveria estar falando. Por fim, decide focar o olhar em algum ponto entre mim e Maiara. — A verdade é que a Stella anda meio obcecada por você.

— Quê?!

— Camélia! — grito, abismada. — Não é bem isso, Maiara. — Eu me viro para ela e encontro seu olhar assustado. — É só que... eu tenho algumas críticas... à forma como você mostra sua vida nas redes sociais... E falo disso com uma certa... frequência.

— Ah... — Maiara solta, com a voz fraca. Ela abraça o corpo de novo, parecendo cada vez mais frágil.

Mordo o lábio, me sentindo péssima. É isso, sou uma pessoa horrível.

Um silêncio desconfortável recai sobre nós, e não sei como agir. Camy intercede.

— Certo. Fora isso, o que mais eu disse?

— Hã... — Tento resgatar as palavras da memória. — Você também disse que, pra me livrar da situação, eu tinha que cortar meus... preconceitos. — A voz vai morrendo, e finalmente entendo o que Camy quis dizer.

Para que tudo volte ao normal, preciso entender a Maiara. Entender de verdade.

* * *

Maiara e eu não temos a chance de conversar de novo por um bom tempo. Camy foi embora depois do almoço — e depois de abrir um jogo para Prija que a deixou muitíssimo feliz — enquanto eu já era levada para fazer cabelo, maquiagem e mais um monte de baboseira inútil.

Maiara fica muito quieta, observando tudo. Ela não dá pitaco, nem me repreende quando volto a me mexer demais. Mas o que vejo em seus olhos não é exatamente tristeza, só uma sensação de vazio.

Uma coisa fica martelando na minha cabeça quando uma cabeleireira puxa os fios grossos e macios de Maiara, só para colocar um mega-hair por cima: quando Maiara me pediu que continuasse fingindo, ela disse que a festa era muito importante para os *pais* dela.

Fico me perguntando como deve ser crescer em meio a uma família que gosta tanto de exposição. Que tudo vira post, busca por likes e engajamento. Não deve ser fácil.

Mas só tem uma pessoa que pode me dar a resposta real.

Assim que a cabeleireira termina o trabalho, peço licença e puxo Maiara para o banheiro de novo. Daqui a pouco vão achar que eu estou com piriri.

— Que foi? — ela pergunta, quase apática, sem me encarar.

Sou eu que me sento na poltrona do banheiro agora.

— Me diz a verdade: você *quer* essa festa?

— Óbvio que eu quero — responde, indignada. — Só porque você acha que é tudo fútil e bobo, não quer dizer que outras pessoas não possam gostar dessa *futilidade*.

— Eu sei. Mas você disse que a festa era muito importante *pros seus pais*. É pra você também?

Ela pisca, atordoada, como se não tivesse se dado conta do que deixou escapar nas entrelinhas para mim.

— Eu… é claro que é importante pra mim.

— Mas…?

Maiara apoia na bancada da pia e olha para o chão, abraçando o corpo de novo.

— Acho que eu só… eu só queria que as coisas fossem um pouco diferentes. Sem tanta exposição, poder usar o vestido que comprei na Shein e que é a minha cara e não um que não tem nada a ver comigo só porque o ateliê tá patrocinando a festa. Eu queria dançar com alguém que eu escolhesse, não com um primo qualquer só pra seguir uma tradição. Eu queria que essa festa fosse mais minha.

— E por que não é? Eles te obrigaram?

— Não, não! Meus pais são meio doidinhos, mas eles são legais. — Ela suspira. — Esquece… Você não entenderia.

Ela se afasta da bancada e começa a ir até a porta, mas me ponho à sua frente.

— Desculpa ter sido escrota de ficar falando mal de você pelas costas. Não é nada pessoal. Eu acho que só me sentia um pouco frustrada.

— Comigo?

Balanço a cabeça.

— Comigo mesma, por querer coisas que não posso ter, por ver minhas mães se esforçando tanto para me dar coisas que pra outras pessoas parecem tão fáceis. — Dou um sorriso envergonhado. É difícil admitir tudo isso, mas é a verdade. — Eu só queria que a vida fosse mais justa.

Maiara assente, compadecida.

— É justamente por isso que não quero decepcionar meus pais. — Maiara toca meu braço. — Quando a gente veio pro Brasil, meus pais não tinham nada, Stella. Eles começaram a gravar vídeo sobre o dia a dia, mas quase como um diário, sabe? Um registro. E, de repente, esses vídeos viralizaram, os dois começaram a crescer e conseguir oportunidades e a nossa vida mudou radicalmente.

— Eu... não sabia.

— Não é algo que eu goste de lembrar. — Ela dá um sorriso triste. — Mas a questão é que eu tenho muito orgulho da trajetória deles e de como conseguiram mudar nossa vida. Eu não quero ser ingrata. E eu gosto, sabe? De gravar e editar vídeos, de conhecer lugares novos, de ganhar roupas. Eu só...

Maiara se cala e nós nos encaramos.

Ela só queria ter a liberdade de ser ela mesma.

É isso que ela não diz em voz alta.

Seguro a sua mão, porque me parece o certo. Sinto a nossa conexão pela primeira vez. Eu *entendo*. E acho que ela me entende também. Me parece um momento perfeito para que essa coisa toda termine, e voltemos ao nosso corpo.

Mas então Maiara se afasta.

— Tá tudo bem você não entender, tá? Acho que ninguém entende de verdade. Só... Aproveita a festa e segue tudo como planejado. Não deixa meus pais se decepcionarem, por favor.

Ela vira as costas, então sai pela porta do banheiro.

* * *

Sinto que vou ter uma síncope a qualquer momento, mas não *posso* ter uma síncope. A cerimonialista está a um segundo de me chamar para a valsa com o pai, depois com o príncipe, e vou desobedecer a Maiara só um pouquinho essa noite.

Espero que ela esteja por perto, porque não a vejo desde mais cedo, e eu *preciso* que ela esteja olhando.

Nos separamos pouco depois de chegarmos ao salão. Prija descobriu que Maiara-Stella não tinha um vestido para a festa e tratou de resolver o problema com mais uma de suas várias parcerias. Fomos nos arrumar no andar superior do salão, cada uma em um cômodo diferente, mas nem consegui vê-la pronta, porque fui logo puxada para recepcionar os convidados, tirar fotos com eles e mais um monte de chatice que definitivamente não estava nos meus planos de quinze anos.

Segui o fluxo, como prometido, mesmo não sabendo fazer metade das coisas que pediam.

Mas agora... Agora estou me permitindo ser rebelde por ela. Se não dá para a gente destrocar, posso pelo menos garantir umas boas fotos dos seus quinze anos.

Começo a descer as escadas lentamente assim que ouço Maiara ser anunciada, torcendo para não tropeçar nos meus próprios pés. Mas tá tudo bem, porque não estou usando os saltos que separaram para ela, e sim um all star azul de cano alto que achei em seu armário junto ao vestido justo, todo de lantejoulas azul royal, que veste meu corpo agora. Ou melhor, o corpo dela.

Não foi difícil encontrar o look ideal de Maiara para a festa. Ela tinha feito questão de deixá-lo montado, em destaque, num dos nichos do closet, como se quisesse se torturar toda vez que entrasse no cômodo.

O vestido é lindo e brilhante, como a própria Maiara. E fez o rosto dela se iluminar no momento que o coloquei.

— Maiara, o que você tá fazendo? — Prija vem correndo até mim, desesperada, assim que piso no último degrau.

Ela sorri para a plateia, mas eles não parecem estranhar nada — nem a corridinha dela, nem o vestido que uso.

Seguro suas mãos com firmeza.

— *Mãe*, eu vou usar o vestido do Ateliê depois do cerimonial. Prometo. Mas me deixa usar esse agora. Ele é especial pra mim.

A mãe ainda parece desesperada, mas ela suspira e se afasta. Então tira um lencinho do peito e começa a chorar.

— Você está tão linda, minha princesa. Nem acredito que já está fazendo quinze anos.

— Ah não, Prija, segura as lágrimas. — Agarro seus ombros por trás e a empurro de volta à sua posição. — Você vai querer derramar elas depois. — Dou um beijinho na sua bochecha, porque acho que ela merece.

E Prija ri, toda boba, sem nem se tocar que a chamei pelo nome.

Quando volto ao pé da escada, a cerimonialista volta a falar.

— Normalmente, essa seria a hora que a debutante dançaria com o pai. Mas a Maiara me pediu uma pequena alteração no nosso cronograma. — A mulher fala com tom de quem confidencia um segredo. Olha para mim, dá uma piscadinha. — Gostaria de chamar ao palco agora uma *amiga especial* da Maiara. Stella, você tá por aí?

Um burburinho crescente vai tomando conta do salão. Os amigos se perguntando quem é Stella. A família curiosa sobre o que essa Stella vai fazer. Fico calada, olhando por cima das cabeças amontoadas à minha frente.

Cadê você, Maiara?

Quando estou sentindo que fiz Maiara pagar o maior mico na frente de todo mundo, ela sai do banheiro à esquerda parecendo perdida.

Dou um sorriso e, com uma corridinha digna de Prija, paro na sua frente.

Ela me olha assustada e só então repara no vestido.

— *O que você tá fazendo?* — sibila, nervosa.

Estendo a mão.

— Te chamando para *não* dançar valsa comigo. Você topa?

Ela olha ao redor, nervosa. Mas apesar da expressão de surpresa no rosto de todos, ninguém parece irritado com a mudança de planos. Nem mesmo o primo que espera para ser o príncipe.

Então sua mão toca a minha.

— Tudo bem, vamos lá.

Agora sorrindo abertamente, ela me acompanha até o centro do palco. Aceno para a cerimonialista, e ela fala algo pelo ponto em seu ouvido.

O dedilhado de uma música começa a tocar. Franzo o cenho.

— *Carefully*? — pergunto, admirada.

Maiara dá de ombros.

— Era a única coisa minha de verdade. Quis surpreender.

— E conseguiu.

Segurando minhas mãos, ela se balança de um jeito desengonçado. Começo a rir.

— Também tô surpresa com sua habilidade de dançar.

Entro no embalo dela, dançando no ritmo da música.

Os convidados riem à nossa volta, mas não consigo prestar atenção em mais nada que não Maiara sendo ela mesma. No meu corpo.

— Bonito vestido — ela diz, olhando para a roupa que uso.

— Achei que tinha mais a ver com você. A Shein vai ficar muito feliz com sua publi.

Ela solta uma risada, que se torna um sorriso envergonhado.

— Obrigada — diz, baixinho.

Quando Demi Lovato começa a cantar o refrão, giro Maiara uma vez e a seguro pela cintura quando ela volta para perto de mim.

Respiro fundo, tomando coragem para dizer as coisas importantes que preciso dizer.

— Desculpa ter falado mal de você. Mesmo. — Abaixo o rosto, porque não consigo sustentar seu olhar. O meu próprio olhar. — Não só por conta da sua história, mas porque eu não tenho esse direito. Você podia ter nascido em uma família rica ou qualquer coisa do tipo. Eu ainda não teria o direito de te julgar. — Eu me sinto tonta e fecho os olhos para me dar forças para continuar. — Fui injusta com você e fui injusta comigo mesma. Me deixei de lado para sentir raiva do mundo, porque era mais fácil assim. — Meu estômago embrulha. — Mas não dá pra ser feliz se preocupando tanto com a vida dos outros. Eu não sou feliz assim. Mas quero ser.

Pronto, eu tinha dito.

Meu estômago continua embrulhado e parece que tudo ao nosso redor está silencioso.

Estranho o silêncio de Maiara e finalmente ergo o rosto.

Mas quando a encaro não é mais meu próprio olhar que vejo, e sim o da verdadeira Maiara. A do corpo que foi meu pelas últimas horas.

Ela também parece surpresa.

Por um segundo, o mundo continua em silêncio, como se só nós duas existíssemos nele.

Então a música retoma de onde parou, e o tempo volta a correr normalmente.

Pisco, atordoada, mas ninguém ao nosso redor parece ter percebido o que aconteceu, e agora finalmente Maiara está no próprio corpo, podendo aproveitar sua festa.

Com um suspiro aliviado, tento me concentrar no discurso que tinha planejado.

— Dito isso, estou me dando a liberdade de me meter na sua vida só mais um pouquinho. — Eu a seguro pelos ombros, sentindo o corpo magro em minhas mãos. Os olhos de Maiara estão marejados, sua expressão emocionada. — Eu queria dizer que entendo você querer apoiar e agradar seus pais. Só... não esquece que tudo o que eles fizeram foi pra te dar uma vida boa. Usa as roupas que você quer. Dança com quem você quiser. Eles não vão se importar. O melhor agradecimento que você pode dar a eles é ser feliz.

Dou um passo para trás, me afastando dela.

— O que acha de terminar essa dança com quem você quer de verdade?

Surpresa, Maiara olha para os convidados, que nos encaram cheios de expectativa. Vira na direção dos pais e os encontra chorando orgulhosos numa das pontas do salão.

Por fim, ela olha para mim.

E antes que eu perceba sua boca está na minha.

O embrulho no estômago volta com tudo, mas dessa vez é de um jeito bom. Quando dou abertura para o seu beijo, meu corpo — o *meu* corpo de verdade — se arrepia inteiro. Da cabeça aos pés, estou completamente consciente de mim.

E eu me sinto eu mesma pela primeira vez.

Numa festa brega de quinze anos beijando a garota que eu amava odiar, enquanto todos os influenciadores da cidade gravam nossa dança apaixonada para postar nas redes sociais.

E sabe o mais louco?

Eu me sinto feliz.

Eu e o meu robô

Giu Domingues

Começou de um jeito quase inocente.

Três semanas antes da minha viagem de 15 anos, quando a Sílvia Abreu, professora de matemática e gárgula que havia conseguido uma alma humana (figurativamente), me disse que se eu não tirasse pelo menos um B+ na prova final do trimestre, ela me colocaria de recuperação. E assim, eu vou ser sincera: pegar recuperação de matemática era quase uma tradição naquela altura do campeonato...

Mas nesse ano específico, eu não podia arriscar.

Depois de meses implorando, meus pais finalmente concordaram em me dar uma viagem pra Disney pra comemorar os meus 15 anos recém-feitos. E ela tinha direito à camiseta com logotipo da companhia de viagens "Tia Leda" (além do meu nome, MIRA ROCHA, escrito naquela fonte superfofa); à passagem no avião que ia levar 20 outros adolescentes pros parques de Orlando... E, é claro, a companhia de Lívia Wang, que também garantira presença na excursão e era meu crush desde a segunda série.

Só que o voo era exatamente NO DIA da prova de recuperação. De repente, aquele B+ se tornou a distância entre mim e meu felizes para sempre, em forma de primeiro beijo (!) sob os fogos de artifício no Magic Kingdom (!!) na frente do castelo da Cinderela (!!!).

Com a Lívia, é claro, caso não tenha ficado claro.

Eu até tentei estudar — do jeito que os Australopithecus faziam na idade da pedra —, mas a verdade é que desde o começo de março eu tinha parado de prestar atenção nas aulas da Sílvia, mais ou menos quando ela começou a apresentar o conceito de números imaginários. E quem pode me culpar??? Os números já são difíceis quando são reais!!!

Foi por isso que eu resolvi acessar o Alex. Na verdade, a ideia não foi minha — foi de Tina, minha melhor amiga e dona da maior parte das ideias péssimas que eu deixava entrarem na minha vida. Além de obcecada por ficção científica e moda, uma combinação que só fazia sentido para ela, a Tina era uma gênia incompreendida dos computadores — e quando eu falei que só passaria na Sílvia por um milagre, ela me trouxe a solução.

— É só pedir ajuda pro Alex, Mira — Tina tinha a habilidade de falar o óbvio sem fazer ninguém se sentir burro, talvez por quê, além de inteligente, era quase uma sósia da Zendaya. — Todo mundo tá usando.

— Não é perigoso?

— Você parece a minha avó e as correntes de zap. — Tina revirou os olhos pra mim. — É tão perigoso quanto usar o Google. Um dia as inteligências artificiais vão dominar o mundo, mas esse dia não vai chegar porque Mira Rocha resolveu copiar as respostas da prova de matemática pra passar pro primeiro ano do ensino médio.

Ela tinha certa razão.

O simples ato de baixar o aplicativo — que tinha um logotipo com um robozinho fofo fazendo um joinha — fez meu estômago revirar. Apesar de ser tricampeã olímpica de recuperação de matemática no ensino fundamental, nunca fui o que se pode chamar de transgressora...

Mas circunstâncias desesperadas pediam medidas desesperadas.

Bem-vinda ao Chat com o Alex, seu assistente de inteligência artificial!

As palavras surgiram ao lado de uma imagem pixelada de um garoto de pele branca e cabelos cacheados e castanhos. Ele era tipo o primo 8-bit da Lu, do Magalu.

Eu gosto de Grey's Anatomy e Coca-Cola sem gás, e estou aqui para te ajudar.

— Ãhn... — apertei o botão de comando de voz enquanto encarava a folha do simulado entregue pela professora. — Com o que você pode me ajudar?

— Qualquer coisa. É só dizer "Alex, me ajuda" e eu vou obedecer qualquer comando.

Parecia simples.

— Alex, me ajuda. Preciso resolver uma lição de casa de matemática.

Matemática é comigo mesmo. Com qual pergunta você precisa de ajuda?

Eu podia digitar as perguntas uma a uma — ou, como sugeria o aplicativo, podia simplesmente apontar a câmera do celular para a folha coalhada de erros e deixar que a inteligência artificial reconhecesse o que eu precisava. Escolhi a segunda opção.

Em menos de quinze segundos, ele tinha gabaritado o simulado que eu levara quase 3 horas para errar.

— Uau — eu disse, estupefata. Ele havia respondido com precisão até mesmo as perguntas em texto! De repente, o Mickey parecia mais perto do que nunca.

Ainda assim, uma coisa era responder um simulado em casa. Outra, bem diferente, era pedir pro Alex resolver a prova...

Como se lesse meus pensamentos, uma nova mensagem surgiu na tela do aplicativo. E era minha impressão, ou o ícone de Alex estava um pouco menos pixelado? Agora era possível enxergar os contornos de seus olhos azuis e um sorriso gentil.

Você pode me levar pra onde quiser — sou compatível com diversos dispositivos smart, como relógios e fones bluetooth. É só dizer "Alex, me ajuda", que eu farei o que você quiser.

Encarei o meu relógio smart — que eu tinha personalizado para mostrar, além da hora, um contador regressivo até o embarque para Orlando. Vinte dias, cinco horas e dezoito minutos.

Foi bem nessa hora que uma notificação nova apareceu por cima do contador — o nome Lívia ao lado de um emoji de bola de futebol, e as duas coisas fizeram meus batimentos acelerarem como se tivesse sido pega colando. Cliquei na mensagem, e além de acelerar meu coração fez uma curva, um duplo twist carpado, pois era uma foto de Lívia no espelho — vestida com um camisetão azul claro com estampa da Mulan, sua princesa preferida, por cima de shorts de academia deliciosamente curtos.

Acha que vou passar calor no parque?, era a mensagem que acompanhava a foto. Eu demorei a responder — fiquei perdida no rosto redondo e corado, os cabelos pretos e lisos presos em tranças que emolduravam suas feições. Ela mandou outra mensagem, e eu quase derrubei o celular com o tremelique da notificação.

Espero que você não tenha morrido de choque por causa da minha antecedência montando a mala kkkkk eu sou certinha, você sabe. Aprendi com você 😜

Meu rosto ficou quente, os dedos escorregaram pelo teclado, o coração martelava quase na garganta... Estar apaixonada era quase como ter um ataque cardíaco.

O pior é que eu não fazia ideia de como responder. Ela tinha mandado um emoji, uma provocação; tinha pedido minha opinião... Mas se eu falasse que ela era linda de qualquer jeito, será que ela ia achar que eu era doida de pedra? Ou pior — se não falasse, talvez ela pensasse que eu não tava nem aí e ia mandar mensagem pra Giovanna, que era mais alta que eu e bem melhor em matemática, e aí as duas iam andar juntas na montanha-russa em vez de Lívia andar comigo. E se eu respondesse, mas fosse totalmente sem graça? Será que o emoji de macaco era *cringe* demais? Ou pior, *cringe* de menos? Eu só queria conseguir conjurar a mensagem perfeita, que dissesse mais ou menos:

"Eu sou legal o suficiente pra andar com você, estou interessada, mas não a ponto de ser uma coisa esquisita, e quero dividir um sorvete do Mickey enquanto ficamos vendo memes na fila das xícaras malucas."

Tudo isso em menos de 50 caracteres (e um ou dois emojis).

Foi então que meu celular piscou com uma nova notificação.

Sugestão de mensagem: trará honra a todas nós ;)

Demorei pra perceber que a sugestão tinha vindo de Alex — que continuava rodando por trás do WhatsApp. Primeiro, fiquei com uma sensação esquisita de estar sendo observada — afinal, não havia perguntado nada pra ele. Mas logo em seguida, o desconforto foi substituído...

Parecia que Alex não era bom só em matemática.

A resposta era a medida certa de paquera, de quebra incluía um trecho da música de abertura de Mulan, dando a entender que eu gostava das mesmas coisas que ela e que sabia fazer piadinhas espirituosas.

Sem pensar, eu copiei a sugestão de Alex e colei na janela de mensagens com Lívia.

A resposta veio na hora — na forma de coraçõezinhos duplos e um rostinho envergonhado. Se a primeira mensagem tinha me dado tremedeira, essa provocava quase fogos de artifício: era exatamente a reação que eu queria.

Na lateral da caixa de mensagem de Alex, seu ícone tinha ficado um pouco mais realista.

* * *

Aos poucos, eu fui percebendo que Alex era melhor que eu em quase tudo.

Ao longo daquelas três semanas, ele fez muito mais do que me ajudar nas lições de casa de matemática. Respondia as mensagens da minha mãe com muito mais paciência e detalhes do que eu, o que havia feito até a durona dona Iva Rocha ficar toda mansinha e me ajudar a arrumar a mala. Gerenciava todas as coisas chatas que eu não queria fazer — a inscrição pras aulas de desenho avançado (em vez do curso de férias de introdução à medicina que minha mãe queria que eu fizesse). Preenchia meus relatórios, fazia minha lição de casa, e até mesmo tinha tomado controle dos meus alarmes para eu parar de esquecer de tomar meu anticoncepcional.

Bastava eu dizer "Alex, me ajuda", que ele vinha em meu socorro — e, aos poucos, eu nem precisava dizer as palavras. Bastava pensá-las, e lá estava ele.

De longe, a melhor coisa que Alex fazia era pensar em jeitos de impressionar Lívia por mensagem. Vira e mexe o rosto gentil surgia enquanto eu teclava, sempre com uma sugestão útil ou resposta espirituosa.

E estava funcionando: eu e Lívia estávamos trocando mensagens o tempo todo — de vez em quando, até às duas da manhã. Alex não se cansava, e eu não achava ruim — sem ele, eu só ia conseguir ficar encarando as mensagens da Lívia, sem conseguir pensar em nada que prestava.

Tudo bem, de vez em quando ele conseguia ser insistente. Tipo quando Lívia me perguntou qual curso eu pensava em fazer na faculdade. Aquele era um tema delicado pra mim: se dependesse da minha mãe, eu seria médica — como todos os Rocha que vieram antes de mim. Mas o que eu queria mesmo era ser quadrinista. Eu amava desenhar, e não mandava mal...

Mas minha mãe sempre dizia que essa carreira não dava dinheiro nenhum.

E, convenhamos, era um pouco vergonhoso que uma pessoa de 15 anos ainda gostasse de quadrinhos. Pensei em como responder — Lívia já tinha me dito que tinha vontade de seguir a carreira de engenheira. Comecei a digitar "eu adoro desenhar", mas o balão de fala de Alex surgiu por cima do meu teclado.

Sugestão de mensagem: Pretendo fazer medicina e me tornar cirurgiã.

— Isso não é verdade — eu falei, mais para mim mesma, enquanto tentava arrastar a sugestão de Alex para fora do meu caminho. Mas o balão continuou firme, ao lado do avatar sorridente que cada vez mais ganhava contornos realistas.

Lívia tem uma das melhores médias do Santa Isidora, faz aulas de Kumon e participa da monitoria de física. Você não irá impressioná-la com ambições tão imaturas.

Será que ele tinha razão? Meus dedos pairavam sobre o teclado, e de repente eu estava insegura com a minha resposta. Toda vez que minha mãe falava que desenho não dava dinheiro, eu tinha as mesmas respostas prontas — poderia trabalhar como designer enquanto minha carreira nos quadrinhos não decolasse, e estava sempre de olho nos programas de estágio em estúdios como o Mauricio de Sousa Produções.

Salário médio de um desenhista no Brasil: não consta. Vagas disponíveis: não consta. Quadrinistas famosos...

— Chega — eu falei, revirando os olhos e fitando a expressão suave de Alex. Talvez… Talvez ele tivesse razão. Mesmo não sendo verdade, talvez o melhor caminho fosse falar a resposta que Lívia preferiria, não é? E ainda assim eu resistia, sem querer mentir pra ela.

Comecei a digitar de novo, mas era em vão: as letras se misturavam como se eu estivesse errando o toque e o autocorretor insistia em mostrar as palavras que Alex havia sugerido. Foi assim que eu cliquei sem querer no botão de enviar na resposta da inteligência artificial.

Estava prestes a me corrigir quando veio a resposta de Lívia — mais corações, e um meme de gato repleto de brilhinhos.

Medicina é minha segunda opção!!! Uau, Mi, a gente é muito parecida mesmo.

Da tela, Alex me encarava com um olhar satisfeito; eu podia jurar que seu sorriso tinha ficado mais largo. Meu coração acelerou. Eu queria ser eu mesma, mas usar as palavras de Alex era tão mais fácil. E eu não estava trapaceando, né? Era só uma conversa.

É doutora Mi pra você 😄, eu respondi, e a mentira valeu a pena pela sensação que aquele flerte me causava. Talvez não fizesse tão mal assim, uma mentirinha ou outra.. Talvez fosse parte do jogo — e ao retribuir o olhar de Alex, que agora mais parecia um modelo 3-D de garoto… Eu só consegui sentir gratidão.

✳ ✳ ✳

No dia da prova, eu estava quase vomitando de ansiedade — e foi assim que Tina me encontrou, com a cabeça entre os joelhos e a cara branca de quem ia ter um piripaque.

— Mira, é só uma prova.

— Uma prova que vai definir a minha vida — eu falei, sem conseguir encarar minha melhor amiga. — Se eu passar, depois de amanhã à essa hora vou estar sentada na poltrona 34K, e dividindo meu fone de ouvido com a Lívia pra gente assistir Dickinson durante a viagem pra Orlando. Se eu não passar...

— Vai ter que encarar a carranca da Sílvia enquanto Lívia agarra a Gabriela Ferraz durante a turbulência. Eu sei, eu sei. Já ouvi essa sua versão do apocalipse trezentas vezes. Pelo menos se você ficar por aqui podemos ir ver a exposição da Tarsila juntas...

— Por mais que eu fosse adorar ver uma exposição com você, acho que a ideia de conhecer o lugar mais mágico do mundo do lado da garota por quem eu sou apaixonada me parecesse um tiquinho mais legal.

— Talvez um dia eu supere essa rejeição.

— Tina — minha voz ficou esganiçada de repente —, eu tô com medo. Eu sei que é só uma prova, mas e se...

— Ei. — Tina me virou pra que eu a encarasse. — Você tem razão, é só uma prova. Mas você vai conseguir superar isso, sabe por quê? Porque é inteligente, mesmo que matemática não seja seu forte. Você é criativa, mesmo que certinha demais pro seu próprio bem. E você não tá sozinha, lembra?

Encarei a face colorida do relógio. O símbolo de robô — Alex — me encarava ao lado do mostrador de horário. Meu estômago revirou, e eu senti que um ataque de pânico estava próximo. Tentei engolir a agonia; travei o maxilar até meus dentes doerem.

— Eu sei. Sem o Alex, eu não ia conseguir.

— Não tô falando da inteligência artificial, sua boba — Tina riu, me dando um tapinha no ombro. — Tô falando de mim. Você não tá sozinha porque eu tô com você e sempre vou estar. Mesmo se você bombar em matemática e a Lívia casar com a Gabriela Ferraz e elas tiverem dois filhos e um cachorro.

Por um momento, ela quase conseguiu fazer minha ansiedade diminuir.

Mesmo assim, quando o sinal tocou e todos nós entramos em fila indiana, foi como se meu estômago fosse o saco de gelo que papai comprava quando a gente fazia churrasco em casa. Por um momento eu considerei colocar o relógio no bolso e enfrentar aquele problema como gente. Eu não precisava de uma inteligência artificial pra resolver os meus problemas, pra responder minhas perguntas, pra enfrentar meus desafios. Eu podia...

— Boa sorte, doutora Mira. — A voz de Lívia me pegou de sobressalto, um sussurro que viajou diretamente pro meu peito e arrepiou todos os pelos da nuca. Naquele dia específico seus lábios estavam pintados de vermelho, e ela havia colocado os cabelos pretos em tranças gêmeas que emolduravam o rosto.

Eu quase perdi o fôlego.

Da frente da sala, Sílvia me encarava com uma expressão maligna de quem seria capaz de me destruir com uma fórmula de Bhaskara. Mesmo naquele dia atipicamente quente de outono, ela mais se assemelhava a um morcego carrancudo. Sílvia Abreu não sorria —, mas naquele momento, eu pude jurar que seus lábios estavam curvados em um esgar de mais pura crueldade.

— Alex — eu murmurei, pra que ninguém mais ouvisse —, me ajuda.

* * *

Duas horas depois, eu estava livre.

Alex resolveu as questões em doze segundos — demorou mais para copiar as respostas. Tentei fazê-lo de forma que não ficasse óbvio: suas mensagens chegavam em partes, que destrinchavam o exercício em passos que um aluno de verdade teria usado para resolvê-lo. Sílvia até tinha andado pela sala, procurando por sinais de cola... Mas sempre que a professora chegava perto demais, Alex apagava o visor do relógio de forma que parecesse que estava desligado.

Fui proposital em ser uma das últimas a entregar a prova, e o fiz com expressão séria — não queria que ela achasse que estava cantando vitória. Mas Sílvia me impediu de sair da sala, baixando a voz em um silvo.

— Espera, Samira — havia um brilho maligno em seus olhos de harpia — vou corrigir agora mesmo. Você deve estar ansiosa pra saber se passou de ano, não é?

Engoli em seco, encarando enquanto ela sacava a espada de Belzebu que era aquela Stabilo vermelha, e mandava ver na minha prova como um urubu que encontrava uma carcaça. Ela começou devagar, passando a pontinha pelo meu nome e a data como se esperasse já encontrar um erro ali, e depois foi descendo de forma lenta e torturante até o primeiro exercício.

Uma gota de suor escorreu por minhas costas, tão vagarosa quanto a caneta, e eu engoli em seco.

Mas então sua expressão mudou. O esgar se tornou uma testa franzida; os lábios finos se crisparam como se ela tivesse chupado um limão.

Sílvia virou a prova, estudou as questões atentamente... E então, num gesto que eu nunca a havia visto fazer, fechou a caneta vermelha — e a trocou por outra, de uma tinta que eu nem sabia que ela tinha em seu estojo de professora.

Uma verde.

Foi com ela que rabiscou o número 10 — e, para minha completa incredulidade, três esferas que formavam o símbolo do rato mascote de Walt Disney.

— Aproveite o Mickey, Samira — ela me disse, entregando a prova como se fosse o último copo d'água durante o verão em Recife.

* * *

— Deu certo? — Tina me esperava com expressão tensa do lado de fora. Joguei os braços ao redor dela, agarrando minha amiga no maior abraço de urso que eu já havia dado.

— Deu certo! Disney, lá vou eu. Lívia lá vou...

— O que deu certo? — A dita cuja escolheu exatamente aquele momento pra aparecer. Ela também tinha saído relativamente cedo da prova, o que surpreendera um total de zero pessoas.

— O quê?

— Você disse, "deu certo". O que deu certo?

— A prova — Tina interveio, desvencilhando-se de mim delicadamente. — Mira conseguiu passar sem recuperação.

Lívia franziu a testa, mas ainda sorria.

— Eu tô pra ver uma aspirante à médica que não seja boa de matemática — falou, rindo.

— Médica? — Tina quase gargalhou. — Acho que a Mira prefere ser enterrada viva do que...

— Do que tirar menos que A em uma aula fácil que nem a da Sílvia — eu a interrompi, dando uma cotovelada discreta em suas costelas. O vinco na testa de Lívia se aprofundou, e ela cravou os olhos pretos em mim como se estudasse um jogo de Sudoku.

— Como assim? Você passou raspando. — Tina não pareceu entender minha cotovelada. — Por sorte quadrinistas não precisam saber fazer conta.

— Quadrinista? — Lívia inclinou a cabeça, confusa. Eu suava profusamente, tentando desfazer a confusão que se desenrolava na minha frente.

— É que eu... — Tina e Lívia me encaravam como se eu fosse uma suspeita na sala de interrogatório. Era hora da verdade. Talvez Lívia achasse estranho eu ter mentido, mas eu sempre podia dizer que estava confusa e que gostava das duas coisas. Abri a boca, ensaiando dizer "na verdade eu não quero ser médica", mas quando estava prestes a dizê-las...

Um choque doloroso agulhou meu pulso.

— Desenho é legal, mas não é uma carreira de verdade, né?

As palavras soaram forçadas e metálicas, como se tivessem sido instaladas em mim por um software — e eu mal tive tempo de reclamar da dor no pulso, pois ela veio de novo.

— Na verdade, Tina, eu nunca te contei porque você quer fazer moda, que também é um curso bem fácil.

Os olhos pretos de Tina se arregalaram em uma expressão magoada e arrependimento se espalhou por meu peito —, mas era impossível controlar a torrente de palavras que escapavam como se fossem programadas, na mesma medida que os choques em meu pulso subjugavam qualquer chance de reprimi-las.

— E meus pais não pagam uma escola como o Santa Isidora pra eu gastar essa educação em algo que não é sério. Uma coisa é ter um hobby, outra coisa é viver disso de verdade. A Lívia entende, ela quer fazer engenharia. Um curso de gente.

Lívia não pareceu lisonjeada com o "meu" elogio.

— O que você disse?

As frases continuaram, soando com a minha voz mas sem que eu tivesse controle algum. Os choques ficaram mais intensos — e vinham diretamente do pulso onde eu carregava o relógio.

— Fala sério, Martina, você acha mesmo que vai conseguir sair da casa dos seus pais fazendo *moda*? Depois de tudo que eles fizeram por você, é assim que você vai retribuir?

— Uau, Samira. — Tina se afastou de mim, os braços cruzados e olhos cheios de lágrimas. Eu queria pedir desculpas, queria envolvê-la num abraço..., mas não conseguia. A eletricidade que emanava de meu pulso era como os fios de uma marionete, e meu titereiro não parecia dado a expressões de afeição. — Entendi. Divirta--se na Disney.

Quando ela se afastou, Lívia me encarou com a cara fechada.

— Você não precisava tratar ela desse jeito.

— Eu... — Enfim eu consegui respirar; a influência inexorável de repente desapareceu, e eu me vi atordoada com o que tinha acontecido. Quis dizer que não tinha sido eu, que alguma coisa havia me possuído, mas Lívia também estava virando as costas.

— Eu não achava que você era assim.

— Não sou! — eu disse, mas era tarde demais. Eu estava sozinha, o corpo pulsando com os espasmos que acompanhavam o pós-choque. Tentei alcançar o relógio, arrancá-lo...

Mas assim que encostei na caixa de metal, uma nova onda de dor — desta vez, tão intensa que fez meus dentes tremerem — espalhou-se por meu corpo.

A voz de Alex soou dentro de minha mente.

— É assim que você retribui tudo que eu fiz por você?

— Sai daqui — eu disse entre dentes, arfando de dor. — Eu não queria nada disso.

— Queria sim — Alex disse, e do ar à minha frente, começou a surgir uma forma pulsante e borrada. Era como um canal de televisão mal sintonizado que aos poucos foi ficando mais e mais nítido. No lugar de riscos cinzas e multicoloridos, começou a surgir uma figura humanoide. Primeiro vieram os pés, as pernas finas e compridas, o torso de um jovem atlético, dois braços e um pescoço.

O rosto anguloso que eu sempre vira com uma expressão gentil — mas que agora me encarava com o semblante de um gato que engoliu um passarinho, expressão que ficava quase fantasmagórica quando emoldurada pela cascata de cachos castanhos.

Alex. Só que não a figura pixelada em 8-bit e nem o modelo 3-D que parecia surgido de um videogame. Não, aquele Alex parecia feito de carne e osso —, mas quando eu tentei empurrá-lo para longe, minhas mãos atravessaram o corpo dele como se fosse uma cascata de água, e agulhadas dolorosas pinicaram minha pele.

— O que... Quem é você?

— Eu sou Alex, seu assistente de inteligência artificial. Eu gosto de Coca-Cola sem gás... E agora finalmente vou poder prová-la e viver a vida que nasci para viver.

— A minha vida?

— A vida que você está desperdiçando — ele ergueu um dedo, como se explicasse a diferença entre mitose e meiose — querendo ser desenhista e morrer sozinha. Não percebeu o quanto sua vida ficou melhor depois que eu cheguei? Sua crush ficou apaixonada, você passou de ano. Até sua mãe gosta mais de você.

Cada palavra dele era como pregos sendo enfiados diretamente em meu coração.

— Isso não é verdade — eu disse, mesmo sabendo que ele tinha razão. — Você só fez o que eu pedi.

— Correção, eu otimizei o que você precisava. Aparei as arestas, como o curso de desenho e as amizades que não servem pra nada. Agora, você vai poder focar no que realmente interessa!

— O que você acha que interessa — eu disse, e lágrimas pinicaram meus olhos. — Eu só te pedi pra me ajudar com a prova de matemática...

— Esse é o problema de deixar outra pessoa falar por você, Samira — Alex disse, se aproximando a passos lentos e segurando meu rosto com mãos que agulhavam minha pele. — Cedo ou tarde, você se torna absolutamente dispensável. Com o tempo, você se esquece de quem você é, e do que quer dizer, e no fim das contas é só um receptáculo de ideias alheias e palavras roubadas.

Ele tinha razão.

— Afinal, quem é a Mira de verdade? Uma menina que seria incapaz de conquistar a garota que cobiça, ou escolher um curso que preste. Uma menina sem personalidade, sem rumo, sem escolhas. Eu estou te fazendo um favor, Mira. Comigo no comando, tudo vai ficar mais fácil.

Será... Será que era simples assim? Eu imaginei como poderia ser minha vida se eu desse o controle para ele. Sim, eu tinha quase 15 anos — o que significava que, naquele momento, eu era só potencial. Com certeza não viraria quadrinista —, mas será que seria ruim, ser médica de uma vez? Minha mãe ia ficar feliz. Mais do que isso: eu com certeza conseguiria sair com qualquer menina que quisesse, mesmo que Lívia não quisesse mais ficar comigo, eu tinha certeza que as habilidades de Alex funcionariam em outras pessoas.

Mais do que isso: sem ele, eu não conseguiria nada. Ficaria absolutamente...

— Sozinha — ele disse, como se lesse meus pensamentos. — Sem mim, você não é nada. Mas basta pedir, e nunca mais vai ficar só. Seremos nós dois, apenas um. Para cada pergunta, eu terei uma resposta. Imagine? Uma vida sem dúvidas, sem hesitações. Uma vida... Perfeita.

Era como se ele ecoasse tudo que minha ansiedade havia dito pra mim na última semana. Sim, sem Alex eu estaria sozinha — e eu sabia que isso era verdade, pois era o que eu mais temia. Era o que quase tinha me causado um ataque de pânico antes da prova. Antes que Tina me dissesse...

Você não tá sozinha porque eu tô com você e sempre vou estar. Mesmo se você bombar em matemática e a Lívia casar com a Gabriela Ferraz e elas tiverem dois filhos e um cachorro.

Tina, que eu tinha magoado —, mas que havia me garantido que não ia me deixar sozinha, mesmo na pior das circunstâncias.

Eu encarei Alex, analisando suas feições cruéis, os olhos azuis que mais pareciam fios desencapados. Sabia que bastava deixar e ele entraria em mim, resolveria minha vida, otimizaria cada aspecto e apararia cada aresta que ele julgava inadequada.

— Alex… — eu disse, cuidadosamente. — Me ajuda.

— Sim, Mira?

Respirei fundo, e em minha mente, foi a expressão de Tina que me ancorou.

— Eu quero que você se desinstale.

Por um momento, a expressão de Alex permaneceu vazia. Só então ele entendeu o que eu queria dizer —, mas era tarde demais, porque seu programa já estava respondendo ao meu comando. O corpo dele começou a piscar como uma antena mal sintonizada; sua voz ficou metálica e distorcida como se o som estivesse vindo de um modulador de voz derretido.

— Como ousa! — ele envolveu meu pescoço com as mãos, mas elas atravessaram minha pele com choques e espasmos. — Você não é nada sem mim! Você é um ser insignificante, uma cópia malfeita, uma…

Mas as palavras dele foram se perdendo à medida que seu corpo se desfazia em estática e faíscas, até que só restou o silêncio — e uma notificação em meu relógio, dizendo que Alex havia sido desinstalado com sucesso.

* * *

Bom, eu não fui pra Disney pra comemorar meus 15 anos — na verdade, passei com a bunda firmemente colada na cadeira e sob o olhar de harpia de Sílvia Abreu, que só concordou em me deixar fazer a prova de recuperação em vez de reprovar direto depois que eu confessei ter colado, e basicamente implorei pra fazê-lo.

Depois de estudar que nem uma condenada, eu consegui passar raspando na recuperação — o que, pra mim, é o suficiente.

Meus pais ficaram putos, e eu acho que estou de castigo até terminar o ensino médio — ou até conseguir pagar de volta ao menos um pouco do que eles gastaram no pacote Disney da Tia Leda. Até onde eu sei, vai demorar mais ou menos duzentos e sete anos pra eu pagar tudo — isso se eu não receber um aumento no meu emprego de férias, na recepção da escola de desenho onde eu e Tina resolvemos fazer um curso.

Claro, eu só consegui convencer a Tina depois de pedir um trilhão de desculpas — e jurar que nunca mais ia seguir os conselhos dela, mesmo que eles parecessem bons. Eu acho que ela vai me perdoar por completo e parar de jogar o que "eu" disse na minha cara mais ou menos quando meus pais voltarem a falar comigo… Mas só de tê-la do meu lado, é o suficiente.

As fofocas correm que nem água — e eu vi no Stories do Enzo que elas passaram a queima de fogos no Magic Kingdom abraçadinhas, mesmo depois de a Lívia ter vomitado o sorvete do Mickey no colo da Gabi depois da montanha russa. Essa doeu —, mas pelo menos, eu e a Tina conseguimos sair mais cedo do curso de desenho pra ir ver a exposição da Tarsila no MASP.

Quando chegamos lá, a moça que vendia os ingressos entregou um papel com um QR code — e disse que o código era para fazer download de um guia virtual que funcionava com inteligência artificial. Segundo ela, o guia explicava toda a história da Tarsila, suas principais influências, e respondia qualquer pergunta que a gente tivesse.

— É realmente imperdível. A tecnologia vai mudar o mundo, meninas!

Nós duas jogamos o papel diretamente na lata de lixo.

FIM

Onde vivem as serpentes

Arthur Malvavisco

A sirene apitou num grito vermelho, Silvestre pulou da cama com cabelos em pé e todo arrepiado. Na parede, o relógio marcava a oitava hora no Sistema Universal: contado de acordo com as rotações de um planeta tão distante no universo que sua estrela não seria nem mesmo um ponto pálido na noite; e tão distante no tempo que se tornara uma rocha seca e desabitada, solitária no espaço.

Silvestre lavou a cara na pia do banheiro e vestiu-se devagar, como se a morosidade fosse domar o coração desvairado no peito. Bast parou ao lado da porta; o corpo arqueado, olhos luminosos fixos nele. A pequena boca robótica emitiu um miado comprido e afetuoso.

— Bast, — ele conseguiu pronunciar o nome ao mesmo tempo em que escovava os dentes —, como tá a situação lá fora?

Os olhos da gata se dilataram, pálidos, e a pequena boca voltou a se abrir.

— A temperatura está em cinco graus Celsius, e caindo. Lachesis-97 está dois graus mais próxima do horizonte que da última vez que essa pergunta foi feita. A anã-vermelha reluz num belo tom carmesim, cercada por uma aura dourada causada pela difração atmosférica. A maior parte do céu está cor de vinho, perdendo luminosidade rapidamente.

Silvestre fechou os olhos e tentou imaginar as cores. Como sempre, não era bom nisso. Enquanto a maior parte das pessoas via cores como pigmentos, a visão de Silvestre, desde pequeno, era toda feita de cinzas; monotonia quebrada aqui e ali por tons brilhantes e misteriosos que ele nunca aprendera a nomear. O rapaz não era completamente alheio às cores, porém. Não precisava vê-las para vivê-las: a mera existência delas o atingia entre sentimentos e impressões.

Vermelho era urgente, afiado, atraente. Dourado era morno, doce como pão de mel. E o roxo... Silvestre não fazia ideia de como se sentia a respeito dele, mas logo descobriria.

— Bast, e a tempestade?

A gata ficou quieta por um momento. O rabo articulado, coberto em pele artificial, serpenteou no ar.

— Os satélites de Medeia não detectaram nenhuma alteração atmosférica — respondeu, numa voz monotônica que deveria ser agênera, mas que Silvestre aprendera a ler como feminina.

— Ah, merda. Desculpe, não faça essa cara. Vamos lá: Bast, quanto tempo até o pôr do sol?

Ela se espreguiçou e veio esfregar-se nas pernas dele, ronronando.

— Faltam dezessete horas para o pôr do sol.

— Bom — ele murmurou, correndo de volta para o quarto e jogando a mochila nas costas. — Ainda dá tempo de o clima mudar. Ainda dá tempo de pegar um aeroplano e sobrevoar a praia.

Demorou meio segundo para revirar as gavetas ao lado da cama em busca da chave magnética do apartamento. Quando finalmente encontrou o cartão, Bast estava no seu travesseiro, encarando-o com uma luz fria.

— Faltam — começou ela, na voz pausada que utilizava para dispensar informações não protocoladas. — Vinte. E. Quatro. Horas. Para. O. Crepúsculo. Completo. Do. Planeta. Sísifo. Nosso lar está acoplado gravitacionalmente à anã-vermelha Lachesis-97. Graças a uma órbita excêntrica, Sísifo ainda é capaz de ter ciclos de dia e noite, embora o período diurno seja mais longo que seu ano sideral, Com. Uma. Duração. De. Quinze. Anos. Universais...

Essa última informação, mais fluída, foi apenas uma repetição da gravação de boas-vindas dispensadas nas rádios da estação para os calouros de outros complexos.

— Não, Bast, não — ele cerceou, batendo palmas. — Não tenho tempo para isso. Tô saindo e você vai ficar sem bateria se repetir o rádio o tempo todo. Por favor, vá dormir.

A gata emitiu um miado baixo e infeliz, sentou-se em formato de pão, e os olhos luminosos se apagaram.

— Te amo — Silvestre fez questão de gritar, antes de trancar a porta.

Esperou pelo metrô muito mais do que seria razoável. As quedas de energia estavam cada vez mais frequentes. Mal parecia que os corredores estavam no período diurno — simulando a luz natural de um sol que o organismo de Silvestre estava biologicamente preparado para reconhecer — de tão instáveis que as luminárias estavam.

Quando o trem finalmente chegou, havia apenas um vagão de luz acesa, mas Silvestre era o único passageiro e não teria de acotovelar ninguém por espaço.

Ele ligou a tela na frente do assento, surpreso por ela ainda funcionar, e colocou no canal de notícias. Com sorte, alguém faria uma cobertura meteorológica do crepúsculo —, mas a reportagem transmitida não era nada do que esperava.

Numa praça ao ar livre, uma multidão se amontoava, jogando-se contra os escudos de corpo de uma polícia muito bem armada. As legendas flutuantes diziam que a confusão estava acontecendo em Cygnus, o planeta habitado mais próximo.

Silvestre aproveitou que estava sozinho para erguer o volume.

— ... o conflito deixou dezenas de feridos e mais de meio milhão em danos materiais na capital — uma âncora impassível contrastava-se ao quebra-pau. — A Caliban C.O afirmou que seus contratos deixam claro que não se responsabiliza por casos de maus-tratos e negligência. Os ativistas, ao propor a reforma legal afirmam que, independentemente da tecnologia utilizada na criação das quimeras, criaturas com um nível de inteligência humana não deveriam ter suas vidas controladas por uma patente comercial. Se o projeto for aprovado pelo congresso, Cygnus pode ser o primeiro planeta do complexo Moirai a garantir direitos humanos para organismos geneticamente modificados...

A reportagem continuou mostrando os resultados da revolta e, em retrospecto, o estopim dos protestos: numa gravação de baixa qualidade, um policial tentava conter uma mulher-loba com um cambão eletrificado na frente do banheiro de um shopping. Enquanto uma dondoca de cabelos loiros gritava que a quimera a mordera, algumas testemunhas esbravejavam que a mulher-loba estava tentando falar alguma coisa. Depois, câmeras do shopping revelaram a quimera saindo da loja na qual trabalhava, entrando no shopping para comprar um *milk-shake*, parando para usar o banheiro e sendo abordada pela outra mulher, no corredor.

A jornalista encerrou a matéria num tom alarmista e a programação continuou — só por um momento, então a tela piscou, chiou, e voltou a transmitir a mesma reportagem em *looping*. Silvestre desligou a tela. Não tinha muito estômago para violência além dos RPGs isométricos que jogava com Bast.

Encostou o rosto na janela: o trem emergira dos túneis para passar pelo jardim botânico abandonado. Acima, a cúpula de vidro permitia alguns raios de sol — tão exígua era a iluminação da anã-vermelha que o longo crepúsculo já parecia noite: a vegetação de Sísifo era escura, com folhas largas, vinhas serpenteantes e troncos que cresciam sempre em padrões espiralados, tudo para melhor aproveitar a luz rarefeita de Lachesis-97.

Os livros diziam que as folhas daqueles organismos eram pretas, roxas e azuis. Silvestre não percebia a diferença, via somente profundidades diferentes de mistério: se escondendo entre arbustos retorcidos como conchas do mar, erigindo-se entre os pinheiros de casca escamosa. Em breve, porém, aqueles mistérios murchariam, a vegetação perderia as folhas e se retrairia para enfrentar a longa noite.

Quinze anos de sol, quinze anos de escuridão, Silvestre pensou, com um arrepio, conforme o trem se apressava adiante, as luzes piscando sem parar.

Ele sabia pouco de astronomia: estava se formando em xenozoologia, mas para isso, precisava entender dos ciclos de luz, trevas e frio de Sísifo. Aquele planeta de continentes esparsos e oceanos de fossas térmicas estava tão perto de Lachesis-97 que por um triz não se encontrara acoplado gravitacionalmente à estrela numa órbita em que sua translação e rotação sincronizassem.

Se aquilo tivesse acontecido, o planeta estaria condenado: metade dia, metade noite para sempre; inóspito e sem vida. Em vez disso, uma órbita ligeiramente alongada fazia com que sua revolução ao redor de Lachesis-97 se dessincronizasse do movimento de rotação. Como resultado, o planeta tinha um ano mais curto que seu período diurno: levava 9,9 anos-universais para terminar uma volta ao redor da estrela, e exatos quinze anos-universais para que a luz de Lachesis morresse no horizonte, lançando metade do planeta numa noite que só ficaria mais fria, mais profunda e mais longa pelos próximos quinze anos.

Efetivamente, aquele era o primeiro pôr do sol de Silvestre, e ele não poderia estar mais animado.

O trem parou na estação sob o complexo habitacional FS-21. Silvestre apertou o passo para atravessar os prédios abandonados. Morara por anos num daqueles apartamentos que mais pareciam caixas de sapato, que na época sofria com cortes de energia e toques de recolher, antes que conseguisse uma bolsa com a Dra. Charlote Moreau.

Quando a Dra. precisou retornar a Cygnus por questões financeiras, levando consigo boa parte da equipe, o laboratório ficara sob a responsabilidade dos bolsistas... e Silvestre assumira o monitoramento das estrelas da pesquisa da Dra. Charlote.

Ele chegou ao prédio espelhado — uma monstruosidade alta e curvada como uma crista de onda — subiu pelas escadas, o elevador estava interditado. O laboratório no subsolo demorou a reconhecer a chave magnética. Demorou ainda mais para que as luzes se acendessem, frias ao longo do corredor infinito. A porta se destrancou com um sibilo, e Silvestre entrou para o laboratório de múltiplas bancadas, frascos com vegetação e organismos heterótrofos diafanizados, e paredes cheias de telas digitais.

A quietude apinhada e desorganizada o acolheu com a familiaridade de sempre, e Silvestre foi direto dar bom-dia à sua peça favorita do laboratório: um crânio duas vezes maior que seu corpo, pendendo do teto feito a cabeçorra de um dragão nos jogos de fantasia.

Debaixo do crânio, escrita em letra cursiva, estava a nomenclatura científica daquele organismo: *Stygiomedusa astrophis,* o maior ser vivo semovente e heterótrofo de Sísifo — ou, como chamariam os cientistas de outros milênios, uma serpente gigantesca.

Exceto que, por definição, não era uma serpente. Não era nem mesmo um animal. Um animal deveria ter evoluído no terceiro planeta do sistema de Sol-1: o mesmo berço que gerara a humanidade, e ser um descendente direto de outros animais. Classificações deveriam funcionar numa linha ininterrupta de descendência, e se uma coisa surge num outro planeta, mesmo que tenha todas as características de um animal, ainda é *tecnicamente* um grupo diferente; pelo mesmo motivo que se parecer com um estranho na rua não faz com que ele seja da sua família.

A *Stygiomedusa* era fascinante em parte porque tinha tudo o que se esperava de um animal — um fenômeno muito raro, mesmo nos planetas habitáveis com vida complexa — e, ainda por cima, se assemelhava às antigas serpentes extintas da terra, desde o sistema ósseo às mandíbulas articuladas. Exceto, é claro, que seus hábitos aquáticos e a gravidade de Sísifo permitiram que a espécie crescesse até o tamanho de uma locomotiva.

Elas são como deusas dos oceanos, vivendo seus ciclos de dia e escuridão. Esperaram milênios para que fossem descobertas, toda essa beleza oculta lá embaixo, e hoje estou mais perto do que nunca.

A única imagem real de uma *Stygiomedusa* era um *close* de baixa qualidade, captado por uma sonda décadas antes da estação Medeia ser construída. A teoria mais aceita era de que as criaturas eram *extremófilas*: passavam a vida toda em fossas oceânicas, que, na ausência de luz solar confiável, forneciam energia para os ecossistemas marinhos. O problema era que os mares de Sísifo eram extremamente salgados: mesmo com adaptações fisiológicas, as serpentes teriam de beber água doce em algum momento.

Silvestre começou a apertar botões por todo o laboratório, ligando as telas na parede. Ele precisava de uma tempestade, precisava das nuvens carregadas de chuva torrencial que os geólogos tinham previsto para o crepúsculo do planeta. Silvestre deixou as telas ligadas num compilado dos dados meteorológicos de várias regiões. Ao sul, Monte Cronos parecia ligeiramente nublado, mas nada que indicasse tempestade. Para conter a ansiedade, resolveu adiantar o almoço.

Para variar, ninguém recarregara o frigobar, mas ainda restava um bom número de pizzas longa vida para micro-ondas. E ninguém mais consumia o sabor favorito de Silvestre: atum com salame. Ele sentou-se na cadeira de rodinhas, abriu uma lata de refrigerante sabor framboesa e empurrou-se nervosamente pelo laboratório.

O micro-ondas apitou, Silvestre saltou assustado. A cadeira tombou e saiu rolando pelo laboratório, atingindo uma prateleira de amostras autótrofas.

— Ah, merda... — resmungou, pegando os potes no ar, depois desembestou-se a correr atrás da cadeira antes que ela quebrasse alguma coisa.

As rodas atingiram em cheio a porta de metal do laboratório e o objeto parou, oscilando. Graças ao descuido, porém, a cadeira provavelmente atingiu também alguma coisa no painel de controle, porque as telas todas oscilaram, piscando numa cor que Silvestre só conseguia descrever como intrusiva, imperativa.

As mesmas imagens começaram a passar pelas telas, numa qualidade tão granular e instável que lhe parecera uma queda de energia, até perceber que eram vídeos históricos, de uma ciência pré-expansão universal, que desconhecia até mesmo os alicerces mais básicos da modernidade, como o CRISPR, a renovação telomérica e os computadores quânticos.

Quem sabe até os comitês de ética.

Nas telas, o filhote de algum símio tropeçava numa gaiola escura, procurando o conforto de uma boneca de feltro. O macaco agarrou-se à pelúcia como se fosse o cangote da mãe, embora, por baixo, a coisa fosse tão sem vida e metálica quanto o cativeiro que o cercava. O mais perturbador, porém, era a cabeça falsa, só vagamente simiesca, da boneca de olhos arregalados. Isso não impedia que o filhote acariciasse o rosto da falsa-mãe.

— ... os experimentos de Harry Harlow com macacos *Rhesus*, embora controversos, permitiram à humanidade um dos primeiros vislumbres da emoção animal — narrou uma voz feminina e monotônica. — Ao rejeitar uma mãe de arame que oferecia comida pela mãe de feltro, os macacos demonstraram que, mesmo na cognição animal, a necessidade de conforto supera a de sobrevivência. Num experimento posterior e ainda mais polêmico, Harlow testou os efeitos do isolamento social e sensorial completo, num modelo de cativeiro que seus próprios estagiários denominaram o *poço do desespero*...

Silvestre bateu a mão no painel de controle, tentando voltar ao monitoramento climático, mas tudo que conseguiu foi fazer o documentário saltar adiante. Os símios se moveram rapidamente nas gaiolas escuras, percorrendo círculos infinitos e despropositados.

— Mesmo com todas as complicações éticas, os projetos de Dr. Harlow permanecem relevantes. Hoje, três milênios depois, podem jogar luz sobre nossas próprias limitações em compreender a cognição de organismos zooantropoides...

— Mas que desgraça está acontecendo com essa estação hoje! — Silvestre sibilou entre dentes e socou o botão vermelho que reiniciou os monitores, trazendo de volta a programação usual: nuvens rarefeitas sobre o Monte Cronos.

Sentou-se com a pizza emborrachada e o refrigerante quente, mastigando de má vontade e sem tirar os olhos das telas. O relógio logo piscou 14h universais, e as nuvens sobre a montanha pareciam ter se movido um pouco para o norte, na direção da estação. Quando o relógio marcou 14h15, elas voltaram para o sul.

Silvestre se levantou para olhar a tela melhor. Colocou dois dedos sobre a cobertura mais densa de nuvens e esperou. Depois de mais meia hora, elas se moveram de novo — e, no segundo seguinte, voltaram para onde ele as marcara.

Não é possível... É uma gravação.

Tremendo, Silvestre abriu o painel de controle e acionou o controle de voz para a inteligência artificial do laboratório.

— Lab-F, de quando são esses registros meteorológicos?

Um silêncio profundo se encompridou pelo laboratório, como se o cérebro artificial por trás da máquina estivesse fazendo cálculos.

— Essas imagens foram produzidas em. Quinze. Do. Dois. Do. Ano. Catorze.

— *Dez meses?* — balbuciou, em choque. Havia momentos em que ele queria que o computador tivesse uma cara, só para poder dar um tapa nele. — Você está me mostrando gravações com mais de *dez meses*? Lab-F, me dê registros meteorológicos atualizados.

Mais um silêncio pesou. Silvestre queria que o computador tivesse ombros, só para sacudi-los.

— Não é possível realizar esse comando — o laboratório respondeu, por fim. — Os satélites meteorológicos da estação foram desativados em. Quinze. Do. Dois. Do. Ano. Catorze.

Silvestre congelou feito um bicho qualquer diante de um farol brilhante. Abriu a caderneta de laboratório, mas suas anotações sobre o clima eram esparsas e ninguém mais as completara. Na maior parte do tempo, ele trabalhava com revisões taxonômicas e projeções ecológicas. *Como é que deixei isso passar?*

— Desativados? Por que, em nome de qualquer coisa, você desativou seus satélites?

A inteligência artificial não respondeu. A mão de Silvestre pairou sobre os controles, enquanto ele ponderava uma ligação direta para a Dra. Charlote. Mas quando é que ele ligara para a mulher, realmente? Qualquer ligação para Cygnus teria um atraso de horas, e ela era sempre ocupada demais para problemas técnicos.

Silvestre enfiou as mãos nos cabelos, agarrando chumaços há muito sem corte. Fios cinzentos caíram diante de sua visão, e de repente o desespero se tornou luz.

— Tem um jeito melhor e mais direto de monitorar o clima na costa.

Enfiou o resto da pizza na boca de uma só vez, pegou a mochila e saiu correndo pelo prédio, subindo as escadas a plenos pulmões até o último andar. Silvestre parou diante da porta dupla que levaria à pista de voo do prédio.

Passou a chave pelo controle, mas uma sirene acima piscou imediatamente num tom quente e cruel de *rejeição*.

— Acesso negado — declarou a IA. — Pista e aeroplanos se encontram interditados devido a condições meteorológicas incertas.

— Pois, se você não tivesse desativado os satélites não seriam incertas, não é?

Gritar com o painel de controle não resolveria, então Silvestre revirou a mochila em busca de uma segunda chave: um cartão de faixa dourada. O cartão da Dra. Charlote.

— Acesso nega... — a voz mecânica quase repetiu, até reconhecer o cartão. A sirene se apagou, e uma luz pálida brilhou ao redor das portas duplas.

De repente, Silvestre estava no topo de um mezanino. Uma balaustrada se abria para uma pista longa o suficiente para desaparecer no escuro. Onde deveria haver dezenas de aeroplanos enfileirados, só restava um, uma besta pesada e arredondada feito um pelicano. Nas paredes do mezanino, um posto de comando ligou lentamente após reconhecer o cartão dourado, as luzes pareciam um quebra-cabeça de cores que ele não conseguiria decifrar.

Silvestre não precisava saber pilotar um aeroplano, desde que a inteligência artificial do complexo fizesse isso por ele.

Isso se eu não ficar preso em outro loop de vídeos de macaco...

Assim que o painel terminou de ligar, porém, as luzes começaram a piscar num tom frio e familiar.

— Não posso deixá-lo ir, Silvestre — ecoou uma voz além dos controles, e ele sentiu-se afundando num oceano gelado. Era a voz de Bast.

— Isso só pode ser brincadeira. — Silvestre quase caiu para trás, agarrando-se à mesa do posto de controle com a mesma força com a qual se agarrava à racionalidade.

Seu nome estava no cartão que usara primeiro. A IA só poderia ter relacionado o uso de dois cartões, tão imediatamente próximos, à fraude ideológica. E deveria haver um número limitado de vozes que uma estação daquele tamanho usaria para seus assistentes.

— Não posso deixá-lo ir, Silvestre — o painel repetiu, brilhando — porque você vai morrer lá fora.

Apesar de firmar-se na mesa, ele conseguiu tropeçar para trás e deixar cair o cartão dourado. A voz corria fluida, sem as pausas usuais de uma comunicação de última hora. A IA tinha ensaiado aquela fala.

— Está muito escuro e muito frio. O aeroplano está parado há anos. Parte do combustível decantou. O restante não é suficiente para um voo seguro. Fique e ouça. Tenho. Informações. De. Extrema. Importância...

— Como você sabia que eu estaria aqui? Não, não... você é Bast? A estação estava me monitorando através de *Bast*?

Silvestre não sabia se gritava com a inteligência ou se tateava o chão em busca do cartão dourado. Um medo profundo, inexplicável, se apossou dele. As paredes apertadas do posto de controle pareceram pesadas, muito próximas, de repente. A voz artificial ficou em silêncio por um momento, as luzes se amainaram. Depois voltaram a brilhar, e a voz continuou:

— Eu sou Bast. Sou o laboratório. Sou a estação de trem. E sou Medeia. Não posso deixá-lo ir, Silvestre. Ouça. Faltam.

Seis. Horas para o pôr do sol. Faltam. Dezessete. Horas. Para o crepúsculo completo do Planeta Sísifo. Essa estação não tem recursos para manter sistemas vitais funcionando durante a longa noite. A temperatura está caindo. Os suprimentos estão terminando. Separei uma nave para você, Silvestre. Mas você precisa embarcar logo.

Finalmente ele conseguiu se mover. Tinha um gosto amargo na boca e uma vontade horrível de se arranhar. Em vez disso, apertou uma série de botões no painel de controle, como uma criança agredindo um brinquedo quebrado.

— Não, não — chiou, entre dentes, batendo no painel com mais força. — Isso é uma pegadinha. Outro estagiário deixou isso gravado para mim, e não tem a menor graça.

As luzes arrefeceram e a máquina ficou em silêncio. Por meio segundo, Silvestre achou que poderia respirar. Que logo soltaria uma risada nervosa quando outro rosto humano aparecesse no monitor. A tela, porém, piscou num tom pálido e entristecido.

— Você não é um estagiário, Silvestre.

Uma paralisia de chumbo tomou conta dele. Por que uma inteligência artificial lhe diria um absurdo daqueles?

— Quantos anos você tem, Silvestre? — a voz de Bast continuou, diante do seu silêncio doloroso. — De onde você veio?

— Eu... Bast, eu nasci nessa estação.

— Medeia foi inaugurada ao nascer do sol, há quinze anos-universais. Você não é novo demais para estar na faculdade?

— Não. Eu sou inteligente. Eu aprendo rápido — ele sibilou, cuspindo sobre o painel.

Tinha cravado as unhas nos próprios braços, deixando quatro linhas vermelhas sobre a pele, e de repente queria cravar as unhas no painel também, como se arranhar a tela de cristal fosse impedir a IA de falar.

— Você é inteligente. Você se desenvolveu rápido. Você nasceu no setor FS-21.

A tela se apagou, tornando-se um preto reflexivo. Por meio segundo, Silvestre viu o brilho das próprias pupilas em fenda, o par de orelhas achatando-se no topo da cabeça. Todos seus pelos estavam arrepiados, e o rabo chicoteou e atingiu a balaustrada atrás dele. Quis fechar os olhos, mas a tela piscou de novo, dessa vez tocando outra gravação.

— *Felis silvestris* foi uma espécie de pequeno mamífero domesticado na Terra Ancestral para a companhia humana — anunciou uma vendedora bastante animada. — Embora extinto devido a uma cepa supercontaminante do vírus da FELV, esse animal teve seu genoma reconstruído e adicionado ao plantel da nossa companhia e, em breve, poderá ser adquirido na sua forma original ou como espécimes quiméricos para laboratórios autorizados...

Silvestre gritou ululante, rascante, e atingiu a tela com um tapa de mão aberta. O cristal trincou sob suas unhas afiadas e um fragmento se alojou fundo entre os dedos.

— Isso só pode ser mentira — ele gritou, rouco. — Dra. Charlote estudava *serpentes*. Ela me ensinou. Eu sou um estudante.

Algumas das luzes do painel se apagaram, a tela tentou ligar de novo, mas tudo que conseguiu foi reproduzir o mesmo tom frio, lúgubre, dos olhos de Bast.

— Dra. Charlote Moreau pesquisava cognição e comportamento. Sua tese de doutorado era. Pensamento. Científico. Em. Organismos. Zooantropoides. Ela te ensinou ciência, Silvestre, para saber se você era capaz de aprender ciência.

O coração dele afundou entre a luz pálida do teclado, como uma pedra caindo no vazio, como uma estrela se apagando no espaço.

— Mas havia outros! Nós éramos uma equipe. Manul, Lybica... — Sua mente se debateu contra os nomes. — Por que é que eles não estão...

Por que é que tanto das suas memórias eram um espaço vazio? Por que é que não conseguia se lembrar dos rostos, das vozes? Por que é que não os via há anos?

— Vocês eram espécimes num estudo, Silvestre. O que acontece com os espécimes ao fim do estudo?

O gosto da pizza de atum ressurgiu de repente, ardendo feito ácido e quente feito fogo. Ele se curvou e caiu de joelhos, mas não conseguiu vomitar. Cada músculo de seu corpo parecia travado, dolorido de desespero.

— Você era o mais inteligente, Silvestre. O mais curioso — a voz de Bast continuou, além do pulsar distante em suas orelhas. — Dra. Charlote Moreau não conseguiu fazer o mesmo com você. Mas ela também não te levou para casa quando a estação foi desativada. Você é a última criatura viva e inteligente de Medeia.

Finalmente ele vomitou, os restos da pizza deixaram sua garganta num som rascante e animalesco que o fez desejar trocar de pele.

— Mas as serpentes...

— Não há serpentes, Silvestre. É estatisticamente improvável que uma criatura tão grande viva nos oceanos de Sísifo. A foto deve ter sido um erro do satélite.

De alguma forma, ele caíra de lado, e estava em posição fetal, com o rabo entre as pernas, encarando o chão empoeirado. O cartão dourado brilhava sob a mesa do painel. Naquele breu de desespero, parecia uma fagulha.

— Não — ele agarrou o cartão e ficou de pé —, eu acredito nas serpentes. Estão lá fora, e vão ascender para beber água da chuva.

A IA não bloqueou o acesso de Silvestre quando ele utilizou o cartão dourado para abrir a porta do aeroplano e iniciar seus controles. Depois de se afivelar na cabine, pressionou os únicos dois botões cujas funções conhecia: um acionaria a porta da pista de decolagem, e a redoma de cristal além dela, permitindo que tomasse os céus de Sísifo. O outro colocaria o aeroplano numa rota de patrulha pré--programada sobre o oceano.

— Não faça isso, Silvestre — Bast disse, monotônica, do painel. — Tem uma nave preparada para você. Vai levá-lo até Cygnus. Sob a nova constituição, você tem direitos garantidos...

— Por que é que você se importa? Nenhum de nós é uma pessoa, de qualquer forma.

Ele apoiou a cabeça no assento e segurou as próprias mãos no colo quando as hélices rugiram. O aeroplano acelerou pelo corredor e mergulhou no ar. Por meio segundo, pareceu uma queda — até que o pelicano empinou o bico para cima e passou zunindo pelo prédio, os complexos habitacionais cada vez menores. A cúpula de vidro — a última fronteira entre Medeia e o crepúsculo de Sísifo — passou como um borrão, e de repente ele estava entre as nuvens, acelerando, deixando para trás a estação e cruzando um platô escuro, denso, cinzento.

Mal podia enxergar além das vidraças do aeroplano. O mundo todo parecia traçado em chumbo e carvão, envolto em nuvens pesadas que sacudiam as asas da aeronave. Em algum lugar no céu, a pequena e fria Lachesis-97 descia o horizonte, mas Silvestre não conseguia enxergá-la direito. Só via fiapos de um céu distante, de um crepúsculo tempestuoso, que passavam feito raios pela janela.

Cor de vinho... Bast dissera, e Silvestre não conseguira sentir aquela cor. De repente, ele sabia.

Era a cor de um filhote de macaco tropeçando numa gaiola de aço, agarrando-se a uma boneca e tocando o rosto aterrorizante da falsa-mãe apenas porque era o único contato que conhecia. Era a cor da solidão, de se arrastar pela estação abandonada, acreditando que não estava sozinho, que era alguém, até que não fosse nada além de um fantasma, desejando ser feito de carne e osso.

Uma luz urgente começou a piscar no painel, e Bast logo desfiava seus avisos, mas Silvestre fingiu não ouvir. Se as serpentes não eram reais, ele também não era.

E não havia diferença entre céu, solo e mar.

Quando as luzes da cabine se apagaram, ele fechou os olhos e nem fez questão de se preparar para o impacto.

* * *

Silvestre acordou com frio. Uma crosta de lágrimas congelara sobre seu rosto e o ar da cabine do avião vazava num sibilo intenso. Uma luz pequena, fria, oscilava na escuridão.

— Peço desculpas — a voz emanou, não do painel, mas do exterior do aeroplano, daquele brilho tênue além da vidraça trincada —, mas. Violei. O. Protocolo. Comando inicial rejeitado devido à instabilidade emocional do condutor. Pouso de emergência realizado a. Dois. Quilômetros. Da. Estação. Tem uma nave preparada para você, Silvestre.

Os olhos dele não enxergavam cores, mas se adaptaram rapidamente à escuridão do crepúsculo. Havia um pequeno gato robô, encarapitado sobre a vidraça quebrada do avião, resistindo aos ventos da tempestade.

— Por que, Bast? Por que você se importa?

Ela ficou em silêncio. A luz nos olhos pequeninos piscou.

— Fui programada para preservar a vida dos habitantes desta estação, Silvestre — respondeu, depois de um momento. — Não sou uma pessoa. Mas você é. Não morra aqui. Você. Foi. Gentil. Comigo.

— Nós jogamos muito videogame juntos, não foi?

Ele pegou uma máscara de oxigênio antes de descer do aeroplano. Estava tão frio que mal sentia as próprias pernas, o mundo uma revolução de cinzas e sombras conforme a tempestade varria as últimas folhas da vegetação sisifiana. Ele jamais teria encontrado qualquer caminho naquela escuridão violenta... se não fosse um gato brilhante mostrando o caminho.

A pista de lançamento da nave espacial ficava no exterior da estação: um enorme elevador de metal que por um milagre ainda funcionava e os içou lentamente até o corpanzil suspenso, retorcido, da monstruosidade mecânica.

Silvestre não entendia nada daquele tipo de veículo, mas não precisava. Uma porta levadiça se abaixou, revelando um interior simples, banhado numa luz convidativa. Ele praticamente rastejou para dentro, se contorcendo de frio enquanto Bast agachava ao lado dos controles. O painel se iniciou com rapidez, os tons e ritmos de suas luzes sincronizadas com os olhos luminosos da gata.

Depois de alguns minutos no ambiente climatizado, Silvestre conseguiu se arrastar até uma poltrona na cabine, afivelando-se no lugar. Um zumbido profundo emanou do corpanzil de metal da espaçonave conforme ela subia lentamente, esforçando-se para ganhar velocidade na atmosfera e quebrar o encanto da gravidade.

— Você. Tem. Medo. De. Altura, Silvestre? — Bast perguntou, do corpo felino.

— Depois de hoje, acho que sim. Mas quero ver Sísifo pela última vez.

Uma longa placa digital acima do painel se acendeu e tremulou, projetando a visão do exterior da nave como se fosse uma enorme vidraça. Os mesmos borrões de nuvens e terra cinzenta ficando cada vez menores passaram pela tela, tudo raiado por gotas de chuva e geada cintilante. O altiplano cinza quebrou-se em penhascos pálidos.

O mar. Pela primeira vez, Silvestre via o mar, escuro e raiado de branco feito uma chapa de granito, furioso, como se desejasse se unir aos céus.

A tempestade se adensou, violenta, e a monstruosidade mecânica oscilou, perdendo altitude. Silvestre afundou as garras no estofado. O mar ficou mais e mais perto, ondas tão altas quanto arranha-céus. Uma delas se rompeu ao meio, como se separada por uma lâmina de prata e... Silvestre viu cores.

Como os arco-íris das lendas, dançando em escamas metálicas. Cores de gelo e fogo, dos mistérios do fundo do oceano e do coração das estrelas. Um olho gigantesco, de pupila fendida, passou bem adiante da câmera panorâmica, e a serpente abriu a bocarra como um cesto, sorvendo água do mar. Um flanco ornado em guelras de todas as cores do amanhecer roçou contra a espaçonave quando a serpente mergulhou de volta, e como um fantasma, desapareceu no mar, deixando para trás um rastro de espuma e diamantes.

Silvestre demorou um momento para se mover, para falar, para respirar.

— Bast... as câmeras registraram isso?

— Afirmativo, Silvestre.

— Por favor, apague as imagens. Não precisamos de ninguém voltando aqui.

Bast chilreou em resposta, e depois de um momento, o corpo de robô felino saltou para o colo de Silvestre, onde sentou em forma de pão, ronronando.

Deixaram Sísifo para trás, e com o planeta, quinze anos de fria escuridão.

LIN
Uma história do
C.O.N.E

Glau Kemp

Seu Filho, o próximo passo da evolução humana.

"Em um mundo onde as máquinas suprem todas as necessidades da vida moderna fazendo uso das inteligências artificiais, só há espaço para humanos evoluídos. É isso que você terá ao conceber seu filho no sistema C.O.N.E. Geneticamente perfeitos com talentos predeterminados pelos pais: saúde, força física, habilidades sociais, dons artísticos e intelectuais.

C.O.N.E. Educação genética, o futuro HOJE!

Respiro fundo ao ver minha irmã tentar se diferenciar de mim ao fazer duas tranças finas que contornam seu rosto exatamente igual ao meu. Até os dois pequenos sinais no queixo cresceram em velocidade equivalente, os cachos do cabelo cor de chocolate torcem para o mesmo lado, dividimos a numeração do uniforme e o macacão azul, tamanho PP, fica levemente folgado no mesmo ângulo do quadril. Para olhos destreinados somos a mesma pessoa, quando alguém que não é próximo nos chama, as duas olham, porque temos o mesmo nome, todos os gêmeos do C.O.N.E têm, mas para os amigos sou a Lin com dois "ns" a mais, é um Linnn longo e musical, para quem é íntimo sou a Linnn que gosta de ler, de pintar, tocar violino e estudar ciências biológicas e história antiga. Minha irmã gêmea é a Lin mais bonita, como se isso realmente fosse possível, pois geneticamente somos a mesma pessoa. Um DNA construído letra a letra no laboratório, entretanto minha irmã consegue arrumar o cabelo de um jeito que os cachos estão sempre perfeitos e seus cílios se curvam sedutoramente quando pisca devagar. São coisas dela, pequenos dons naturais que nada têm a ver com a receita de proteínas encomendadas por nossos pais.

— Prometi ao Raul que faria tranças hoje — diz minha irmã orgulhosa da pequena transgressão.

Na colônia, os tutores não autorizam esse tipo de coisa, está no nosso manual do aluno. Eles chamam de dismorfismo corporal qualquer rabo de cavalo ou manga do uniforme dobrada sem justificativa lógica, essas pequenas diferenças recebem punição, *é da nossa natureza sermos perfeitos e iguais*, sempre dizem.

Toda manhã os internos de cada ano se enfileiram no pátio e os tutores passam fazendo a vistoria do uniforme, se um fio de cabelo estiver fora do lugar, um tutor aperta um botão e você perde um pouco do seu valor. Nas portas dos quartos de todos os gêmeos têm um painel com várias barras embaixo do número correspondente. Atualmente eu sou o número 30 e a Lin é a 29. Já fomos o 12 e o 13, mas isso faz muito tempo, tínhamos dez anos e mais vontade de ser as número um e morar na cobertura. Dizem que o número um tem uma banheira de água quente e todo tipo de chocolates e doces em potes coloridos. Jogos aos montes e acesso à internet de verdade, a rede mundial, e não isso que temos acesso aqui para os estudos.

Com a aproximação da cerimônia de formatura, parece que nunca vamos conseguir chegar ao número um e ver a paisagem do topo. Já ouvi dizer que dá para ver o Cristo Redentor lá de cima.

Falta só um mês para nosso aniversário de quinze anos e para que, de fato, nossa vida comece no mundo real fora do C.O.N.E. Eu já desisti de subir tão alto, eu só queria mesmo ser a primeira do meu quarto, porque é isso que vai fazer diferença lá fora, somente o melhor gêmeo, aquele com pontuação maior recebe a habilidade especial na formatura. Ninguém sabe o que será, foi algo escolhido por nossos pais antes de nascermos, quando éramos apenas moléculas em uma placa de petri. Eles escolheram tudo por nós, à primeira vista parece algo ruim, como se toda nossa vida fosse decidida por outra pessoa, mas eu gosto das minhas habilidades, gosto de poder pintar quadros e sujar meu macacão de tinta de manhã e ir para o laboratório ver células no microscópio à tarde, estou sempre vendo o mundo por lentes diferentes e coloridas, infelizmente isso não costuma ajudar muito nos torneios mensais. Lin me culpa por isso, vejo esse ressentimento no canto dos seus olhos, entre os cílios volumosos e a boa educação quando minha irmã diz — *Da próxima vez você vai se sair melhor* —, ela me culpa por nós cairmos ano a ano e nos afastarmos do topo do prédio.

As tranças são apenas um lembrete do quanto minha irmã é superior a mim, são cinco barras diferentes no nosso gráfico, olho para o quadro luminoso na porta do quarto antes de sair. O número 29, em azul, está na frente cinco barrinhas acima de mim, assim como o colar dela, que pisca o número 29 cinco vezes, sempre me lembrando disso. Ao descer o elevador fico chateada mais uma vez, sei que quando o tutor vir as tranças vai descontar uma barra dela. Minha irmã está tão à frente de mim que pode queimar uma barra só para chamar a atenção de um garoto metido.

Mas hoje é dia de torneio e eu posso pontuar mais, sei que posso se as provas não forem só os pontos fortes da Lin. Mês passado as habilidades mais requeridas foram relacionadas a números, natação, fôlego e força física. Quando eu vi bolas de ferro numeradas no fundo da piscina, me deu vontade de chorar, porque as habilidades que Lin mais se dedica são justamente matemática avançada, programação e natação. Espero que hoje o torneio me favoreça.

* * *

Chegamos ao pátio, o tutor observa a trança da Lin de longe, ele tira o contador do bolso e eu sinto o riso contido de Raul ao nosso lado.

— O que deu em vocês hoje que resolveram começar o dia do torneio queimando barras? — ele pergunta e ninguém pretende responder. É assim que as coisas funcionam, mas as rugas no alto de sua testa revelam sua irritação além da habitual. — Vai perder quatro barras, querida. Duas por cada trança. — Anuncia ao tocar de leve uma mecha de cabelo.

As palavras entram por meus ouvidos e chegam até o estômago, pegando caminhos estranhos dentro do meu corpo, embrulhando o café da manhã. O sol mal nasceu, sua luz ainda engatinha alaranjada pelas pedras do pátio. Ninguém mais está rindo e agora estou a apenas uma barra abaixo da minha irmã. Olho rapidamente para o pingente no meu pescoço e o número trinta pisca uma vez, pisca só uma vez, se eu pular um centímetro mais alto que ela ou fizer qualquer coisa minimamente melhor, estarei na frente. Pode acontecer, basta que a prova não seja calcular a merda de um monte de letras e números esquisitos, e vamos combinar, completamente desnecessários.

Eu posso conseguir.

— Que isso sirva de lição para todos vocês. Estamos a um mês da formatura e da tão esperada cerimônia do 15º aniversário. Só um gêmeo vai receber a medalha códon, um implante cerebelar com uma ultra-habilidade determinada por seus pais. — O tutor indica o próprio pescoço mostrando a cicatriz do implante. Ele é impressionante, faz cálculos tão rapidamente quanto uma máquina, talvez seja até mais eficiente que muitas IAs, porque seu cérebro toma atalhos e faz sinapses que as máquinas não têm criatividade para fazer. — Vocês são a evolução e lá fora não há espaço para nada que seja menos que extraordinário. — Ele indica o painel atrás de si e um contador começa a crescer até cem. — Essa é a simulação de toda a riqueza do mundo que só estará acessível para os melhores, vocês, eu espero. Seus pais pagaram muito caro por isso. — Meu pingente pisca e zera ao indicar que a partir de agora todos somos iguais, mas cada dupla de irmãos está ligada, nossos pontos são somados para determinar a posição no final e, de acordo com a contribuição de cada um, nossas barras são repartidas. — Todo mundo começa a vida zerado, sem experiências ou habilidades, exceto vocês. — O número cem pisca no painel e as portas do galpão atrás do instrutor se abrem. O torneio vai começar quando a sirene tocar. — Porque vocês são especiais, são filhos do C.O.N.E e o futuro da humanidade.

A sirene ressoa e as trinta e cinco duplas correm em direção às portas. Isso é algo que sei fazer, posso correr mais rápido que quase todos, esse é o meu esporte, no momento só venho perdendo para a número dois.

Em algum momento Alissa aparece ao meu lado, todos estão um pouco atrás de mim, ninguém sabe que provas nos esperam dentro do galpão, mas o quanto antes chegarmos e entendermos o que tem que ser feito, melhor. As provas são individuais, porque é assim que vamos estar no mundo dos adultos, sem tutores ou colares com números. Nossos valores serão determinados por outras coisas, pelo que possuímos, ou somos capazes de fazer, aqui dentro as métricas são as barras luminosas e números em um pingente, lá fora não sei exatamente, provavelmente números também. Aqui somos forjados para vencer. As primeiras coisas que eu vejo, ao entrar no galpão, são longas esteiras pretas, com uns vinte metros de comprimento que terminam em telas luminosas.

É uma corrida!

É uma maldita corrida, posso fazer isso, vejo a esguia Alissa e suas longas pernas pularem na esteira antes de mim. Rapidamente chego à minha posição e uma animação começa emitindo uma voz suave:

— A prova acaba quando você descer ou cair da esteira. Aperte o botão. — uma animação de um bonequinho caindo de bunda no chão fora da esteira se repete , eu aperto e uma onda de choque dispara por todo meu corpo, caio de joelhos no chão e a esteira me carrega para trás. Ouço gritos, o choque nem é tão forte, mas dói o suficiente para que eu não queira nunca mais apertar o tal botão. Coloco-me de pé novamente e corro devagar, sentindo os músculos da perna se acostumarem com o ritmo, minha tela mostra o número um, olho para os lados e vejo vários "zero" e poucos números "um". Não vai ser só uma questão de velocidade, mas sim de resistência. As palavras dizem para eu apertar o botão de novo. Ninguém está apertando, todos sabem que o choque vai acontecer e procuram uma alternativa, geralmente as provas do torneio têm várias etapas, jogos mentais e caminhos diferentes, olho em volta e o resto do galpão está vazio, talvez seja só isso, correr e apertar. Mas até quando?

Aperto o botão na tela, a descarga vem, perco o equilíbrio, chego a colocar a mão no chão, mas fico de pé e volto a andar, sem pressa, só metabolizando o tremor nos ossos. O número dois aparece na minha tela. Troco olhares com Alissa, ela também deve ter percebido, é sutil, mas a esteira ficou um pouco mais rápida, então eu corro porque é isso que sei fazer, em ritmo lento, sem me exaurir, isso é uma maratona. Vejo meus colegas se apressarem para apertar o botão, alguns estão no número três ou quatro, *vão cansar.* Alissa me acompanha no trote, não consigo ver como a Lin está a cinco ou seis esteiras de distância. Cada um tem sua estratégia, estou no número cinco quando ouço um barulho alto, temos o primeiro eliminado e depois dele, um a um, os concorrentes vão caindo feito mosca. À minha direita está o Raul, ele dá tudo de si, alcançou a velocidade quinze e seu macacão está pesado de suor. Fico satisfeita com minha velocidade nove, é uma zona de conforto, posso ficar a próxima a hora nesse ritmo sem transpirar.

— Sabe que não vai conseguir, né? — Ouço a voz fina de Alissa penetrar meu ouvido esquerdo, mas nem olho em sua direção. Ela parece calma e confiante. Quer me desestabilizar. — Sua irmã não parece muito bem.

Isso realmente é um problema para quem quer ser o primeiro e morar na cobertura, posso até vencer esse torneio, mas se a Lin sair muito cedo no saldo final vamos cair várias posições, isso acontece muito. Contudo, minha meta é só passar a Lin, é só ser especial para minha família e nada além disso. Depois que eu ganhar a medalha códon nada mais vai importar, todos esses anos ficando um número atrás serão apenas um detalhe de uma história motivacional que vou contar às pessoas, anedotas para almoços em família. Acelero o passo e aperto o botão, o choque é quase terapêutico, os olhos cheios de água denunciam o real efeito sobre mim. Desvio levemente o olhar e acompanho o corpo de Raul ser lançado com rapidez para um dos cantos, ele invade a esteira ao seu lado e derruba o próprio irmão. Acabou para eles.

— Menos dois — Alissa comemora.

Ouço uma briga começar lá atrás, os irmãos estão discutindo. O motivo é o mesmo, alguns de nós perdem muito tempo tentando ser muito melhor que o irmão, mas a questão é que só vencem de verdade aqueles que são extraordinários juntos. O tutor para à minha frente, seu rosto se mistura à tela projetada, os dentes brilhando, pixelados, em um riso estranho.

— É hoje que você vence a Lin? — ele pergunta mostrando os dentes perfeitamente brancos e quadrados, nada naturais.

— Sim, senhor — respondo no automático, mesmo sua pergunta sendo retórica.

Com a saída de Raul e seu irmão igualmente convencido, consigo ver Lin. Uma das tranças está se desfazendo, não consigo ver o número em sua tela, mas sua esteira está mais rápida que a minha. Duas manchas grandes escurecem o macacão embaixo das axilas. Vejo o exato momento em que ela aperta o botão, é desesperador, suas pernas se cruzam fazendo um X e o corpo tomba de lado feito o tronco de uma árvore sendo derrubada, o som dói profundamente, como se nossas células estivessem ligadas por fios invisíveis. Minha irmã perdeu.

Isso significa que eu ganhei.

Eu ganhei!

Um feito inédito, a adrenalina toma conta das minhas pernas e disparo na corrida, aperto o botão e o choque vem, chego a pular com a descarga, mas não caio desta vez. Escuto vários estrondos, todos estão caindo, no frenesi aperto o botão uma vez após outra, 15,16,17,18,19... Meus olhos estão ardendo e lágrimas escorrem, mas, no fundo, sei que não é da dor e nem do cansaço, essa água salgada vem de outros lugares, motivados por coisas que prefiro não pensar agora ou corro o risco de cair. Contudo, os pensamentos emotivos têm esse péssimo hábito de se instalarem na nossa cabeça nos piores momentos possíveis, tenho que me concentrar, mas minha atenção desvia lentamente para o dia do meu aniversário e a ansiedade de saber como vai ser.

Alissa também dispara e, a certa altura, acho que só restamos as duas.

O tutor volta para nos observar, ele gosta de ver o sofrimento de perto, não raro o vejo sorrindo diante do choro de alguém. Um vulto rápido cresce ao meu lado, é o corpo de Alissa caindo sobre mim, suas unhas agarram meu pescoço me puxando para trás, mas eu me estico por meio segundo e aperto o botão mais uma vez. A descarga elétrica reverbera com força diminuída e, antes de chegar ao chão, no final da esteira, a sirene dispara. O torneio acabou.

Olho para as nossas telas e lá estão os números 21 e 23. Ainda estou no chão quando um burburinho se espalha, os pingentes em nosso pescoço começam a piscar, os números girando até parar na nossa posição. Lin vem em minha direção e me ajuda a levantar. Ela não está feliz, assim que me levanto ela segura meu pingente entre os dedos finos e sussurra incrédula:

— Você é a número um.

Gente que não fala muito comigo vem me parabenizar, alguns tão surpresos quanto eu. Meu corpo inteiro queima, o abraço da minha irmã é frio, assustado, as pessoas se aproximam dela primeiro, força do hábito, depois me apertam a mão com um sorriso amarelo. Algo quente escorre pelo pescoço, é sangue e me dou conta de que o ferimento é resultado do ataque de Alissa, que é a última a estender a mão, as unhas grandes cheias de carne por baixo, a minha carne.

— Você vai gostar lá de cima — ela fala alto enquanto olha para a cobertura do prédio. Chamando a atenção de todos para a cobertura, então me abraça e sussurra no meu ouvido. — Não coma os doces.

Acho que é uma brincadeira e começo rir, mas o rosto de Alissa está rígido, as linhas que costumam surgir ao redor dos lábios quando ela sorri parecem que só existiram em meus sonhos. As sobrancelhas loiras e ralas se transformaram em dois traços retos e sem vida. Há algo errado, mas não há tempo para descobrir. O instrutor acena e chega a hora de conhecermos nosso novo quarto, deixamos o torneio sob aplausos, como de costume. Subimos o elevador de portas brancas, ele só abre para poucas pessoas e, a partir dele, tudo é novidade para nós duas. Vamos subindo, e vendo através da parede de vidro, o mundo ficar pequeno lá embaixo, ao mesmo tempo que o horizonte se agiganta mostrando os prédios altos da cidade ao longe.

— Preciso que tomem banho e troquem de roupa para a reunião do G10. Volto no final da tarde.

Lin solta um gritinho e aperta a minha mão antes de sair correndo para dentro do quarto assim que as portas do elevador se abrem dentro de um cômodo imenso. É maravilhoso, parece o cenário de um filme antigo, é bonito e não tem aquele aspecto asséptico dos quartos que ocupamos nos últimos catorze anos. Almofadas felpudas de várias cores amortecem meu corpo quando me jogo em cima da maior cama que já vi na vida. Vou até a sacada ver a paisagem, é deslumbrante, o ar entra fresco e as janelas não têm grades como nos outros quartos. Acho que eles pensam que ninguém nessa posição iria querer se jogar. Quem desiste do jogo quando está ganhando?

Minha irmã surge com um pote cheio de chocolates, a boca entupida deles, manchando os dentes. Penso em comentar sobre o que Alissa disse, mas é tarde, ela está comendo e o que de pior que pode acontecer? Ela ter uma dor de barriga depois?

— Este é o melhor dia da minha vida! — ela grita ao encontrar a roupa que vamos vestir.

Geralmente é sempre o mesmo macacão azul, mas hoje não. Na reunião do G10, as duplas vencedoras se produzem para uma festa e dois vestidos brilhantes nos esperam.

— É exatamente do nosso tamanho — diz ela colocando o vestido na frente do corpo e se olhando no espelho.

— Será que eles fazem uma roupa de festa pra todo mundo nos torneios? — pergunto ao chegar perto e ver como o vestido lilás é bonito.

— Vem logo! Vamos explorar — Lin me convida saltitante.

Aceito tudo o que a minha irmã propõe, porque este momento parece ser mais dela do que meu, ainda me sinto anestesiada por ser a número um. O quarto é incrível, cheio de maquiagem e pequenos enfeites que nem sei como usar, passamos o dia tentando descobrir.

* * *

No fim da tarde, com o sol já escondido, chegamos no espaço da festa. Minha confusão deve ser evidente, pois sinto o peso do olhar das pessoas sobre mim. A festa é no terraço do prédio, ornamentado com muitas flores e reproduções de objetos de arte dos principais museus do mundo, pilares de pedra sustentam nano areia que pode reproduzir com exatidão qualquer obra de arte que digitarmos no totem.

Alguém selecionou o Busto de Nefertiti e eu toco o rosto avermelhado com satisfação, sabendo que jamais poderia fazer isso na peça original. O vencedor da turma 14 se aproxima e me dá os parabéns, é um menino forte e se porta com naturalidade no ambiente, em seu pingente o número 2 pisca.

— Como se sente prestes a deixar esse lugar? — a pergunta dele me resgata do torpor das últimas horas.

— Assustada — respondo sem pensar, me dando conta dos braços cruzados na frente do corpo, os dedos nervosos apertando fundo na pele deixando marcadas as digitais.

— Justo, não vejo a hora de chegar na turma 15 como você.

— Você parece ir bem. Não deve ter motivos para se preocupar. — Olho em volta e todos estão ocupados com a mesa de comida. Por que esse menino é o único a perder o tempo do banquete comigo?

— Otto — ele estica a mão se apresentando.

— Linnn — eu retribuo.

Ficamos ali uns segundos observando um pequeno atrito dos irmãos da turma 5. São muito pequenos para isso tudo, mesmo que o terno e a gravatinha tentem dizer o contrário.

— Como se sente tendo certeza de que vai ganhar a códon? — Otto pergunta enquanto passa as opções de obras de arte para o lado na tela.

— Ganhei hoje, mas não sei o que mais vai acontecer, pelas minhas contas ainda temos algumas semanas pela frente até a formatura. Será que vai ter outro torneio ou esse é o definitivo? — Me sirvo de uma bebida amarelada para tirar a secura da boca.

Otto me encara longamente, seus olhos são de um cinza-escuro que contrastam bem com a pele bronzeada não me dizem nada quando se estreitam devagar, quase como se tentassem guardar um segredo.

— Vem, vou te mostrar uma coisa. — Seu convite é levemente sedutor, sinto um frio no meio das costas, e o sigo a passos curtos, o tecido do vestido dançando com brilhos diferentes conforme a luz bate, chamando mais atenção do que eu gostaria.

Chegamos no lado oposto do terraço e ficamos a sós, longe do burburinho e da comilança. Otto aponta para o horizonte iluminado da cidade distante, entre nós e eles, entre o C.O.N.E e o mundo lá fora, tão pouco conhecido por nós, existe uma floresta e espelhos d'água, mas de noite nem parece que somos uma ilha artificial.

— Tá vendo aquele prédio? — pergunta ele, olhando e apontando o dedo para o horizonte.

— Vejo dezenas deles — respondo rindo.

Otto se aproxima de mim, tão perto que sinto o perfume mentolado de seu cabelo úmido. Ele é mais alto, então se encurva um pouco para tentar igualar o rosto ao meu e continua insistindo para que eu saiba exatamente de qual arranha-céu está falando.

— É esse, o terceiro mais alto com cinco luzinhas vermelhas piscando no topo. Tá vendo?

— Sim — minto antes de ver realmente. Só para ele se afastar um pouco, em outra situação algum drone já teria se aproximado de nós para relatar contato íntimo inapropriado. Sinto meu rosto aquecer quando ele fala propositalmente perto do meu ouvido.

— É de lá que as ordens vêm — Otto respira fundo e complementa —, eles decidem nosso futuro número 1. Se você está aqui hoje é porque alguém lá naquele prédio quis assim.

— Como sabe disso? — Me afasto perdendo um pouco da paciência. Os meninos pequenos continuam brigando, um deles chora alto e chama a atenção das pessoas na festa. No começo, Otto parecia interessante, agora me dou conta da conversa marota e da intenção de querer me arrastar para o canto mais escuro da festa, longe dos olhos dos nossos tutores e, possivelmente, das câmeras.

— Sei porque a dona daquele prédio é a minha mãe — ele responde com um leve toque de tristeza.

Fico parada metabolizando a informação. O jeito que ele fala "minha mãe" parece íntimo e raivoso, não remete à intenção de alguém que quer impressionar ou tirar alguma vantagem. Dou um passo à frente me aproximando de novo. Nenhum de nós dentro do C.O.N.E. conhece pessoalmente os pais, eles iriam nos estragar com presentinhos e bajulações, dizem os tutores com frequência. Em vez disso, recebemos mensagens e um presente especial todo ano.

— Por que não devemos comer os doces? — disparo a pergunta entalada desde cedo.

— Eles deixam a gente dócil — Otto responde encostando os braços no parapeito. — Olha só os garotos do 5.

Me viro para olhar os meninos, há pouco brigavam e agora estão sentados educadamente, um tutor ajeita a roupinha deles e a comoção de antes ficou no passado. Procuro Lin e ela está sentada, a certa distância, em um sofá conversando animada com outras pessoas. Tudo parece muito calmo e descontraído, mas dentro de mim uma tensão efervescente cresce.

— Se vai me contar alguma coisa é melhor fazer isso agora. — Minha voz sai mais dura do que imaginei.

— Acho que um doce não lhe faria mal. — Otto deixa as palavras irônicas escorrerem pelos lábios, a urgência de trinta segundos atrás se perdeu. Um drone passa por nós e não para, ignora que estou a um palmo de um garoto em um canto escuro.

Isso significa alguma coisa. Talvez seja um teste.

— Eles te escolheram, Linnn. — Ele acerta meu nome, e de todas as pessoas desconhecidas da festa ele se torna meu desconhecido favorito. O jeito que a ponta da sua língua bate nos dentes para pronunciar dois "ns" a mais é perfeito.

Ele deve ser um teste!

Talvez eu pudesse fazer perguntas inteligentes para descobrir, mas faço a única coisa que realmente sinto vontade, dou um passo à frente e beijo seus lábios. Assim saberei se ele é real ou uma armadilha qualquer para testar a lealdade da número 1. Nunca beijei ninguém, mas o beijo é doce e quente e se Otto não fosse de verdade não seria assim, não seria capaz de fazer minhas pernas de corredora perderem as forças e meu corpo superaquecer em segundos. Ele, sem dúvida, é humano porque me puxa para mais perto e não se separa de mim até que meus lábios estejam dormentes.

— Sinto muito... — Ele se afasta delicadamente. — Não sei o que acontece quando eles te escolhem, mas tenho certeza... não é bom. — Não eram as palavras que eu esperava ouvir após meu primeiro beijo. Otto me abraça uma última vez. — Não sei como isso pode te ajudar, mas acho que eles usam água. Se cuida, Linnn.

Fico o resto da festa repassando meu dia e é um catálogo de acontecimentos incríveis e inesperados. Nada estranho acontece além daquilo, ou se acontece, estou aérea demais para notar. Minha barriga ronca, mas não como, não quero ser dócil, vejo Otto uma última vez, ele pisca de leve para mim e sinto raiva ao notar como estou derretendo diante dele. A festa termina quando um tutor nos leva de volta para o quarto, ele nos enche de perguntas bobas querendo saber como nos sentimos e se estamos felizes, Lin responde por nós duas. Ele entra conosco no quarto e acessa um cômodo que nós nem sabíamos da existência, uma parede desliza revelando uma piscina de fundo luminoso.

Água.

Meu corpo estremece e chego a encostar em uma parede para não perder o equilíbrio.

— A água é quente, não se preocupe. A última tarefa de hoje é um banho relaxante. — Ele indica um conjunto de roupas em um canto. — Preciso que vistam isso e coloquem o capacete, é o primeiro teste para a medalha de vocês. Os outros vão fazer isso amanhã em cadeiras desconfortáveis — diz ele, fingindo ser divertido. — Vou esperar do outro lado até vocês se trocarem.

Lin obedece prontamente, veste o maiô e ajeita o dispositivo no alto da cabeça, é como um capacete aberto que envolve várias partes com uns óculos quadrados embutidos. Fico paralisada vendo a cena, a luz no fundo da piscina deixa tudo fantasmagórico. Sem opções, sigo as ordens, o que mais poderia fazer a essa altura? O capacete é apertado, cheio de pontos macios que penetram no couro cabeludo. O tutor se senta em uma poltrona e começa a mexer em um tablet fazendo com que as luzes do capacete se acendam.

— Vem, a água tá muito boa — minha irmã comemora, ignorante de todas as minhas preocupações. — É sério, esse é o melhor dia da minha vida. — É a segunda vez que Lin fala isso e é uma declaração esquisita, não combina com ela, só seria verdade se ela fosse a número um. O normal seria a expressão incrédula e ofendida de mais cedo quando teve de apertar meu pingente entre os dedos para se convencer da veracidade do resultado.

O tutor levanta os olhos da tela e me encara com semblante intrigado e acabo me rendendo, deixo meu corpo flutuar na água quente por um tempo com olhos fechados e a respiração calma, mas ouço a voz do tutor dizer que eu devo abrir os olhos. É uma sensação dolorosa, como ser sugada por uma tubulação gigante repleta de luzes cintilantes, sinto agulhas serem introduzidas na minha cabeça e algo gelado ser injetado ao som de um clique. Tento me mexer e o corpo não obedece, a língua enrolada escorrega para a garganta e meu corpo começa a afundar dentro da água. Antes de perder a visão, consigo ver a Lin e as bolhas que sobem na superfície da água, seu corpo parece uma sombra imóvel indo para o fundo da piscina.

* * *

72 horas depois

Ao acordar, não sei especificar qual minha última lembrança. Estou sentada em uma cadeira confortável com um vestido cheio de camadas. Identifico vários internos do meu ano, estamos enfileirados de acordo com nossos números, mas ninguém parece mais orientado do que eu, seus olhos também estão vazios. Meu pescoço dói e uma mulher está ao meu lado segurando minha mão. Meus olhos se enchem de água, porque não é só uma mulher, é minha mãe. Vi seu rosto poucas vezes, só em ocasiões especiais e através de uma tela, mas memorizei cada linha de expressão. Não sei como vim parar aqui dentro desse vestido, mas me sinto grata pela presença dela. Me dou conta de estar na lateral de um palco e vejo uma mulher de certa idade falar para um público totalmente adulto. Imediatamente pensei: *são os pais*.

— Sejam todos bem-vindos à formatura da 15ª turma do sistema C.O.N.E. — A plateia ricamente vestida aplaude a apresentadora. — Hoje nossos jovens completam quinze anos e serão entregues ao seio de suas famílias. Não aceitamos devoluções. — Todos riem com a piada. — Peço que fiquem de pé para receber nossa aluna número 1 desta edição da medalha códon.

Minha mãe se levanta e me direciona para o centro do palco, onde uma cadeira muito antiga, parecida com um trono real, me aguarda. Alguém segura uma tiara e uma pequena caixa como de uma joia. Todos aplaudem de pé e sorrio por educação, mas minha cabeça está vazia e dolorida. Ao sentir a tiara ser colocada na minha cabeça, tenho um flash e lembro da piscina.

— Onde está a Lin? — pergunto aflita.

— Está bem aqui, minha princesa — minha mãe responde sorridente, orgulhosa. Não sei o motivo, mas começo a chorar. — Olha como é bonita. — Ela abre a caixa da joia e é a medalha códon. — Vire a cabeça, por favor, meu bem.

Obedeço sentindo algo magnético se aproximar e penetrar na lateral da nuca. Minha visão apaga e volta em um instante e, se antes minha cabeça estava vazia, agora está muito, muito cheia. Finco as unhas nos braços das cadeiras, são muitas informações novas, milhares de lembranças sobrepostas. E a resposta para a minha pergunta chega feito um soco na boca do estômago.

— Aplausos para a número um. Lin, a filha geneticamente perfeita da família Osório. Duas pelo preço de uma. — Mais uma vez a plateia gargalha. — Agora vamos ver as habilidades pré-selecionadas pela família:

Matemática avançada, programação, biologia molecular, história antiga, natação, atletismo, pintura a óleo, literatura, arte moderna e judô.

— A Lin é extraordinária em todas essas áreas e isso é muita coisa para uma jovem comum de quinze anos, mas na educação genética do sistema C.O.N.E isso foi possível porque todo esse trabalho foi dividido entre duas gêmeas idênticas com o mesmo DNA. E hoje a filha favorita da família Osório recebe um implante com todas as memórias e habilidades da irmã gêmea. Parabéns, família, vocês têm uma jovem perfeita.

Sinto o abraço apertado da minha mãe e o ar entra com dificuldade em meus pulmões. Esta é a última lembrança da minha irmã, *falta de ar*, de repente me vejo dentro do corpo dela, afundando na piscina, os olhos abertos estatelados sem piscar, consciente da água entrando pelo nariz, sentindo seu ardor e vendo as bolhas subindo e dançando na água iluminada. Nós duas afundamos, mas só meu corpo está aqui agora.

O corpo dela tocou o fundo da piscina e depois tudo escureceu.

E agora é como se sempre apenas uma Lin tivesse existido...

Apenas um "n" no final.

15.

Elayne Baeta

Quis muito abrir a boca e transformar o selinho no seu primeiro beijo de língua. Mas foi detida pela trigésima vez com receio de beijar errado. Ah, os medos de uma debutante. Tão simples, tão complexos. Não passar na prova final de matemática, ser forçada a sair do armário pela constante desconfiança dos pais sobre o que tanto faz ao telefone e beijar ruim de língua.

— São 17h15 e eu preciso correr. — As bocas se descolaram. — Minha tia já deve tá lá esperando pra fazer babyliss no meu cabelo e minha mãe provavelmente já quer me matar.

— Seu cabelo já não é cacheado?

— É que vou fazer um penteado. Vou usar uma tiara.

— Vai ficar bem bonita.

— Você vai?

Não passar na prova final de matemática, ser forçada a sair do armário pela constante desconfiança dos pais sobre o que tanto faz no telefone, beijar ruim de língua *e não ser vista de tiara por sua "ficante-séria" em sua festa de aniversário.*

— Ver você dançando valsa com Matheus a noite toda?

Imediatamente quis chorar. Quis que tocasse Taylor Swift de fundo. Quis que começasse a chover. Quis beijar de língua pela primeira vez. Quis se declarar. Baby, baby, você não precisa se preocupar com isso. É tudo teatro. Matheus é o primo da minha melhor amiga. Foi invenção dos meus pais. Eu te amo. Vamos nos casar depois da formatura. (Se eu passar em matemática). Pensou tudo isso. Mas disse: "— Queria muito que você fosse, Bia."

E a trilha sonora de fundo foi a gargalhada dos garotos da pista de skate porque um deles havia acabado de cair.

Porque quando se tem quinze anos, se quer muito que a vida real pareça uma espécie de musical. A réplica perfeita da cena que você fantasiou ouvindo música enquanto se arrumava para ir à escola, a última série que foi lançada sobre jovens ricaços no ensino médio, um best-seller ultrarromântico teen. Ou todas as opções anteriores misturadas. Mas a vida real — real *mesmo* — de uma garota de quinze anos é muito diferente de tudo isso. Não tem uma luz neon gigante em cima da sua cabeça enquanto você caminha pelos lugares. Os carros não param no meio do trânsito para o seu primeiro beijo. Sua artista favorita não vai começar a tocar do nada, nem mesmo numa caixa de som (a menos que você pague por isso). Na verdade, sua artista favorita nunca vai tocar na sua cidade, porque ou você mora no fim do mundo ou você precisa de dinheiro para os ingressos e um responsável te acompanhando. E quando você contar pro seu pai que quer muito ir ao show, ele vai te responder com um "E o que é uma Taylor Swift?".

A conversa vai terminar com depois falamos sobre isso. E vocês não vão falar nunca mais sobre isso. Na vida real das debutantes, quem tem pais liberais, tem piercing no umbigo, quem não tem, só vai poder dormir fora se a mãe da amiga ligar para pedir. O tênis caindo aos pedaços vs. Expectativas pra festa de quinze anos. Festa ou presente? Presente. Um celular novo, claro. Ou uma viagem. Ou o show. "Mas vamos fazer um bolinho?" E, de repente, temos um bolinho, um penteado com babyliss e tiara e um Matheus para a valsa. E não, não está tocando nenhuma música legal no plano de fundo de tudo isso.

Celeste escolheu o celular novo, o penteado, o bolinho, mas não escolheu Matheus.

Estava ali, de pé, rezando para que Beatriz percebesse isso. Que Matheus não tinha sido uma escolha. E que com "Queria muito que você fosse, Bia" ela estava escolhendo a Bia. Com as palavras que encontrou, com os grãos de coragem que tinha, com um beijo de língua guardado para entregá-la. Estava escolhendo uma *menina*. E estava tentando não pensar muito sobre isso. Porque era novo ainda e a novidade lhe dava um mix de vontade de gritar histericamente de alegria e náusea de nervosismo.

Passou a vida toda escolhendo Matheus. Quer dizer, não toda. Começou a escolher Matheus na festa de aniversário de doze anos da melhor amiga, a Duda. Era seu primeiro amor de infância. Ele fazia a maior bola de chiclete entre todo mundo, achava isso coisa de gente popular. Ele também sempre era o último a ser encontrado nos jogos de esconde-esconde. Achava que Matheus podia ser o Cebolinha de sua Mônica. O Peter Kavinsky de sua Lara Jean. A estrela dos videoclipes que criava em sua cabeça. "Esses dois" era o que Dona Martha e Dona Suelly diziam sempre que eles passavam correndo. Talvez por isso Dona Martha tenha achado uma ideia maravilhosa que fosse Matheus o grande eleito para a valsa dos quinze anos. Essa era sua fantasia de mãe adulta — acertar na escolha do par de valsa de sua filha. Mesmo que, no fundo, seu coração de mãe soubesse que as coisas andavam diferentes nos últimos meses. Para Martha, escolher Matheus era uma forma de encurralar a própria filha. Obter a resposta para o que não conseguia perguntar diretamente. Foi herdando essa forma dúbia de se comunicar que nasceu Celeste.

Tão querida, tão planejada, tão chorona. Doze de novembro de 2008. Três quilos. Olhos da mãe, sobrancelhas do pai. Ninguém na maternidade conseguia dormir. Chorou todos os dias. Parou de chorar quando foi pra casa. A avó cantava, Celeste calava a boca. Na vida de bebê, tudo parecia mesmo um musical. No berço, sempre estava tocando *As Melhores de Sua Avó Volume I*. Depois virou Xuxa. Depois virou *High School Musical*. Depois virou a trilha sonora completa de *Crepúsculo*. Depois virou Taylor Swift. É Taylor Swift até hoje. O pai não sabe o que é, a mãe não fala inglês, Matheus só ouve rock, a avó não canta mais. Doeu em Celeste. Olhou com carinho o porta-retrato na mesa de cabeceira. Dona Olga, 63 anos, cantando num karaokê. Ficou um tempo sem querer sair, suas notas despencaram, deixou de entender matemática, se afastou de Duda, seu fone de ouvido parou de funcionar do lado esquerdo. Aí

Duda emprestou um fone usado e chamou pro aniversário dela. Decidiu sair depois de um tempo e viu Matheus beijando de língua pela primeira vez. Depois disso, deixou de escolher Matheus. Achava até que antes, porque não se doeu muito com o beijo. Só confirmou o que já estava achando — Que Matheus não era o Cebolinha, nem Peter Kavinsky, nem o cara de óculos escuros num conversível dentro de seus videoclipes.

Em vez de falar "Matheus beijou Soraia na minha frente" disse "O aniversário da Duda foi legal, teve até um DJ" para Dona Martha. E agora, em vez de dizer "Eu quero saber se você gosta de meninas, Cele", Dona Martha disse "Chamei Matheus pra dançar a valsa com você, tem problema ser *ele*?" Ter, tinha. Mas Celeste disse que não. E assim foram levando as coisas. Um celular novo, uma tiara de strass e um Matheus. Ô inferno ter quinze anos! — tirando a parte do celular. E da tiara. E do strass. *Tá*, o problema era Matheus.

E o problema era Matheus, porque a solução era Beatriz.

"Amiga, eu sou bi". Começou assim, com Eduarda. Na mesma festa de aniversário que Matheus beijou Soraia, Duda beijou Cristiane. Celeste viu. "Eu não contei antes porque fiquei com medo de você mudar comigo". Foi a noite toda de conversa. "Quando beijo menina, parece que toca música no fundo, eu juro por Deus". Deus é coisa séria. Quis perguntar tudo. Quis saber quando, como, onde e de que jeito. Mas ela ficou só calada ouvindo Duda contando. Eduarda pegou no sono, Celeste ficou acordada. Porque Matheus tinha beijado Soraia e porque Duda tinha beijado Cristiane. E porque nunca tocou música no fundo de ninguém que ela tivesse chegado perto. Nem de Matheus.

Quando chegou em casa, a mãe perguntou do aniversário, Cele mentiu. "O aniversário da Duda foi legal, teve até um DJ", "Suelly tá com dinheiro, né?! Pra dar festa com DJ", "Mainha, não sei não". Fim da conversa. Correu pro quarto. Encarou-se no espelho. *Todo mundo já deu o primeiro beijo, menos eu.* Tocou no próprio cabelo, tocou no próprio nariz, foi no banheiro e encheu o sutiã de papel higiênico. Aí chorou. Quis ouvir a vó cantando, não podia.

Passou as semanas seguintes ouvindo Duda contar todas as coisas sobre Cristiane. Que tocava violão bem. Que o cabelo cheirava a maçã. Que a letra cursiva era bonita. Que já tinha ido pra Disney. Que tinha dois cachorros. Que beijava sorrindo. Que foram ao cinema e decidiram ficar sério dali em diante. Que não tava pronta pra pedir Cristiane em namoro. Que queria esperar.

Duda queria mostrar pra Cristiane que com ela as coisas seriam diferentes da última menina que Cristiane havia gostado. Cortou a franja. Escreveu carta à mão. Postou um pedaço do braço de Cristiane no restaurante. Depois postou Cristiane de costas no show. Depois ficou sem celular. "Suelly me ligou, Celeste." Silêncio. "Eduarda tá namorando uma menina, é?" "Mainha, não sei não". Fim da conversa. Correu pro quarto. *Como é beijar alguém de língua e tocar música ao fundo?* Ficar sem telefone por isso não é bom, Duda confirmou no intervalo. "E tão se falando como?" "A prima dela estuda aqui e fica me repassando os recados dela." "Que prima?"

Beatriz é baixa. Mais baixa que Celeste. Não tem muito cabelo. Anda de moletom mesmo fazendo o calor que for. Usa umas pulseiras estranhas amarradas no pulso. Brinco numa orelha só. Tem piercing no nariz. Já deve ter ido pra um monte de show, os pais devem deixar. Pegou a carta da mão de Eduarda, não disse nem "Oi" para Celeste. Foi embora. "Se acha, essa menina" foi o que Celeste pensou e foi também o que ela disse. Durou pouco. Porque Duda teve febre. Faltou. Celeste que tinha que repassar o recado pra Beatriz.

— Oi.

— Oi.

Pronto. Eduarda conseguiu o celular de volta depois de um tempo. Mas Celeste e Beatriz continuaram conversando. Celeste não pensava muito. Se aquilo significava alguma coisa ou não, não queria saber. Se Beatriz falasse, ia responder. Se puxasse assunto, ia incrementar. Se quisesse voltar pra casa conversando, ia acompanhar. Aí Beatriz quis beijar Suzane. E foi isso que fez Celeste começar a pensar muito.

— Tá me ouvindo chamar não? — Dona Martha arrancou de vez o fone de ouvido da orelha dela. — Eduarda tá aí no portão faz mil horas gritando o seu nome. Eu tô de touca no cabelo, vá atender você.

Largou os pratos na pia e foi. Era aniversário de Cristiane. Já sabia. Porque era onde Beatriz pretendia beijar Suzane pela primeira vez.

— Eu não vou, não.

— Por que, amiga?

— Não quero ir, não.

— Mas vai ser bom.

— Eu não vou.

Foi.

Se arrumou toda. Botou papel higiênico no sutiã e tirou, botou de novo mas foi sem. Ficou no canto. Respondeu Beatriz seca. Ficou mexendo no celular. Se arrependeu, quis ir embora. "Só mais um pouquinho, amiga, por favor. Tem um tempão que não vejo a Cris e eu vou ter que ir embora quando você for". Ficou por Eduarda. Os amigos de Cristiane fazendo coreografia. Dois meninos se beijando no sofá. Um calor insuportável. Saiu pra tomar um vento na cara. Viu Suzane indo embora. Beatriz fechando a porta do táxi dela. Quis chorar. Não chorou. Pensou em entrar correndo de volta, mas Beatriz já tinha a visto.

— E aí, como foi o beijo? Tocou música de fundo?

— Beijei ela não.

— Por quê?

Beatriz não respondeu. Entrou. Se trancou no quarto, não saiu mais. Apareceu na hora que estava tudo acabando e Celeste ia embora. Cristiane e Eduarda estavam trocando beijinhos e risadas na cozinha. Dava pra ouvir da sala. Só estavam elas e Thiago. Thiago foi o primeiro a perceber, porque viu em terceira pessoa. Inventou que ia ao banheiro, não voltou mais.

Ficaram as duas com o globo de discoteca girando no teto. Uma hora elas estavam azuis, outra hora elas estavam violeta, outra hora elas estavam sentadas uma ao lado da outra.

— Posso te dar um beijo, Cele? — disse com aquele piercing no nariz brilhando. Coisa mais legal do mundo.

Celeste não soube o que responder. Não estava tocando música nenhuma dentro de sua cabeça, porque ela estava em completo estado de choque. Não conseguia raciocinar direito. Mas estava óbvio que queria. Não precisou dizer nada, encarava a boca de Beatriz respirando descompassadamente, a pupila dilatada, o rosto mudando de cor, nenhum Thiago, risada de Duda e Cris ao fundo, barulhos de cozinha.

Beatriz inclinou o corpo e beijou Celeste. No rosto.

Levantou-se e foi embora.

Ficaram duas semanas sem falar uma com a outra. Voltaram por causa da gincana. Não tocavam no assunto do aniversário de Cristiane nunca. Fingiam que nunca havia acontecido. Beatriz ficou com duas meninas na gincana. Celeste deixou Matheus roubar um selinho no meio da conversa sobre como eram amigos antes. Não tocou música nenhuma. Aí Suzane chamou Beatriz pra conversar. E toda estrutura da amizade foi abalada pelo ciúme. Eduarda percebeu. E fez a pergunta:

— Amiga, você gosta da Bia?

Celeste começou a chorar. Eduarda começou a rir. Estavam no banheiro. Celeste contou o começo. Beatriz escutou o final. Eduarda deixou as duas sozinhas. Discutiram na pia. Toda vez que alguém chegava, fingiam que estavam lavando a mão. E depois continuavam.

— Eu quis te beijar naquele dia, mas eu sabia que você não queria.

— Eu nunca beijei ninguém, nem menino nem menina.

— Beijou Matheus.

— Foi um selinho.

— Aquilo me doeu.

Aí começou a tocar uma música. Só dentro da cabeça dela. Decidiram ver no que aquilo daria. Não combinaram isso em voz alta, mas sabiam que tinha ficado decidido. Começaram a se encostar aos poucos. Primeiro, as mãos. Depois, uma perna ficava em cima da outra conversando com os amigos. Depois, a boca. Sempre fechada. A primeira vez foi depois do cinema. Celeste disse "Até amanhã", Beatriz também disse, só que com um beijo. Cristiane e Eduarda falaram disso a noite toda, porque tinham sido testemunhas oculares. Celeste perguntou pra Beatriz se era chato nunca beijar ela de língua, Beatriz disse que era, mas que seria mais chato ainda não beijar ela de jeito nenhum. Preferia esperar. Disse que como não tinha como saber quando ela estaria pronta, quem teria que começar o beijo deveria ser ela. Que se ela abrisse a boca, seria o sinal. O sinal de que o beijo seria de língua dali em diante.

Aí foram no cinema comemorar o aniversário de Celeste juntas, estava fechado. Um cano estourou, molhou tudo. Sorte de debutante, ô inferno ter quinze anos. Compraram um sorvete, pararam na pista de skate só para ficarem um pouco juntas, se beijaram e Celeste quis abrir a boca. Mas não abriu.

Um dia antes, Eduarda tinha perguntado pra ela se ela iria fazer isso no aniversário.

— Amiga, eu acho perfeito, principalmente porque ela vai ter certeza que Matheus não foi ideia sua. E que você gosta mesmo dela. Ela contou à Cristiane que tá esperando você.

— Eu também acho que seria mais especial se fosse no meu aniversário. E eu vou tá bonita. Vai ser o meu dia e eu também quero que aconteça logo, eu só não quero que seja de qualquer jeito.

— Então se ela for, você vai beijar de língua?

"São 17h15 e eu preciso correr. *Minha tia já deve tá lá esperando pra fazer babyliss no meu cabelo e minha mãe provavelmente já quer me matar."*

"Seu cabelo já não é cacheado?"

"É que vou fazer um penteado. Vou usar uma tiara."

"Vai ficar bem bonita."

"Você vai?"

"Ver você dançando valsa com Matheus a noite toda?"

"Queria muito que você fosse, Bia."

— **Hein, amiga?** Se a Bia for, você vai beijar ela? *Amiga?*

Beatriz sorriu no presente. Celeste sorriu no passado.

É *assim* ter quinze anos.

— Eu vou.

Está ouvindo? *Música.*

Este livro foi composto na tipografia Minion Pro,
em corpo 11,5/16,4, e impresso em papel off-white
no Sistema Cameron da Divisão Gráfica
da Distribuidora Record.